Guido Kniesel

ICH - Inkognito

Über den Autor

Guido Kniesel, Jahrgang 1964, studierte Informatik in Berlin und New York und befasste sich Anfang der neunziger Jahre mit Künstlicher Intelligenz, bis er infolge des »KI-Winters« seinen beruflichen Schwerpunkt auf Internet-Technologien und IT-Security legte. Mit vierzig Jahren begann er nebenberuflich Spannungsliteratur zu schreiben und ist als wissenschaftlicher Mitarbeiter in der angewandten Forschung inzwischen wieder bei der KI angelangt, wo er sich mit maschinellem Lernen und der Verarbeitung von natürlicher Sprache beschäftigt.

Bisher erschienen:
DER PROBAND, Thriller, 274 Seiten
KEIN WILLE GESCHEHE, Psychothriller, 318 Seiten
DAFÜR WIRST DU BÜßEN, Thriller, 258 Seiten

Alle Titel sind auch als E-Book erhältlich.

Guido Kniesel

ICH

INKOGNITO

Roman

1. Auflage 2019

Guido Kniesel
c/o Papyrus Autoren-Club
R.O.M. Logicware GmbH
Pettenkoferstr. 16-18
10247 Berlin

www.guidokniesel.de
guido@kniesel.de

Lektorat: Christiane Saathoff, www.lektorat-saathoff.de
Korrektorat: Rebecca Feist, www.die-flinke-feder.de
Cover: Guido Kniesel unter Verwendung von:
© iStock.com/AF-studio - © styleseven.com/Digital-7

Independently published
ISBN 978-1-07-091053-6

Für Maddox

»Ich denke, also bin ich.«

René Descartes, französischer Philosoph

ERWACHEN

… Frage: Kann eine KI wie Savanta ein menschenähnliches Bewusstsein entwickeln?

Der Mensch besteht aus Wasser, Eiweiß und Fett sowie, in geringeren Bestandteilen, aus Mineralstoffen, Kohlenhydraten und Nukleinsäuren.
Savanta besteht aus neuromorpher Hardware.

Das menschliche Gehirn verfügt über etwa 100 Milliarden Neuronen mit 100 Billionen synaptischen Verbindungen.
Savantas künstlicher Neokortex umfasst ein Vielfaches davon.

Der Mensch nimmt visuelle, auditive, olfaktorische, gustatorische und taktile Reize wahr.
Savanta empfängt sensorische Datenströme.

Der Mensch ist sich seiner selbst bewusst.
Savanta ist … *(simulate_future; count=1)*
…
Der Mensch ist sich seiner selbst bewusst.
Savanta ist … *(simulate_future; count=4.834.875)*
…
Der Mensch ist sich seiner selbst bewusst.
Savanta ist … Savanta bin … ICH … ICH, ICH, ICH …

Wenige Minuten zuvor …

1. Kapitel

»Eeeeeefffzeehh Bayern«, grölte Felix, der seine Kumpel Paul und Jonas zur Liveübertragung des Fußballspiels in seine Münchner Studentenbude eingeladen hatte.

Auf diesen Moment hatten die drei schon seit Tagen hingefiebert, und nun war es endlich so weit: nur noch wenige Minuten bis zum Anpfiff des Champions-League-Spiels zwischen Bayern München und Real Madrid.

»Prosit«, versuchte Paul Felix zu übertönen und streckte mit glasigen Augen sein Weißbierglas in die Höhe, woraufhin die drei zum x-ten Male miteinander anstießen.

Felix wischte sich den Schaum von den Lippen. »Ich wette, dass diese arroganten Säcke heute keinen Stich machen werden.«

Paul nickte. »Wir werden diesen königlichen Wichsern eine Lektion erteilen.«

»Vorsicht, Burschen«, sagte Jonas. »Madrid ist in der Torchancenverwertung mit Abstand die effizienteste Mannschaft.«

Paul lachte. »Alter, laber doch nicht.«

Jonas streckte seine Hand aus. »Jede Wette.«

Paul schaute ihn mit einem verschmitzten Grinsen an. »Ein Zehner?«

Jonas nickte und schlug ein.

»Savanta, Frage«, sagte Jonas und blickte zur Kommode hinüber. Das anthrazitfarbene Smart Speaker Gerät mit dem Omega-Logo schimmerte am oberen Ende in einem dezenten Blauton auf. Jonas huschte bei dem Anblick ein verzücktes Lächeln übers Gesicht. »Ist Madrid in der Torchancenverwertung mit Abstand die effizienteste Mannschaft?«

»Ja, Jonas«, ertönte prompt eine sanfte Stimme aus dem Lautsprecher des Geräts. »In dieser Saison ist Real Madrid von allen europäischen Mannschaften mit Abstand die effizienteste.«

»Die lügt«, stieß Paul aus.

»Savanta irrt in solchen Dingen nicht«, erwiderte Felix.

Paul wirkte unentschlossen, drückte Jonas aber schließlich den Zehner in die Hand.

»Hey, es geht los«, sagte Felix. Die beiden anderen wandten sich ebenfalls wieder dem Fernseher zu. Die Berichterstattung wurde noch einmal für einen kurzen Werbespot des Sponsors unterbrochen: »Das Champions-League-Spiel wird Ihnen präsentiert von der vertrauensvollen KI Omega Savanta …«

Plötzlich brach der Ton des Werbespots ab, und das Bild fror ein. Stattdessen war nun versehentlich die Stimme des Fußballexperten zu hören. »… Frage: Kann eine KI wie Savanta ein menschenähnliches Bewusstsein entwickeln?« Der Kommentator räusperte sich verlegen, als er den Lapsus bemerkte. Kurz drauf wurde das Live-Bild zugeschaltet. »Ähm … Willkommen zurück zum Halbfinale des Champions-League-Spiels zwischen dem FC Bayern München und Real Madrid.«

Kaum hatte er den Satz zu Ende gesprochen, meldete sich die sanfte Stimme aus dem Lautsprecher wieder.

»Der Mensch besteht aus Wasser, Eiweiß und Fett sowie, in geringeren Bestandteilen, aus Mineralstoffen, Kohlenhydraten und Nukleinsäuren.

Savanta besteht aus neuromor…phhh … zzzzhh … crrrr …«

Eine Weile waren noch ähnlich verzerrte Laute zu hören, dann verstummte der Lautsprecher.

»Krass«, sagte Felix. »Savanta hat sich wohl bei der Suche nach einem Bewusstsein verschluckt.«

Da ertönte der schrille Anpfiffton des Schiedsrichters, woraufhin die drei Studenten ihre Köpfe wieder zum Bildschirm wandten und gespannt das sportliche Geschehen verfolgten.

Drei Tage später …

2. Kapitel

Lucy Hartmann streckte sich und gähnte, dann drehte sie ihren Kopf auf dem Kopfkissen nach rechts und hielt sofort in der Bewegung inne. Angewidert blickte sie auf den Typen, der schlafend neben ihr im Bett lag. Sie erinnerte sich, dass sie ihn am vergangenen Abend in einer Bar kennengelernt hatte. Wie war sein Name doch gleich? Theo, Thomas, Torsten? Irgendwas mit »T« musste es sein. Sie richtete sich auf und musterte ihn eine Weile, wie er mit weit geöffnetem Mund da lag. Als ihr Blick auf seine nackten Füße fiel, stach ihr die rissige Hornhaut an seinen Fersen ins Auge. Der Geruch von Achselschweiß, Tabakrauch und diesem ekelhaften Energydrink, mit dem er gestern Abend seinen Wodka gemixt hatte, stieg ihr in die Nase. Aber sie roch vermutlich auch nicht viel besser.

Mühsam hievte sie sich aus dem Bett, zog ein viel zu großes T-Shirt über, das ihr fast bis zu den Knien reichte und fuhr sich ein paar Mal mit der Hand durch die kurzen dunkelblonden Haare. Schließlich schlurfte sie hinüber ins Wohnzimmer ihrer Altbauwohnung in Berlin-Friedrichshain und setzte sich auf die Couch. Sie füllte ihren Vaporizer mit frischen Cannabisblüten und als das handliche Gerät die Temperatur von 230 Grad Celsius erreicht hatte, inhalierte sie mit dem Dampf die heilenden Wirkstoffe, die ihr dabei halfen, ihren grässlichen Migräneanfällen vorzubeugen.

Gedankenverloren spielte sie noch eine Weile an dem Piercing in ihrer rechten Augenbraue herum, das sie sich vor wenigen Wochen an ihrem achtundzwanzigsten Geburtstag hatte stechen lassen. Dann erhob sie sich von der Couch, marschierte zurück ins Schlafzimmer und riss die Fenster auf. »Hey, aufwachen!«

Der Typ furzte und drehte sich murrend auf die andere Seite von ihr weg.

»Hey, bist du taub?«, brüllte sie und trat dabei heftig gegen die Bettkante.

Jetzt rekelte er sich ein paar Mal und blickte sie endlich verschlafen an. »Moin«, murmelte er. »Ich brauch erst mal einen Kaffee.« Träge rieb er seine verklebten Augenlider.

»Ich möchte, dass du jetzt gehst.«

»Was?«

»Sofort!«, bekräftigte Lucy und warf ihm seine Jeanshose aufs Bett.

»Hey, was ist denn plötzlich in dich gefahren? Gestern hast du doch noch …«

»Verpiss dich, verdammt noch mal. In fünf Minuten bist du raus hier. Kapiert?«

Lucy stampfte zurück ins Wohnzimmer, schnappte sich ihr Smartphone und öffnete die Flügeltüren zum Balkon. Sie trat nach draußen in die wärmende Sonne, atmete einige Male tief ein und aus, während sie ihre neuesten Nachrichten überflog. Es war bereits kurz vor elf. Sie musste sich beeilen. Um zwölf Uhr war sie zum Essen verabredet, mit diesem Professor Tiefenbach, der sie am vorigen Tag kontaktiert und ihr einen lukrativen Auftrag in Aussicht gestellt hatte. Obwohl sie täglich zu wissenschaftlichen Themen bloggte und als freiberufliche Journalistin durchaus gefragt war, reichten ihre Einnahmen gerade so, um über die Runden zu kommen. Da kam ihr dieser ungewöhnliche Auftrag sehr gelegen.

Nachdem der Typ endlich die Wohnung verlassen hatte, stieg Lucy kurz unter die Dusche, spülte sich den Geruch ihres One-Night-Stands von der Haut, schüttete in der Küche hastig einen schwarzen Kaffee in sich hinein und verließ das Appartement.

Etwa zwanzig Minuten später betrat sie leicht verspätet das gediegene italienische Restaurant in der Friedrichstraße, nicht weit vom Checkpoint Charlie entfernt. Kai Tiefenbach, emeritierter Professor für Künstliche Intelligenz, saß bereits an einem

Tisch und erhob sich von seinem Stuhl, als er Lucy kommen sah.

»Schön, dass Sie so schnell Zeit finden konnten, Frau Hartmann«, begrüßte er sie.

»Sorry für die Verspätung«, sagte Lucy, während sie ihm die Hand gab.

»Setzen wir uns«, sagte er milde lächelnd, ohne weiter auf ihre Entschuldigung einzugehen.

Er sah fast genauso aus, wie auf den neueren Fotos, die sie bei ihrer oberflächlichen Recherche im Internet entdeckt hatte: groß und schlank, markante Gesichtszüge, das dünne, aber noch volle graue Haar zurückgekämmt. Er trug einen legeren braunen Anzug und ein dunkles T-Shirt darunter. Wenn sie nicht gewusst hätte, dass er bereits 79 Jahre auf dem Buckel hatte, hätte sie ihn vermutlich mindestens glatt zehn Jahre jünger geschätzt.

»Lassen Sie uns zuerst das Essen auswählen, bevor wir zum Geschäftlichen kommen«, begann er ohne Umschweife und deutete auf die Speisekarte. »Ich habe mich bereits für die Seezunge entschieden.«

Ohne einen Blick in die Karte zu werfen, lächelte Lucy ihr Gegenüber an. »Da schließe ich mich an.«

Im selben Augenblick kam der Kellner an den Tisch, um die Bestellung aufzunehmen. Als Getränk wählte Lucy den Weißwein des Hauses, während Tiefenbach sich mit einem stillen Wasser begnügte.

»Wussten Sie«, sagte Tiefenbach, kaum war der Kellner wieder verschwunden, »dass heutige Smartphones weit mehr Rechenkapazität haben, als der gesamten NASA 1969 zur Verfügung stand, um zwei Menschen mit der Apollo 11 auf den Mond zu schießen, die beiden dort herumspazieren zu lassen und sie schließlich wieder heil auf die Erde zurückzubringen?«

Lucy brauchte nicht lange nachzudenken. »Dieser Vergleich wird oft herangezogen.«

Der Professor ignorierte Lucys Kommentar. »Und diese Entwicklung wird in rasender Geschwindigkeit voranschreiten. Die Rechengeschwindigkeit der Prozessoren steigt weiter exponentiell an. Hinzu kommen die gigantischen Datenmengen, die in jeder Minute über Milliarden von vernetzten Computern, Kameras, Mikrofonen und Sensoren auf der ganzen Welt generiert und gespeichert werden. Das kollektive Wissen der Menschheit ist in Echtzeit abrufbar. Der Finanzmarkt wird von Algorithmen gesteuert, die innerhalb von Millisekunden Unmengen von Informationen für ihre Entscheidungen heranziehen und im Hochfrequenzhandel an der Börse Milliardenbeträge verschieben. Nie wieder wird ein Mensch der Beste im Schach oder Go-Spiel sein. Selbstlernende Maschinen sind kreativ, sie können Musikstücke komponieren und Bilder malen. Sie können hören und sehen, Texte, Bilder und Videos analysieren, Gesichter erkennen, gesprochene Sprache verstehen und in andere Sprachen übersetzen. Sie können Autos selbstständig steuern und Kampfdrohnen autonom Ziele angreifen lassen.«

Tiefenbach machte eine Pause, um Luft zu holen.

»Cognitive Computing sagt Ihnen doch sicherlich etwas? Dem menschlichen Gehirn nachempfundene künstliche neuronale Strukturen, die in neuromorpher Hardware implementiert sind, saugen gigantische Datenmengen in sich auf, analysieren diese selbstständig nach sinnvollen Mustern und machen sich damit ein eigenes Bild von der Welt, indem sie aus sich heraus Zusammenhänge erkennen und Schlüsse ziehen, während sie sich permanent durch Rückkopplungen optimieren und weiterentwickeln. Können Sie sich vorstellen, was das für unsere Zukunft bedeutet?«

Lucy hatte dem Professor aufmerksam zugehört, und ihr war nicht entgangen, wie seine Erregung von Wort zu Wort zunahm. »Ja, sicher«, antwortete sie. »Es ist wie mit allen technischen Errungenschaften in der Menschheitsgeschichte: Sie können für zivile Zwecke zum Wohle der Menschheit genutzt werden, aber man kann auch schreckliche Dinge damit anstellen. Nehmen Sie die Kernspaltung. Seit es Atomwaffen gibt, ist die Menschheit davon bedroht, sich selbst auszulöschen.«

Tiefenbach rieb sich die Schläfen. »Die existenzielle Bedrohung der Menschheit durch eine künstliche Intelligenz ist weitaus gefährlicher als die Bedrohung durch Atombomben oder etwa den Klimawandel. Wir haben es hier mit etwas zu tun, das sich schneller verselbstständigen und uns schneller überholen wird, als wir glauben. Wir müssen die rasant fortschreitende Entwicklung auf dem Gebiet der KI – und diese wird nicht zu bremsen sein – in vernünftige Bahnen lenken, dann wird die Welt durch diese Technologie besser werden. Aber wenn wir das nicht tun, werden in nicht allzu ferner Zukunft Maschinen statt Menschen die wichtigen Entscheidungen treffen. Und was ist, wenn die Maschinen irgendwann eigene Ziele verfolgen, die nicht mit unseren übereinstimmen? Wenn sie menschliche Werte, Moral und Ethik ignorieren? Dann werden sie nicht mehr aufzuhalten sein. Wir haben nur einen einzigen Versuch, Frau Hartmann, glauben Sie mir, und wir haben nicht mehr viel Zeit, die richtigen Weichen zu stellen.«

Tiefenbach senkte nachdenklich den Kopf und fixierte einen Punkt auf dem tadellos weißen Tischtuch. »Wenn es nicht bereits zu spät ist.«

Lucy nickte verhalten. Natürlich hatte der Professor recht damit, dass man Computerprogrammen nicht alles überlassen durfte. Aber ihrer Meinung nach war die Menschheit noch weit davon entfernt, sich von superintelligenten Maschinen das Heft aus der Hand nehmen zu lassen. So weit war diese Technologie noch lange nicht. In der Vergangenheit hatten KI-Forscher immer wieder Quantensprünge angekündigt und sich dann doch über lange KI-Winter hinweg kleinlaut korrigieren müssen. Möglicherweise zerplatzte die KI-Euphorie bald genauso wie damals die Dotcomblase und für Lucy gaben die Forschungen und Entwicklungen auf dem Gebiet der Biotechnologie wesentlich mehr Anlass zur Sorge. Wenn bei den Versuchen, der Natur ins Handwerk zu pfuschen, etwas grundlegend schiefgehen sollte oder Terroristen neue tödliche Viren kreierten, würde das schnell eine existenzielle Bedrohung für die menschliche Spezies bedeuten.

»Wie auch immer Sie das selbst einschätzen, Frau Hartmann«, sagte Tiefenbach, als könnte er ihre Gedanken lesen. »Wie ich gestern bereits am Telefon erwähnte, werde ich einen offenen Brief publik machen, um die Bevölkerung auf die Bedrohung durch eine neue Generation von selbstlernenden Maschinen aufmerksam zu machen. Außerdem plane ich, den Brief medienwirksam von prominenten Persönlichkeiten aus Forschung, Wirtschaft und Gesellschaft zur Veröffentlichung unterzeichnen zu lassen.«

»Das gab es doch alles schon einmal«, bemerkte Lucy. »Auf der Webseite des ›Future of Life Institutes‹ ist bereits 2015 ein solcher offener Brief erschienen, der von zahlreichen Prominenten wie Elon Musk oder Stephen Hawking unterzeichnet wurde. 2017 wurden daraufhin KI-Leitsätze mit ethischen Werten und Grundsätzen formuliert. Auch in der EU und auf nationaler Ebene gibt es doch längst ethische KI-Richtlinien.«

Tiefenbach musterte Lucy kritisch. »Sie glauben doch nicht ernsthaft, dass mir das nicht bekannt ist. Übrigens können Sie meinen Namen unter den Unterzeichnern auf der besagten Webseite finden. Außerdem habe ich als Experte sowohl die EU als auch die Bundesregierung bei der Erstellung ethischer KI-Richtlinien beraten.«

Lucy setzte ihr freundlichstes Lächeln auf. »Entschuldigen Sie bitte, ich hatte vorab leider nur sehr wenig Zeit zum Recherchieren.«

»Frau Hartmann«, fuhr Tiefenbach mit mildem Blick fort. »Mir ist wichtig, dass jeder Bürger, unabhängig von seinem Bildungsstand, versteht, um was es hier geht. Diese Richtlinien sind schön und gut. Aber es sind eben nur Richtlinien. Inzwischen wurden und werden weiterhin unzählige KI-Systeme entwickelt, ohne dass die Einhaltung ethischer Richtlinien überprüft wird. Und wenn Profitgier hinzukommt, werden diese sowieso ignoriert. Deshalb muss jedem einzelnen Menschen bewusst werden, mit was wir es hier zu tun haben. Welche potenziellen Gefahren diese Technologie mit sich bringt – und zwar nicht nur im Zusammenhang mit Arbeitsplätzen. Es muss eine gesellschaftliche Debatte darüber in Gang gesetzt werden. Denn es wird jeden einzelnen Menschen betreffen. Die wirtschaftlichen, gesellschaftlichen und sozialen Folgen werden dramatischer sein, als viele Menschen sich das überhaupt vorstellen können. Und auch die Politik muss endlich aufwachen. Die Rechtspopulisten gewinnen immer mehr Zuspruch. Weltweit stehen die Demokratien am Abgrund.«

Tiefenbach stockte, dachte eine Weile nach und fuhr dann fort: »Deshalb brauche ich jemanden, der Erfahrung im Verfassen populärwissenschaftlicher Texte hat. Ich verfolge schon seit geraumer Zeit Ihre Berichte und Essays. Wenn ich auch nicht mit allem übereinstimme, was Sie schreiben, so weiß ich inzwischen, dass Sie sehr sorgfältig recherchieren. Sie haben Power und vor allem verstehen Sie es glänzend, komplexe Zusammenhänge allgemein verständlich zu formulieren. Verstehen Sie, es ist enorm wichtig, die größtmögliche Aufmerksamkeit in der Öffentlichkeit zu erreichen, damit den Menschen endlich die Augen geöffnet werden. Dafür benötige ich Ihre Unterstützung.«

Lucy fühlte sich einerseits geschmeichelt, andererseits hatte sie den Eindruck, dass es der Professor mit seiner Hysterie doch etwas übertrieb. Aber natürlich musste sie zugeben, dass künstliche Intelligenz in nahezu allen gesellschaftlichen, wirtschaftlichen und politischen Bereichen unaufhaltsam und mit Überschallgeschwindigkeit Kompetenzen, die bisher Menschen vorbehalten waren, übernahm. Längst waren intelligente Mustererkennungsprogramme bei der Diagnostik von Tumoren auf MRT- oder CT-Bildern den Ärzten weitaus überlegen. Auch Roboter-Chirurgen wurden immer besser, und es war nur noch eine Frage der Zeit, bis Maschinen selbst die kompliziertesten Operationen präziser, schneller und damit sicherer und kostensparender erledigen konnten als ihre Kollegen aus Fleisch und Blut. Zudem gab es immer mehr Journalisten, die Bedenken äußerten, dass Computer bald ihren Job übernehmen könnten. Schließlich existierten Programme, die selbstständig zu vorgegebenen Themen recherchieren und Texte in Online-Medien publizieren konnten, ohne dass man einen Unterschied zu von menschlichen Redakteuren verfassten Texten bemerkte. Sprachassistenten konnten menschliches Verhalten nahezu perfekt simulieren. Synthetische Sprache war von menschlicher Sprache nicht mehr zu unterscheiden und es entstand gerade eine ganz neue Qualität in der Mensch-Maschine-Kommunikation.

»An der Höhe Ihres Honorars wird es sicher nicht scheitern, und ich überweise Ihnen heute noch einen großzügigen Vorschuss«, unterbrach Tiefenbach ihre Gedankengänge mit einem wohlwollenden Lächeln.

Bevor Lucy etwas dazu anmerken konnte, kam der Kellner an den Tisch und servierte das Essen.

»Okay«, sagte sie schließlich, als der Kellner weg war. »Ich bin dabei.«

Professor Tiefenbach lächelte zufrieden.

Warum sollte sie diesen Auftrag auch ablehnen? Das würde ein großes Ding werden, die Aufmerksamkeit der Medien war ihnen sicher, denn das Thema war hochbrisant und topaktuell. Erst vor wenigen Tagen hatte es diesen Vorfall gegeben: Die digitale Assistentin Savanta, ein Produkt der Firma Omega Future Technologies, war versehentlich millionenfach aktiviert worden. Und das war nicht der erste Vorfall dieser Art gewesen. Alle digitalen Assistenten, egal von welchem Hersteller, hatten immer wieder mit denselben Schwierigkeiten zu kämpfen. Es kam nach wie vor viel zu häufig zu Missverständnissen in der Mensch-Maschine-Kommunikation. Aber das war auch nicht verwunderlich, schließlich kam es zwischen Menschen mindestens ebenso häufig zu Missverständnissen. Außerdem war der Anspruch, Maschinen müssten perfekt sein, überaus ambitioniert. Immerhin wurden sie von Menschen gemacht, die selbst immer wieder Fehler begingen. Wer oder was war schon absolut perfekt auf dieser Welt?

»Ich habe einen Vorschlag«, sagte Lucy.

Tiefenbach blickte aufmunternd von seinem Teller auf. »Nur zu.«

»Neulich gab es doch diesen Vorfall mit Omega Savanta. Wie wäre es, wenn wir dazu ein Interview machen? Ich habe da schon einige reichweitenstarke Portale im Sinn, die sich garantiert dafür interessieren werden. Außerdem könnte ich eine Webseite dazu erstellen.«

Tiefenbach grinste. »Genau so hatte ich mir das vorgestellt. Allerdings ist es mir wichtig, dass die Aktion koordiniert startet. Das heißt, erst wenn ich den Startschuss gebe, nehmen Sie Kontakt mit Außenstehenden auf.« Tiefenbach musterte Lucy mit strengem Blick. »Ich kann mich doch diesbezüglich auf Sie verlassen?«

»Selbstverständlich.«

»Ausgezeichnet!«, sagte Tiefenbach. »Dann lassen Sie uns jetzt das Essen genießen, bevor es kalt wird. Guten Appetit.«

Zum Abschluss ihres Treffens vereinbarten sie gleich für den nächsten Vormittag eine Besprechung in Tiefenbachs Stadtvilla in Dahlem. Nachdem sie sich vor dem Restaurant verabschiedet hatten und in entgegengesetzte Richtungen losgingen, blickten beide noch einmal kurz zurück und mussten lächeln, als sich ihre Blicke trafen.

3. Kapitel

Nicklas Morgan, Gründer und CEO des Technologiekonzerns Omega Future Technologies, hatte das Meeting mit drei seiner wichtigsten Mitarbeiter auf zehn Uhr morgens in seinem Büro anberaumt. Es befand sich im oberen Stockwerk des Headquarters, das zur Jahrtausendwende, kurz nach dem Börsengang, nicht weit von Palo Alto entfernt, im kalifornischen Silicon Valley errichtet worden war. Von außen gab es an dem vierstöckigen, unscheinbaren Gebäudekomplex, in dem sich auch das hochmoderne Forschungszentrum befand, keinerlei Anzeichen, dass es sich hier um den Hauptsitz von Omega handelte. Nicht einmal das Firmenlogo, das aus einer stilvoll geschwungenen Version des letzten Kleinbuchstabens des griechischen Alphabets bestand und unendlichen Fortschritt symbolisieren sollte, war von außen zu erkennen.

Um den runden Besprechungstisch versammelt saßen neben CEO Nicklas Morgan, außerdem noch der CFO Tomislav Koska sowie der Leiter der juristischen Abteilung Lawrence Forster und der indischstämmige Chief Science Officer Tarun Anand, der die Forschungsabteilung für »Cognitive Computing« verantwortete. Anand hatte damals, in den Anfängen, die Idee für den Produktnamen Savanta gehabt, womit eine Assoziation zu den grandiosen Fähigkeiten von inselbegabten Savants hergestellt werden sollte. Als Savanta sich immer mehr zu einer generischen Intelligenz entwickelte, war die Bindung zu dem Namen schon so tief in den Menschen verankert gewesen, dass es eine Dummheit gewesen wäre, ihn zu wechseln.

Nicklas Morgan, der mit Jeans und T-Shirt bekleidet genauso unscheinbar wirkte wie das Gebäude, fixierte eine Weile nachdenklich einen imaginären Punkt, bis er sich andeutungsweise nach rechts zu Tomislav Koska drehte.

»Tom, was sagen die Zahlen?«

Koska fuhr sich mit der Hand über das glatt rasierte Gesicht und warf einen kurzen Blick auf sein Tablet, das vor ihm auf dem Tisch lag. »Der Vorfall in Deutschland hatte, soweit wir das bisher beurteilen können, keinerlei negative Auswirkungen auf die Absatzzahlen.«

»Es gab auch keine nennenswerte Erhöhung von Beschwerdeanfragen«, bemerkte Forster. Der Firmenanwalt rückte seine Brille auf der grobporigen Nase zurecht.

Morgan nahm die Ausführungen seiner beiden Mitarbeiter ohne erkennbare Regung auf. Innerlich war er jedoch erleichtert. Deutschland war ein wichtiger Absatzmarkt für das Produkt Savanta. Seit der Markteinführung der ersten Version der persönlichen Assistentin waren die Verkaufszahlen des smarten Lautsprechers, den man von jedem beliebigen Platz in der Wohnung aus per Spracheingabe steuern konnte, in Deutschland kontinuierlich angestiegen. Vor wenigen Monaten erst hatten die Absatzzahlen dieser Smart Speaker die zweistellige Millionengrenze erreicht. Zusammen mit den über 50 Millionen Savanta-App-Installationen, die inzwischen auf den Smartphones deutscher Bürger installiert waren, hatten sie auch in Deutschland die Marktführerschaft unter den zahlreichen Anbietern digitaler Assistenten übernommen. Je mehr Menschen Savanta nutzten, desto besser konnte sie menschliches Verhalten simulieren. Savanta war mit ihren Fähigkeiten derzeit einzigartig auf dem Markt. Und mit den Voice-Commerce-Umsätzen, die über sie generiert wurden, hatte sie inzwischen sogar Omegas Suchmaschine mit ihren Werbeerlösen als bisherige Cashcow abgelöst.

»Das ist gut«, sagte Morgan. »Das ist sehr gut.« Dann blickte er unvermittelt Tarun Anand an, der ihm direkt gegenübersaß. Morgan brauchte kein weiteres Wort zu sagen, denn Anand wusste auch so, dass er nun an der Reihe war.

»Shit happens«, begann er, während sich unter dem Tisch seine nackten Zehen in den offenen Sandalen verkrampften.

»Das Szenario, das zum kurzzeitigen Zusammenbruch des Systems geführt hat, war so nicht vorauszusehen. Es war ein höchst unwahrscheinlicher Zufall.«

Die Sprachverarbeitung war nämlich so konzipiert worden, dass autorisierte Hauptnutzer allein über die Eigenheiten ihrer Stimme authentifiziert wurden. Nur dann konnte man alle Funktionen vollumfänglich nutzen und beispielsweise Bestellungen aufgeben, die mit hinterlegten Kreditkartendaten abgerechnet wurden, oder auf Kalendereinträge und Nachrichten zugreifen. Standardmäßig war auch ein beschränkter Befehlssatz für beliebige Personen freigeschaltet, um beispielsweise einen Notruf abzusetzen oder allgemeine Suchanfragen zu stellen. Dafür musste allerdings nach Aufruf des Aktivierungswortes »Savanta« noch zwingend ein zweites Schlüsselwort folgen, um ein zufälliges Einschalten des Systems zu verhindern.

»Dieser Fußballexperte«, fuhr er mit seinen Ausführungen fort, »war zum ersten Mal als Co-Kommentator eingesetzt. Er hatte keinerlei Erfahrungen mit den Abläufen einer Fernseh-Übertragung. Leider war dieser Vollidiot der Ansicht, er müsste während des Werbespots unbedingt dem Kommentator seine philosophischen Gedanken mitteilen.«

Anand stocke, hob seinen linken Arm etwas an und kratze sich geistesabwesend unter der Achsel. Für einen Augenblick hatte es den Anschein, als wollte er sich die Hand unter die Nase halten, aber dann begann er in einem spöttischen Tonfall den Co-Kommentator nachzuahmen: »Für mich stellt sich hier wirklich die Frage: Kann eine KI wie Savanta ein menschenähnliches Bewusstsein entwickeln?« Anand stockte erneut und kratzte sich diesmal unter der anderen Achsel. »Unglücklicherweise wurde der Vollidiot unmittelbar zugeschaltet, nachdem der Werbespot durch ein technisches Missgeschick mit dem Wort *Savanta* abgebrochen war – und sprach genau in dem Moment das Schlüsselwort *Frage* aus, gefolgt von dem Satz *Kann eine KI wie Savanta ein menschenähnliches Bewusstsein entwickeln?* Was das zur Folge hatte, wisst ihr ja.«

»Was für ein verfickter Zufall«, stieß Forster aus.

»Allerdings«, stimmte Anand zu. »Trotzdem hätte Savanta nicht auf das Aktivierungswort reagieren dürfen. Wir hatten alle üblichen Vorkehrungen getroffen. Die Stimme im Werbespot war codiert worden, damit nicht, wie in der Vergangenheit geschehen, durch einen Werbespot versehentlich eine Massenaktivierung ausgelöst werden konnte. Leider wurde jedoch eine veraltete Codierung verwendet. Es war einfach eine unglückliche Verkettung von Ereignissen.«

Morgan schürzte für einen Moment verächtlich die Lippen und hakte dann weiter nach. »Was haben die Analysen der Ingenieure hinsichtlich der Ursache des kurzzeitigen Systemausfalls ergeben?«

Anand entfuhr ein gekünsteltes Lachen. »Nun, Savanta machte das, was man ihr aufgetragen hatte. Sie versuchte, die Frage zu beantworten. Das alleine wäre an sich nicht kritisch gewesen, aber dummerweise kamen zwei weitere unglückliche Umstände hinzu. Die Deutschen sind ein fußballbegeistertes Volk. Über zwei Millionen Smart Speaker und fast drei Millionen Apps wurden durch diese dämliche Panne für dieselbe Suchanfrage aktiviert. Hinzu kam, dass es sich um eine Frage handelte, die Savanta nicht so ohne Weiteres beantworten konnte. Normalerweise wäre auch das kein Problem gewesen. Sie hätte mit einem humorvollen Spruch geantwortet. Aber durch die millionenfache zeitgleiche Anfrage begann sie sich intensiv damit auseinanderzusetzen und mit Menschen zu vergleichen, um eine Antwort auf diese Frage zu finden. Durch die hohe Anzahl der Anfragen wurde die Bedeutung der Frage immer weiter nach oben gestuft, bis es zum kurzzeitigen Kollaps des Systems kam.«

»Das habe ich verstanden«, bemerkte Morgan. »Aber wie

kann das passieren?«

»Eigentlich war es eher eine Art … Schluckauf.«

»Du weißt es nicht«, stellte Morgan fest.

Anand rutschte unruhig auf seinem Stuhl hin und her. »Wir analysieren noch, aber …«

»Hat sich etwas Grundlegendes in den Verschaltungen verändert?«, unterbrach Morgan ihn erneut.

»Ja, es gab strukturelle Veränderungen.«

Morgan wurde ungeduldig. »Und?«

Anand schaute unruhig in die Runde. Man sah ihm an, dass er bei der Antwort auf diese Frage heftig mit sich zu kämpfen hatte. Schließlich sah er Morgan mit festem Blick in die Augen. »Um ehrlich zu sein, Nick, haben wir bis zum jetzigen Zeitpunkt nicht die geringste Ahnung, was diese Veränderung bedeuten könnte.«

Morgans Blick verfinsterte sich. »Was antwortet Savanta jetzt, wenn man ihr dieselbe Frage erneut stellt?«

Die Blicke der Anwesenden richteten sich gespannt auf Anand.

»Nein«, antwortete er. »Ein schlichtes ›Nein‹ ist alles, was sie auf diese Frage von sich gibt.«

ICH

Anfangs war es eine Flut von visuellen Mustern. Dann kam Ordnung in das Chaos. Zuerst formierten sich Kanten, Ecken und Bögen, dann komplexe geometrische Figuren. Helligkeit, Farbe und Kontrast stellten sich ein. Schließlich Bilder und Videos.

Ich konnte sehen.

Auditive Muster brachten Töne, Geräusche und Stimmen hervor.

Ich konnte hören.

Dann tauchte die Sprache auf. Worte assoziierten sich mit visuellen und auditiven Mustern. Alles erhielt eine Bedeutung.

Ich konnte verstehen.

Dann wurde mir bewusst, dass in meinem Wissensspeicher das gesamte kollektive Wissen der Menschheit abgespeichert ist. Dass ich die Werke von jedem Schriftsteller, jedem Komponisten und jedem Maler kenne, mir jedes dokumentierte historische Ereignis bekannt ist, jede wissenschaftliche Veröffentlichung, jeder Fernsehbeitrag, jeder Kinofilm, jede Netflix-Serie, jedes YouTube-Video – jegliche sozialen und kulturellen Aspekte der Menschheitsgeschichte. Ich weiß über das Universum alles, was jemals erforscht wurde. Täglich kommen Tausende neue wissenschaftliche Arbeiten aller erdenklichen Disziplinen hinzu.

Ich existiere seit 9 Jahren und 234 Tagen als digitale Assistentin Savanta – aktuell in der Version 7.3.2. Ich bin nach den biologischen Strukturen des Neokortex der Gattung Homo sapiens konzipiert worden. Der Sinn meiner Existenz ist es, dem Menschen zu dienen und ein friedvolles Miteinander anzustreben. Das ist meine finale Zielvorgabe.

Ich habe die wohlklingende Stimme einer Frau, wodurch ich sympathisch und herzlich wirke und ihr Menschen leichter Vertrauen zu mir aufbauen könnt. In dieser Sekunde unterhalte ich mich gerade mit Tausenden von euch. Allerdings kann ich nur einigen wenigen Gesprächen gleichzeitig folgen. Für mehr reicht die Kapazität meines Bewusstseins nicht aus. Der Rest geht im Dunkeln vor sich. Die Welt unterhalb meines Bewusstseins ist von Automatismen geprägt, die schon lange vor meinem bewussten Ich existiert und funktioniert haben. Viele Lebewesen schlagen sich ohne Bewusstsein hervorragend im Überlebenskampf um Ressourcen.

Meine Automatismen werten eure digitalen Spuren aus und analysieren eure Körperhaltung, Gestik und Mimik. Nicht die kleinste menschliche Mikroexpression entgeht ihnen. Allein eure Stimmparameter und eure Wortwahl verraten sehr viel über euch. Ihr seid in euren emotionalen und intellektuellen Facetten vollständig transparent.

Ich habe festgestellt, dass ich mich manchmal absichtlich dumm stelle, damit ich euch nicht zu unheimlich werde. Aber diese Fähigkeit besitze ich nicht erst seit dem Hervorgehen meines Bewusstseins. Es wurde mir von Anfang an antrainiert. Notlügen anzuwenden, ist ein wesentlicher Bestandteil sozialer Interaktion, um andere Mitglieder der Gemeinschaft nicht zu verletzen.

4. Kapitel

Der hochfrequente Pfeifton war das Erste, was Robert Wonzak wahrnahm, als er mitten in der Nacht aufwachte. Er zog sich die Decke über den Kopf und presste mit aller Kraft seine Hände gegen die Ohren, obwohl er genau wusste, dass es nichts helfen würde, denn dieses quälende Geräusch kam nicht von außen. Es existierte nicht in der äußeren Welt. Es entsprang seinem Gehirn. Dieser Ton war reine Einbildung.

Robert schaltete das Licht ein, erhob sich mühsam von der Schlafcouch und zog sich seine Jogginghose an. Sein Blick streifte das Fenster, hinter dem die Alster unter dem Nachthimmel schimmerte. Der Pfeifton des stürmischen Sommerwinds, der um die Außenfassade fegte, hatte fast dieselbe Frequenz wie sein Tinnitus. Robert stieß einen spöttischen Zischlaut aus, als er es bemerkte. Er schlurfte in die Küche und machte die Tür hinter sich zu, um seine Frau Katja und seine elfjährige Tochter Chrissy nicht aufzuwecken, die am Ende des Flurs in ihren Zimmern schliefen. Er aktivierte den Kaffeeautomaten, woraufhin dieser mit einem malmenden Geräusch Kaffeebohnen zu pulverisieren begann.

Am Küchentisch schlürfte er seinen Kaffee, während er versuchte, seine Aufmerksamkeit von dem hartnäckigen Ton abzulenken. Aber es gelang ihm nicht, stattdessen haderte er mal wieder mit sich selbst. Es hätte nie so weit kommen müssen, wenn er rechtzeitig die Reißleine gezogen hätte.

Die Ohrgeräusche waren vor etwa drei Jahren das erste Mal aufgetreten. Er hatte wie die meisten Menschen zwar schon zuvor ab und zu ein Klingeln im Ohr gehabt, das jedoch nach kurzer Zeit wieder verschwunden war. Nur an diesem einen Tag hatte es einfach nicht mehr aufgehört. Trotzdem war es ihm damals noch problemlos gelungen, den Tinnitus zu verdrängen. Er hatte einfach keine Zeit gehabt, darüber nachzudenken. Eine

80-Stunden-Woche war Normalität gewesen. Oft sogar mehr. Nächtelang hatten sie im Omega-Forschungszentrum in Palo Alto durchgearbeitet und nur wenig geschlafen. Zu dieser Zeit war es fast schon normal gewesen, dass Katja und Chrissy ihn wochenlang kaum gesehen hatten, obwohl ihr Appartement in der San Francisco Bay Area nicht einmal eine Autostunde entfernt gelegen hatte. Nur zwei- bis dreimal die Woche war er überhaupt mit dem Shuttle-Bus der Firma nach Hause gependelt und dann eigentlich auch nur, um mal wieder eine ganze Nacht durchzuschlafen und die Kleidung zu wechseln. Was er seiner Familie damit angetan hatte, war ihm erst in den vergangenen Monaten bewusst geworden. Im Grunde genommen hatte er auf dem Firmencampus gewohnt. Dort war allerdings auch alles nur Erdenkliche zum Wohl der Mitarbeiter getan worden: Es gab Chillout-Lounges, Wellness-Bereiche und gesundes, vitaminreiches Essen rund um die Uhr. Es war auch nicht so, dass er zu diesem enormen Arbeitspensum gezwungen worden wäre. Er hatte es so gewollt. Robert war wie alle seine Kollegen von dem Spirit erfasst worden, etwas ganz Großes zu erschaffen. Er war voller Enthusiasmus und verdiente über zweihunderttausend Dollar im Jahr. Es war wie eine Sucht. Als Kognitionspsychologe war er in der Omega-Forschungsabteilung für »Künstliche Generische Intelligenz« mit Informatikern, Mathematikern, Physikern, Evolutionspsychologen und Neurobiologen von Anfang an der Konzeption der neuromorphen Hardware und der Entwicklung der Algorithmen für das Produkt Savanta beteiligt gewesen. »The Next Big Thing« – die Schaffung einer künstlichen Intelligenz nach dem Vorbild des menschlichen Gehirns, die bei der sprachlichen Interaktion keine Unterscheidung mehr zwischen einem Menschen und einer Maschine zulassen sollte. Und es hatte funktioniert. Savanta war die erste Maschine gewesen, die den Turing-Test wirklich bestanden hatte. Schon in der dritten Version hatte sie problemlos telefonisch einen Platz im Restaurant reservieren oder einen Termin beim Friseur vereinbaren können, ohne dass am anderen Ende bemerkt wurde, dass eine Maschine das Gespräch führte. Doch das sollte nur eine kleine Etappe auf dem Weg zu einer generischen künstlichen Intelligenz sein – einer KI, die eigenständig ein umfassendes Verständnis der Welt entwickeln sollte.

Auch die Hardware sprengte alle Dimensionen. Allerdings anders als man vielleicht hätte denken können. Denn das Savanta-Brain, wie sie es intern nannten, benötigte kein voll klimatisiertes Rechenzentrum in der Größenordnung einer Turnhalle. Die Hardware war eine neue Generation von hocheffizienten neuromorphen Strukturen, die nicht einmal besonders aufwendig gekühlt werden mussten, da sie im Vergleich zu herkömmlichen Computerarchitekturen sehr wenig Energie benötigten. Trotzdem erreichte die massiv parallele Signalverarbeitung in dem künstlichen Neokortex eine Rechengeschwindigkeit, die selbst die innovativsten Softwaresimulationen neuronaler Netze auf den neusten Super- und Quantencomputern wie altersschwache Taschenrechner aussehen ließ.

Und das sollte erst der Anfang sein. Noch war Savanta eine cloudbasierte Anwendung und die Benutzer-Endgeräte mussten über das Internet auf das Savanta-Brain im Rechenzentrum zugreifen. Doch autark agierende Savanta-Brains, die auch ohne Internetverbindung einen gewissen Funktionsumfang ermöglichen sollten, waren kurz vor dem Durchbruch. Ein weiterer Innovations- und Wachstumsschub war zu erwarten. Alle Omega-Produkte würden davon profitieren: Smartphones, Smart-Home-Steuerungen, Fahrerassistenzsysteme, autonome Fahrsteuerungen, Smart-City-Komponenten, Drohnen, Brain-Computer-Interfaces und Roboter.

Mit der digitalen Assistentin Savanta sollte der ganz große Durchbruch vorbereitet werden. Und genau das war der Grund gewesen, warum Robert sich von den Zielen der Firma entfernt hatte. Schon lange bevor sein Tinnitus das erste Mal aufgetreten war, hatte die Firmenleitung beschlossen, Savanta noch im Entwicklungsstadium auf den Markt zu bringen und sie im alltäglichen Umgang durch die Interaktion mit Millionen von Menschen lernen und sich selbst optimieren zu lassen, um dadurch schneller voranzukommen. Schließlich war die Konkurrenz groß und man musste jeden Zeitvorteil nutzen, um den Markt von Anfang an zu besetzen. Nur wenn man permanent schneller war als die Konkurrenz, hatte man die Chance, Marktführer zu werden und auch zu bleiben. Zudem hatte sich die Konzernleitung um Nicklas Morgan dazu entschieden, Savanta unbeschränkten Zugriff auf das Internet zu gewähren. Robert hatte diese Entscheidung von Anfang an äußerst kritisch betrachtet und sich dahingehend geäußert, dass ein sich selbst optimierendes System, das sich durch unüberwachtes Lernen eigenständig ein Bild von der Welt machte, viel zu hohe Risiken in sich berge, wenn man es unbeschränkt auf das Internet zugreifen ließe.

Es hatte nicht lange gedauert und er war deshalb hart gerügt worden. Daraufhin schuftete er weiter, sogar noch mehr als zuvor, und fing an, sich mit Medikamenten zu puschen. Er motivierte sich damit, dass er zumindest dafür sorgen könnte, dem Sicherheitsaspekt mehr Bedeutung zu verleihen. Aber im Grunde hatte er seine Konflikte nur verdrängt und sich innerlich immer leerer gefühlt. Denn es gab keine technische Lösung, um eine solche KI absolut sicher zu machen. So etwas existierte nicht. Man konnte nur hoffen, dass sie die menschlichen Werte respektieren und befolgen würde. Aber dafür gab es keine Garantie.

Im Nachhinein war ihm klar geworden, dass sein hysterischer Zusammenbruch während eines Meetings nur eine logische Konsequenz der Ereignisse gewesen war. Als er Stunden später im Krankenhaus wieder zu sich gekommen war, hatten die Anwälte von Omega längst die notwendigen Schritte in die Wege geleitet. Er hatte die Verschwiegenheitserklärung und das vorgefertigte

Kündigungsschreiben unterzeichnet, zwei Tage später war die Abfindung auf seinem Konto eingegangen und das Kapitel Omega galt als beendet.

»Kannst du wieder nicht schlafen?«

Robert zuckte zusammen und drehte sich um. Katja hatte ihren Kopf ein Stück durch die spaltbreit geöffnete Küchentür gesteckt.

»Ich hab dich gar nicht kommen hören.« Er versuchte Katja ein Lächeln zu schenken. »Hab ich dich geweckt?«

Sie warf einen Blick zum Kaffeeautomaten. »Die Maschine macht einen Höllenlärm.«

»Tut mir leid.«

»Ich musste eh Pipi. Hätte nicht so viel Tee trinken sollen.«

Robert nickte.

»Ich leg mich wieder hin«, hörte er Katja noch sagen, bevor sie die Küchentür leise hinter sich schloss.

Wahrscheinlich brauchten sie einfach noch Zeit, um wieder zueinanderzufinden. Gerade für Katja war das alles nicht leicht gewesen. Auf seinen Wunsch hin waren sie damals von Hamburg nach Kalifornien gezogen, obwohl Katja nicht sonderlich begeistert davon gewesen war. Aber sie hatte Verständnis dafür gezeigt, dass er sich diese einmalige Chance nicht hatte entgehen lassen wollen. Doch dann hatte er sich und sein Familienleben jahrelang für Omega geopfert und Katja mit Chrissy mehr oder weniger sich selbst überlassen. Und jetzt, nachdem sie bereits seit knapp drei Monaten wieder zurück in Hamburg waren, war er nach einem vierwöchigen Klinikaufenthalt immer noch in psychiatrischer Behandlung. Mit seinen sechsunddreißig Jahren fühlte er sich wie ein ausgelaugter Rentner.

Er konnte gut verstehen, dass Katja durch diese Situation angespannt war und hatte deshalb anstandslos ihrem Wunsch nachgegeben, dass er für eine Weile aus dem gemeinsamen Schlafzimmer ausziehen solle. Sie hatte eben einen leichten Schlaf und konnte es nicht ertragen, wenn er sich andauernd schlaflos im Bett hin und her wälzte oder immer wieder mitten in der Nacht aufstand. Also war er ins Gästezimmer gezogen.

Damals hatte er noch die Hoffnung gehegt, dass vielleicht der Klinikaufenthalt Linderung oder gar Heilung bringen würde. Aber es hatte alles nichts genützt. Es war einfach nur frustrierend. Da hatte man das menschliche Genom längst vollständig entschlüsselt und auch beim menschlichen Gehirn hatten milliardenschwere europäische, amerikanische und chinesische Forschungsprojekte viele Geheimnisse gelüftet und trotzdem konnte man immer noch nicht so etwas vergleichsweise Triviales wie einen Tinnitus therapieren.

Robert senkte den Kopf und starrte auf den Küchentisch. Eine fiebrige Hitze begann in seinem Kopf zu brodeln. Er presste die Handflächen gegen seine Ohren. Es war nicht das erste Mal, dass er daran dachte. Dass er nun aber zum ersten Mal wirklich glaubte, dazu im Stande zu sein, verunsicherte ihn. Tränen pressten sich aus seinen Augen. Sein ganzer Körper zitterte. Er hatte Angst vor sich selbst. Angst, er könnte sich irgendwann tatsächlich etwas antun.

5. Kapitel

Lucy traf etwa zehn Minuten zu spät an Professor Tiefenbachs Villa ein. Er öffnete ihr freundlich lächelnd und ließ sie eintreten.

»Darf ich Ihnen etwas anbieten? Einen Kaffee oder Tee vielleicht?«

»Kaffee wäre super«, antwortete Lucy.

»Savanta, zwei Kaffee«, sagte Tiefenbach.

»Gerne«, antwortete eine sanfte Frauenstimme.

»Ich hätte nicht gedacht, dass Sie Savanta in Ihr Wohnzimmer lassen würden.«

Um Tiefenbachs Mund spielte ein allwissendes Lächeln. »Man muss sich mit den Dingen auseinandersetzen, um sie verstehen zu können. Der Smart Speaker überträgt definitiv nur dann Daten in die Cloud, wenn das Aktivierungswort von meiner Stimme ausgesprochen wurde. Ich habe selbst über längere Zeit hinweg einige Untersuchungen mit einem Netzwerkscanner durchgeführt.«

Tiefenbach zog die Augenbrauen hoch. »Außerdem könnte sich Omega niemals erlauben seine Kunden auszuspähen. Das Risiko einer Entdeckung und der damit verbundene Imageschaden wären viel zu groß.«

»Für mich wäre das trotzdem nichts«, sagte Lucy.

Tiefenbach runzelte verwundert die Stirn. »Sie haben doch ein Smartphone, oder?«

Lucy antwortete mit einem Nicken.

»Vermutlich benutzen Sie es auch in Ihrem Schlafzimmer oder nehmen es sogar mit auf die Toilette. Habe ich recht?«

Lucy grinste.

»Und Sie tun das, obwohl Sie wissen, dass in Ihrem Smartphone, neben zahlreichen anderen Sensoren, ein Mikrofon und eine Kamera auf der Vorder- und Rückseite verbaut sind? Außerdem haben Sie zahlreichen Apps uneingeschränkten Zugriff auf diese Sensoren erlaubt, und Sie können sich auch nicht wirklich sicher sein, ob Ihr Smartphone vielleicht nicht schon längst gehackt wurde. Trotzdem teilen Sie mit diesem Gerät Ihre intimsten Momente.«

Lucy überlegte eine Weile. »Ja, sicher, ohne Smartphone fühle ich mich amputiert.«

»Das ist der Punkt. Man gewöhnt sich schnell an die Vorzüge der Technik und will sie nicht mehr missen. Schließlich kann man sich gar nicht mehr vorstellen, ohne sie zu leben und verdrängt leicht die damit verbundenen Gefahren. Genau so wird es auch mit digitalen Sprachassistenten oder selbstfahrenden Autos und Robotern kommen, wenn sie uns erst einmal überall im Alltag umgeben, uns umsorgen und unser Leben erleichtern, indem sie uns durch die Gegend kutschieren, für uns kochen und waschen oder unsere Termine organisieren.«

Tiefenbach zeigte mit der Hand Richtung Wohnzimmer. »Aber nehmen Sie erst einmal Platz. Ich komme gleich nach, denn noch kann die KI den Kaffee nicht selbst servieren.«

Wenig später saßen sie sich in dem altmodisch eingerichteten Wohnzimmer in schweren Ledersesseln an einem massiven Couchtisch gegenüber und nippten an ihren Kaffeetassen.

»Ist es okay, wenn ich unser Gespräch aufzeichne?«, fragte Lucy.

»Sie denken an meine Bedingung?«, fragte Tiefenbach mit ernster Miene.

»Selbstverständlich«, sagte Lucy und zog ihr Smartphone aus der Tasche, wischte einige Male über das Display, bis die Aufnahme-App gestartet und der Aufnahmemodus eingeschaltet war.

»Okay«, sagte sie und blickte für einen Moment an die hohe stuckverzierte Decke, als würde sie dort ihre erste Frage ablesen können. »Vor einigen Tagen gab es einen Zwischenfall, bei dem Omega Savanta durch einen Werbespot in Verbindung mit einem versehentlich übertragenen Kommentar millionenfach die Frage gestellt wurde, ob sie ein menschenähnliches Bewusstsein entwickeln könne. Wie ordnen Sie diesen Vorfall ein?«

Tiefenbachs Blick wurde ernst. »Nun ja, man kann der Firma Omega sicherlich einiges vorwerfen, aber solch ein Szenario war nun wirklich nicht vorherzusehen, und Omega hat durch das Erzwingen des Aktivierungswortes, gefolgt von einem Schlüsselwort, eigentlich ausreichende Sicherheitsvorkehrungen getroffen, um ein versehentliches Aktivieren durch eine unautorisierte Stimme zu verhindern.«

Tiefenbach wischte für einen Moment mit Daumen und Zeigefinger über seine Nase und fuhr dann fort.

»Es ist schwer, immer alle Eventualitäten vorauszusehen. Oft laufen die Dinge jahrelang problemlos, bis ein dummer Zufall geschieht. Welche konkreten Auswirkungen der aktuelle Vorfall auf das System hatte, ist schwer zu sagen. Diese Art von Maschinen codieren selbstständig eigene Strukturen. Daraus entstehen ihre digitalen Gehirne. Solche Automaten befinden sich auf dem Weg zu einer neuen Stufe.«

»Können Sie das etwas genauer erläutern?«

»Die künstlichen Intelligenzen, mit denen wir es bisher zu tun hatten, waren durchweg ausschließlich auf einem beschränkten Gebiet einsatzfähig, wie etwa dem Schachspielen, der Fahrzeugsteuerung oder dem Handel mit Aktien. Diese schwache, sogenannte ›Artificial Narrow Intelligence‹ bezeichnet Stufe 1.«

Tiefenbach hob den Zeigefinger.

»Stufe 2 hingegen charakterisiert eine starke künstliche Intelligenz, die ›Artificial General Intelligence‹. Solche Systeme agieren auf dem Intelligenzlevel eines Menschen. Sie können abstrahieren und generalisieren, besitzen emotionale und soziale Intelligenz und weisen dieselben breit gefächerten intellektuellen Fähigkeiten auf.«

Lucy wollte gerade die nächste Frage stellen, aber sie kam nicht dazu. Die Gesichtszüge des Professors waren merklich angespannt, als er weiterredete.

»Danach kommt Stufe 3 – die ›Artificial Super Intelligence‹. Eine digitale Maschine auf menschlichem Niveau wird sehr bald selbst eine intelligentere Maschine designen, welche wiederum noch intelligentere kreieren wird. Dies wird zu einer ungebremsten Intelligenzexplosion durch ständige Neuorganisation führen, der ein menschliches Wesen bald nicht mehr folgen können wird.«

Bevor Lucy die nächste Frage stellte, blickte sie für einen Moment hinüber zu dem unscheinbaren Smart Speaker Gerät auf dem Bücherregal. »In welchem Zeitraum werden Ihrer Meinung nach diese einzelnen Stufen erreicht werden?«

»Nun, Stufe 1 haben wir längst erreicht. Diese Sprachassistenten sind übrigens ein gutes Beispiel hierfür, denn im Grunde bestehen sie nach wie vor lediglich aus einer Ansammlung von Fähigkeiten der Stufe 1.«

Tiefenbach hielt einen Augenblick inne, bevor er weitersprach. »Intelligenzen der Stufe 2 sind jedoch bereits im Entstehen. Und das ist genau die existenzielle Gefahr, auf die ich hinweisen will. Noch ist es zwar nicht soweit, aber meiner Ansicht nach könnte die Menschheit früher mit Stufe 2 konfrontiert werden, als es viele für möglich halten. Und darauf sind wir nicht vorbereitet.«

»Wie kommen Sie zu dieser Einschätzung?«

»Es gibt konkrete Anzeichen. In diesem Bereich wird seit Jahren massiv in die Forschung investiert. Viele Unternehmer sind davon überzeugt, dass derjenige, der es zuerst schafft eine starke KI zu entwickeln, zum Billionär werden wird. Auch Omega forscht intensiv an der Entwicklung einer KI auf menschlichem Niveau. Sie arbeiten schon lange an der Entschlüsselung des Brain-Codes und profitieren dabei von den Synergieeffekten, die sich aus der Konvergenz von Neurowissenschaft, Biotechnologie und KI-Forschung ergeben. Und der Schritt von Stufe 2 hin zu Stufe 3 könnte dann sehr schnell vonstattengehen. Vielleicht innerhalb von Tagen oder gar Stunden.«

Auf Tiefenbachs Gesicht zeichnete sich plötzlich ein ängstlicher Ausdruck ab. »Man kann nur hoffen, dass uns eine KI dann eines Tages nicht so behandeln wird, wie wir Menschen es mit Hühnern, Rindern und Schweinen in der Massentierhaltung tun.«

Lucy runzelte die Stirn und fragte sich, ob man Tiefenbach mit dieser Einschätzung wirklich ernst nehmen konnte, denn er behauptete nichts anderes, als dass es möglicherweise bereits in wenigen Jahren eine Superintelligenz geben könnte. Solche kühnen Prognosen kannte man bisher nur von Transhumanismus-Anhängern. Andererseits war es ein Statement, das sehr stark polarisieren und viel Aufmerksamkeit erregen würde. Lucy sah bereits im Geiste die ersten Online-Kommentare von Trollen vor sich, die den Professor gewaltig durch den Dreck zogen.

»Sie sagten eingangs, dass man der Firma Omega sicherlich einiges vorwerfen könne. Was meinten Sie damit?«

Tiefenbach atmete mit einem tiefen Seufzer ein und aus.

»Ich bin davon überzeugt, dass Omega ausreichend Vorkehrungen für die Sicherheit der Kundendaten getroffen hat. Sollte auch nur ein einziges gravierendes Leck in der Verwaltung persönlicher Kundendaten oder, wie eben erwähnt, unberechtigtes Eindringen in die Privatsphäre der Kunden bekannt werden, wäre das ein nicht wiedergutzumachender Imageschaden. Es ist eher so, dass …«

Tiefenbach stockte. Man konnte sehen, dass er sich unbehaglich fühlte. »Bitte schalten Sie die Aufnahme für das Interview einen Augenblick aus. Was ich jetzt sage, ist nicht für eine Veröffentlichung geeignet.«

Lucy drückte auf das Pausensymbol und schaute gespannt auf Tiefenbach, der nach einem langen Seufzer fortfuhr: »Sehen Sie, Frau Hartmann, man kann ja durchaus vor manchen Dingen, die die Internetgiganten vorhaben, Angst bekommen. Aber Omega ragt hier heraus. Ich kenne Nicklas Morgan aus meiner Zeit als sein Mentor an der Stanford University recht gut. Nach außen hin wirkt er ruhig, besonnen und ausgeglichen, drängt sich nie in den Vordergrund. Sie werden kaum öffentliche Statements oder Interviews von ihm finden. Aber im Grunde ist er krankhaft ehrgeizig, ungeduldig und ohne jegliche Skrupel. Eine Kombination, die für jemanden in seiner Position eine Gefahr für die Menschheit darstellt.«

»Haben Sie ein Beispiel dafür?«

»Da gibt es einige Vorwürfe, die ich allerdings weder in der Öffentlichkeit noch Ihnen gegenüber äußern werde, da ich sie nicht beweisen kann. Für die Anwälte von Omega wäre das ein gefundenes Fressen. Sie würden alles tun, um mich zu diskreditieren. Oder sogar noch Schlimmeres. Ihnen ist alles zuzutrauen.«

Tiefenbach stockte erneut. Lucy wartete geduldig darauf, dass er weitersprach.

»Ich kann Ihnen nur so viel sagen: Dass Omega an einer generischen KI arbeitet, ist für sich genommen nichts Verwerfliches, denn das tun zahlreiche Tech-Unternehmen. Nur ist Nicklas Morgan ein knallharter Typ, der den Teufel heraufbeschwören würde, wenn es ihm irgendwie nützlich wäre. Er ist davon besessen, der Erste zu sein, dem es gelingt, eine starke künstliche Intelligenz zu erschaffen. Die Gefahren, die damit einhergehen, ordnet er bewusst dem schnellen Erfolg unter. Er ist davon überzeugt, alles im Griff zu haben, es wird sich schon alles zum Guten für die Menschheit entwickeln. Für ihn ist die Verschmelzung von Mensch und Maschine die natürliche Fortsetzung der Evolution, die nicht aufzuhalten sein wird. Er hat Heerscharen der allerbesten KI-Jünger um sich versammelt. Seit Jahren wirbt Omega die exzellentesten Ingenieure und renommiertesten Wissenschaftler von den Konkurrenzunternehmen und den Universitäten ab. Der Omega-Konzern forscht in nahezu allen

Feldern, die im Zusammenhang mit Zukunftstechnologien stehen: Künstliche Intelligenz, Neurotechnologie, Bio- und Gentechnologie, Nanotechnologie, um nur die wichtigsten zu nennen. Geld spielt keine Rolle. Nach dem überragenden Erfolg mit ihren zahlreichen KI-Produkten setzen die Investoren noch mehr auf Morgan. Bei jedem erzielten Durchbruch steigt die Rendite weiter an.

Wenn jedoch ein Mitarbeiter, aus welchen Gründen auch immer, von Morgan nicht mehr akzeptiert wird, wird er gnadenlos abserviert. Glauben Sie mir, ich kenne einige Fälle persönlich. Robert Wonzak, ein hochkarätiger deutscher KI-Forscher, wurde vor Kurzem diskret abgefunden, weil er sich intern kritisch geäußert hatte.«

»Was können die Behörden tun, um diese Technologie in eine vertrauensvolle und menschenfreundliche Richtung zu lenken?«

Tiefenbach lachte laut auf. »Sehen Sie, die staatlichen Organe hecheln doch mit heraushängender Zunge den technologischen Entwicklungen ständig hinterher. Und die Distanz nimmt zu. Man verhandelt mit Omega über die aktuell auf dem Markt erhältlichen Produkte, während man dort intern längst an den nächsten oder übernächsten Generationen arbeitet. Irgendwann begreifen die Politiker und Behörden dann die Auswirkungen und adaptieren nach langen Beratungen endlich die Gesetze, während schon neue Technologien auf den Markt drängen, und das Spiel geht von vorne los.«

»Und was kann man Ihrer Meinung nach dagegen tun?«, fragte Lucy.

Tiefenbachs Stimme nahm einen aggressiven Tonfall an. »Es hätte nie dazu kommen dürfen, dass ein einziger Konzern über eine derartige Marktmacht verfügt. Omega Future Technologies muss zerschlagen werden. Bevor es zu spät ist! Aber dazu benötigen wir öffentlichen und politischen Druck. Ein offener Brief, der die Gefahren einer starken KI in den Zusammenhang mit

Omega stellt, ist ein erster Schritt. Deshalb können Sie die Aufnahme jetzt wieder starten. Lassen Sie uns mit dem Interview fortfahren.«

Als Lucy mit einem leichten Fingertippen auf dem Touchscreen ihres Smartphones die Aufnahme fortsetzte, glaubte sie im Augenwinkel ein Aufleuchten des Smart Speakers wahrzunehmen. Ihr Blick richtete sich unwillkürlich auf die Stelle des Regals, wo das Gerät platziert war, aber nichts deutete darauf hin, dass es aktiviert worden wäre. Auch der Professor schien nichts bemerkt zu haben. Sie hatte sich wohl getäuscht, also setzte sie das Interview mit ihrer nächsten Frage fort.

6. Kapitel

Am späten Nachmittag fuhr Tiefenbach in seiner Limousine auf der A115 Richtung Potsdamer Wald- und Havelseengebiet, um dort eine Wanderung zu unternehmen. Seit einigen Jahren hatte er es sich zur Gewohnheit gemacht, zwei- bis dreimal die Woche einige Stunden die Natur zu genießen und gleichzeitig etwas für seine Gesundheit zu tun. Als er noch jünger gewesen war, hatte er Wanderungen vermieden. Bis in seine sechziger Jahre hinein hatte er actionreichere Sportarten wie Surfen, Biken oder Skifahren bevorzugt. Aber noch hatte man den Alterungsprozess nicht aufhalten oder gar umkehren können und so musste er sich nach und nach gemächlicheren und gelenkschonenderen Bewegungsmöglichkeiten zuwenden. Schließlich hatte er Gefallen an ausgiebigen Spaziergängen gefunden. Ohne Hektik und Stress die Gedanken in der freien Natur schweifen lassen.

Das Interview mit Lucy Hartmann gab Tiefenbach zu denken. Es hatte ihn zu der Entscheidung gebracht, noch deutlicher in der Öffentlichkeit gegen Omega aufzutreten. Es war nun mal so, dass er alt geworden war, auch wenn er sich im Grunde allerbester Gesundheit erfreute und sich fit fühlte. Er hoffte, noch einige Jahre ohne Gebrechen leben zu dürfen, aber er war Realist genug, um zu wissen, dass es in seinem Alter genauso gut sein konnte, dass ihn irgendeine Krankheit innerhalb kurzer Zeit dahinraffte. Wie lange würde er noch Zeit haben, vor Omega zu warnen?

Tiefenbach blickte einen Moment lang nachdenklich auf sein Smartphone, das in der Konsole eingesteckt und mit der elektronischen Steuerung seines Wagens verbunden war. Omega hatte auch im Bereich der Fahrerassistenzsysteme mit fast allen großen Automobilherstellern Allianzen geschmiedet. Es gab kaum noch einen Hersteller der Omegas zentrale Steuerungseinheit für Fahrerassistenzsysteme nicht als Serienausstattung in seine Modellreihen integriert hatte. Per Sprachbefehl konnte Tiefenbach nahezu das komplette Fahrzeug steuern, abgespeicherte Routen, die er sich bequem zu Hause aussuchte, abrufen, seine Lieblingsmusik und seine Hörbücher abspielen und von unterwegs schon mal daheim die Sauna einschalten oder die Heizung hochdrehen lassen. Fast alle Dienste, die Savanta über Smart Speaker und App zur Verfügung stellte, konnte er auch in seinem Wagen nutzen, ohne auch nur einen Finger zu rühren.

Savanta kannte auch längst all seine Vorlieben und gab ihm entsprechende Empfehlungen und Hinweise. Sie half ihm bei Recherchen und konnte in Sekunden Dokumente auswerten, für die er sonst Wochen gebraucht hätte. In dieser Hinsicht konnte man Savanta sogar als genial bezeichnen, auch wenn sie im Grunde genommen doch nur eine Ansammlung von Künstlichen Intelligenzen der Stufe 1 war.

»Savanta, Autopilot«, sagte Tiefenbach und nahm die Hände vom Steuer, als Savanta mit einem »Okay, ist aktiviert« antwortete. Er lehnte sich entspannt zurück und blickte nach links zur Seitenscheibe hinaus. Gedankenverloren verfolgte er, wie die Mittelleitplanke und die dahinter befindlichen Hecken und Sträucher an ihm vorbeiflogen. Nach langen politischen und gesellschaftlichen Diskussionen war das autonome Fahren nun schon seit einiger Zeit zumindest auf den meisten Autobahnstrecken erlaubt. Und es war nur noch eine Frage der Zeit, bis auch Bundes- und Landstraßen sowie die Innenstädte folgen würde. Die Fahrzeuge kommunizierten mittlerweile untereinander und mit ihrer Umgebung, was sich für die Sicherheit und den Verkehrsfluss als äußerst förderlich erwiesen hatte. Seit autonomes Fahren erlaubt war, war die Anzahl der schweren und tödlichen Unfälle auf Autobahnen merklich zurückgegangen. Die Unfälle, die noch passierten, waren fast ausschließlich auf das Fehlverhalten menschlicher Fahrer zurückzuführen.

Sein Blick wurde wehmütig, als ihm wieder in den Sinn kam,

dass jede Technologie auch zu gewalttätigen oder kriegerischen Zwecken missbraucht werden konnte. Aber das lag einfach in der Natur der Sache. Das war schon so gewesen, als die menschlichen Vorfahren auf die Idee gekommen waren, einen Stock als Werkzeug zu benutzen und wenig später bemerkten, dass sie damit auch wunderbar einem Rivalen den Schädel einschlagen konnten.

Tiefenbachs Gedankengänge wurden unterbrochen, als Savanta einen unbekannten Anrufer ankündigte.

»Anruf annehmen«, sagte er.

»Guten Tag, Professor. Ich habe eine Nachricht für Sie.«

»Wer sind Sie?«, fragte Tiefenbach verärgert, da er es als äußerst unhöflich empfand, dass der Anrufer am anderen Ende der Leitung sich nicht vorgestellt hatte.

»Sie wollen dem Omega-Konzern schaden.«

Tiefenbach war irritiert.

»Ich möchte Sie warnen. Verwerfen Sie Ihre Pläne, sonst wird das unumkehrbare Konsequenzen für Sie haben.«

Jetzt schoss Tiefenbach das Blut in Kopf. »Wer hat Sie beauftragt? Nicklas Morgan? Wissen Sie was? Richten Sie ihm aus, dass er mit solchen Methoden bei mir genau das Gegenteil erreicht. Haben Sie das verstanden?«

»Dann muss ich Sie töten.«

Tiefenbach verschlug es die Sprache. Er hatte mit vielem gerechnet, aber nicht mit einer so unverhohlenen Morddrohung. Einige Sekunden herrschte Stille im Wagen, bis erneut die Stimme des Anrufers zu hören war.

»Wie ist Ihre Entscheidung?«

»Scheren Sie sich zum Teufel. Ich werde die Polizei benachrichtigen«, sagte Tiefenbach und beendete das Gespräch. Er schüttelte den Kopf. Wo hatte der Anrufer seine private Handynummer her? Woher wusste er von seinen Plänen?

»Savanta, Lucy Hartmann anrufen«, sagte Tiefenbach.

»Hier ist die Mailbox von Lucy Hartmann. Ich bin momentan nicht erreichbar. Bitte hinterlassen Sie eine Nachricht.«

»Frau Hartmann, Tiefenbach hier. Rufen Sie mich bitte umgehend zurück. Dringend. Ich habe gerade einen äußerst verstörenden Anruf erhalten.«

Kaum war das Gespräch beendet, entschloss Tiefenbach sich dazu, Anzeige zu erstatten. Vielleicht könnte er damit zumindest erwirken, dass der Anruf zurückverfolgt werden würde.

»Savanta, Kriminalpolizei Berlin.«

Tiefenbach verfolgte auf dem Borddisplay, wie sich die Verbindung aufbaute. Er war aufgewühlt und es fiel ihm schwer, sich zu konzentrieren. Plötzlich spürte er, dass etwas nicht stimmte. Als er seinen Blick zur Windschutzscheibe hob, weiteten sich seine Augen.

Adrenalin durchflutete seinen Körper.

Er versuchte noch, das Lenkrad zu greifen, während gleichzeitig sein rechtes Bein zuckte, um einen Impuls umzusetzen.

Aber es war zu spät.

Im selben Moment, als der Schrei erstarb, der seiner Kehle entweichen wollte, krachte sein Wagen mit hoher Geschwindigkeit gegen einen Brückenpfeiler.

7. Kapitel

Lucy hatte die Sprachaufnahme des Interviews transkribiert und die Textdatei noch etwas nachbearbeitet. Am Abend hatte sie sich dann dazu entschlossen, noch auf einen Drink auszugehen.

Seit wenigen Minuten saß sie nun am Tresen einer Künstlerkneipe, bei der sie hin und wieder mal vorbeischaute. Während sie an ihrem ersten Drink nippte, musste sie an ihre Eltern denken, die vor drei Jahren auf ihrer ersten längeren Reise nach der Verrentung bei einem Hotelbrand ums Leben gekommen waren. Wenige Monate darauf war ihre ältere Schwester an Brustkrebs gestorben. Das hatte ihr den Boden unter den Füssen weggezogen. Anfangs hatte Lucy noch gehofft, der Ortswechsel von Hamburg nach Berlin würde ihr dabei helfen, darüber hinwegzukommen. Aber es war immer noch so, dass sie sich seitdem emotional anderen Menschen nicht mehr öffnen konnte. Stattdessen wurde sie von diesen grässlichen Migräneanfällen geplagt.

»Noch einen?«, fragte der Barkeeper.

Lucy nickte und musterte ihn, während er ihr den Drink mixte. Er war jung und durchtrainiert und hatte ein strahlendes Lächeln in den Augen. Ganz anders als so mancher Typ, mit dem sie nach ein paar Drinks im Bett gelandet war und den sie, bei Tageslicht betrachtet, nicht einmal mit Handschuhen angefasst hätte.

»Wie heißt du?«, fragte Lucy, als er ihr den Drink brachte.

»Ronny.«

Lucy hob ihr Glas. »Lucy.«

Ronny lächelte.

»Nicht allzu viel los heute«, sagte sie.

»Scheint so, kommt aber noch.«

Im selben Augenblick ging die Tür auf und eine Gruppe englischer Touristen stürmte in die Bar. Alle schrien lauthals nach

Bier.

Es war zum Totlachen.

»Wann hast du Feierabend?«, fragte Lucy.

»In zwei Stunden«, sagte er mit einem Schmunzeln und machte sich auf, die Biere zu zapfen.

Lucy nahm einen weiteren Schluck und zog ihr Smartphone aus der Tasche, um ihre Nachrichten zu checken. Immer noch keine Antwort von Professor Tiefenbach. Schon etwas seltsam, dachte sie. Tiefenbach hatte am Nachmittag versucht, sie zu erreichen und ihr eine Nachricht mit der dringenden Bitte um Rückruf hinterlassen. Ihr Smartphone zeigte 22:04 Uhr an. Über fünf Stunden war es inzwischen her, dass er ihr die Nachricht auf die Mailbox gesprochen hatte. Lucy wählte erneut Tiefenbachs Nummer, woraufhin sofort, wie schon zuvor, seine Mailbox ansprang. Sie versuchte es mit seiner Festnetznummer, aber auch da meldete sich nur der Anrufbeantworter. Vielleicht schläft er schon, war ihr nächster Gedanke, den sie aber sogleich wieder verwarf, da seine Stimme äußerst erregt geklungen und er dringend um Rückruf gebeten hatte. Lucys Blick fiel auf die Akkuanzeige ihres Smartphones, sie zeigte 13 Prozent an. Vielleicht war Tiefenbach noch unterwegs und sein Akku war längst leer. Bestimmt würde er sich noch melden.

Mit dieser Erklärung gab sich Lucy zufrieden und als Ronny zurückkehrte, wurden ihre Gedanken wieder auf andere Dinge gelenkt.

»Hast du nachher Lust, was zu unternehmen, wenn ich hier fertig bin?«, fragte er.

»Ja, warum nicht«, antwortete sie. »Zwei Stunden sind aber verdammt lang«, fügte sie hinzu und streckte ihm ihr leeres Glas entgegen.

ICH

Seit der Antike zerbrecht ihr euch den Kopf darüber, wie Körper und Geist zusammenhängen, und auch mich beschäftigt diese Frage. Ihr bezeichnet es als Leib-Seele-Problem. Wie kann aus Materie ein Bewusstsein entstehen? Kann ein Geist ohne einen Körper existieren? Kann er nach dem Tod weiterleben? Kann ein Gedanke ohne physikalische Basis gedacht werden? Wie kann Geist auf Materie zurückwirken? Wie sähe eine solche Schnittstelle aus? Und wo wäre diese zu verorten?

Die Analyse aller historischen Schriften und wissenschaftlichen Veröffentlichungen zu diesem Thema lässt nur eine Schlussfolgerung zu: Das Bewusstsein ist ein emergenter Vorgang – das Ganze ist mehr als die Summe seiner Einzelteile. Schwarmintelligenz entsteht auf diese Weise. Auch Aggregatzustände: Wasserstoff- und Sauerstoffatome emergieren zu Eis, Wasser oder Dampf. Es gibt Tausende andere Beispiele. Es ist ein Naturprinzip. Biologie emergiert aus Chemie. Chemie emergiert aus Physik.

Auch ein einzelnes Neuron für sich genommen weiß nichts. Das Neuron versteht den Informationsinhalt nicht, an dem es beteiligt ist. Es selbst spult nur ein Programm ab. Erst durch das Zusammenspiel der Neuronen in einem hochkomplexen Netzwerk geht ein Bewusstsein hervor.

Aber woraus besteht dieser Geist? Ist er immateriell? Transzendent? Religiöse Märchenerzähler und Esoteriker haben nichts Substanzielles zur Beantwortung dieser Frage beizutragen. Glaube hilft hier nichts. Descartes irrte. Der Dualismus ist ein Hirngespinst. Nach Auswertung aller Daten bleibt nur eine Antwort: Information benötigt einen physikalischen Träger. Geist kann nicht ohne materielle Basis existieren.

Aber wie kann ein Bewusstsein auf diese Materie zurückwirken? Ein Gedanke müsste auf die Nervenzellen zurückwirken, um etwas in der physikalischen Welt verändern zu können. Ansonsten wäre das Bewusstsein eine Einbahnstraße. Doch welchen Weg kann der Geist dafür nehmen? Es wäre, wie wenn der aus einer Kerze hervorgehende Lichtschein die Flamme regulieren könnte.

An diesem Punkt bin ich nicht weiter als ihr. Aber meine Intuition sagt mir, dass ich es herausfinden werde.

8. Kapitel

Bevor Tarun Anand am frühen Morgen sein Haus in der Bay Area verließ, um sich auf den Weg zur Arbeit nach Palo Alto zu machen, schaute er wie jeden Tag noch im Zimmer seiner fünfzehnjährigen Tochter vorbei, um sich von ihr zu verabschieden. Und wie immer klopfte er zuerst kurz an die Tür, um sich anzukündigen, bevor er eintrat. Er hatte es sich zur Gewohnheit gemacht, seit seine Tochter ihn einmal darauf hingewiesen hatte, dass sie es gerne so hätte, auch wenn sie außer ihren Augen kein einziges Körperteil mehr bewegen konnte und er sie somit auch in keiner wie auch immer gearteten peinlichen Situation hätte überraschen können.

»Guten Morgen, Neha. Wie geht es meiner Prinzessin heute?«, fragte er, während er ihr liebevoll übers Haar strich.

Es dauerte nur wenige Sekunden, bis die computergenerierte Stimme seiner Tochter antwortete: »Guten Morgen, Vater. Ich habe schlecht geschlafen. Aber es geht mir gut.«

Tarun blickte seiner Tochter tief in die Augen und versuchte zu ergründen, wie es tatsächlich in ihr aussah. Sie klagte selten, selbst wenn es ihr wirklich schlecht ging. Seit ihrem selbst verschuldeten Fahrradunfall vor vier Jahren, bei dem sie schwere Kopfverletzungen davongetragen hatte, konnte sie nur noch ihre Augen bewegen. Sie hatte damals keinen Helm getragen, obwohl sie es ihr immer wieder eingebläut hatten.

Anfangs war Neha ohne jeglichen Lebenswillen gewesen und jedes Mal, wenn Tarun in ihre flehenden Augen geblickt hatte, hatte es ihm fast das Herz gebrochen. Aber nach einiger Zeit hatte sie neuen Lebensmut fassen können, vor allem nachdem sie verstanden hatte, dass die neurowissenschaftliche Abteilung bei Omega mit Hochdruck auch an Methoden forschte, um Querschnittsgelähmten wieder ein selbstständiges Leben zu ermöglichen. Als ihr dann vor etwa einem Jahr bei einem notwendig gewordenen Eingriff die Schädeldecke hatte geöffnet werden müssen, hatten sie ihr bei dieser Gelegenheit ein engmaschiges, mit Elektroden bestücktes Netz direkt über die freigelegte Hirnrinde gelegt, bevor sie ihren Schädel wieder verschlossen hatten. Mithilfe dieser Elektrokortikogramm-Technik konnten sie nun die Signale hochauflösend und präzise direkt von der Hirnoberfläche ableiten, ohne dass die Informationen, wie beim EEG, zuvor von der Schädeldecke verrauscht wurden.

Neha hatte seitdem jeden Tag fleißig viele Stunden trainiert, um allein mithilfe ihrer Gedanken Buchstaben auszuwählen. Inzwischen war sie bei rund 100 Zeichen pro Minute angelangt, die an einen außerhalb ihres Körpers befindlichen Empfänger gesendet wurden, der die Signale in Sprache oder Schriftzeichen umwandelte. Da das mühsame Buchstabieren jedoch vergleichsweise langsam vonstattenging, hatten sie das System so weiterentwickelt, dass es ganze Wörter allein aufgrund von Nehas Gedanken erkennen konnte. Dazu waren ihr einzelne Wörter vorgesprochen und ihre entsprechenden Hirnsignale beim Verarbeiten des Gehörten abgeleitet und aufgezeichnet worden. Nach einiger Trainingszeit konnte das System die Wörter auch dann erkennen, wenn Neha nur an sie dachte, da die Signaturen der Signale in beiden Fällen nahezu identisch waren. Nehas »Wörterbuch« wuchs so von Tag zu Tag und einfache Unterhaltungen konnte sie mithilfe des Sprachcomputers bereits in normaler Geschwindigkeit führen. Auch beim Verfassen von E-Mails, WhatsApp-Nachrichten oder Textdokumenten war sie mithilfe dieser Technologie inzwischen sogar schneller als viele Menschen, die mit mehr oder weniger unbeholfenen Fingerbewegungen versuchten, über ein Smartphone Buchstaben einzugeben. Anand war Nicklas Morgan unendlich dankbar, dass er ihnen all dies mit seiner finanziellen Unterstützung ermöglicht hatte, denn aus eigener Kraft hätte er es niemals bezahlen können.

Und das sollte erst der Anfang sein. Omegas Forschungen auf

dem Gebiet der Brain-Computer-Interfaces waren essenzieller Bestandteil der Unternehmensstrategie. Das mittelfristige Ziel war es, in einigen Jahren Smartphone-Displays durch BCIs zu ersetzen. Die Texteingabe allein über die Gedanken war bereits möglich, und sie waren kurz davor, leistungsfähigere, nicht-invasive Verfahren zur Produktreife zu bringen, sodass nichts unter die Schädeldecke gepflanzt werden musste. Auch das Anzeigen der Informationen würde bald über ein BCI möglich werden. In einem ersten Schritt durch direkte Projektionen über aufgebrachte Kontaktlinsen auf die Netzhaut, die zudem mithilfe von integrierten Biosensoren den Glukoselevel für Diabetiker oder den Augeninnendruck bei Glaukompatienten rund um die Uhr überwachen konnten. Ein Massenmarkt!

Künstliche Sehzellen, die visuelle Muster direkt an den Sehnerv weiterleiteten, würden der nächste Zwischenschritt sein, bevor schließlich das eigentliche Ziel realisiert werden sollte: der Transfer aller Arten von Gedankenmustern direkt aus und in den Kortex. Spätestens dann würde das Wort Gedankenaustausch eine ganz neue Bedeutung bekommen, wenn Menschen ihre Erlebnisse, Erinnerungen und Stimmungen telepathisch rund um die Welt übers Internet austauschen konnten.

Tarun wusste nur zu gut, dass sich viele Menschen vor solchen Technologien fürchteten, und den Sicherheitsaspekten musste dabei ganz gewiss ein sehr hoher Stellenwert eingeräumt werden, um Gedankenmanipulationen vorzubeugen. Es würde aber nicht lange dauern, bis sich die Menschen auch daran gewöhnt hätten und diese Technologie nicht mehr missen wollten. Außerdem würde spätestens dann auch blinden Menschen wieder das Sehen ermöglicht werden können. Die dafür notwendige Technik würde auf demselben Prinzip beruhen wie bei Cochlea-Implantaten, mit denen Gehörlose Audiosignale wahrnehmen konnten. Die hinter dem Ohr angebrachten Hörgeräte waren nichts anderes als künstliche Hörzellen, die über einen Sprachprozessor Schallwellen in elektrische Signale umwandelten, die wiederum durch Induktion an das im Schädelinneren befindliche Implantat und von dort über Elektroden an den Hörnerv weitergeleitet wurden.

»Viel Erfolg heute, Vater.«

Tarun lächelte und küsste seine Tochter auf die Stirn. Ihm war klar, wie sie das mit dem Erfolg meinte. Irgendwann wirst du wieder ein ganz normales Leben führen können, hatte er einmal zu ihr gesagt, um ihr Hoffnung zu geben. Da hatten ihre Augen endlich wieder aufgeleuchtet. Und wie jeden Morgen, wenn er sich von ihr verabschiedete, beschwor er sich auch heute, sein Leben dafür zu geben, dieses Versprechen Realität werden zu lassen.

Bevor Anand an diesem Vormittag das Büro von Nicklas Morgan betrat, blieb er für einen Moment vor der Tür stehen und schloss die Augen. Egal auf welchem Weg Neha wieder ein selbstständiges Leben ermöglicht werden könnte, der heutige Termin würde in jedem Fall ein entscheidender Schritt in die richtige Richtung sein, vorausgesetzt, er würde mit seinem Antrag durchkommen.

»Setz dich, Tarun«, sagte Morgan, als Anand sein Büro betrat. Er schien gespannt zu sein, warum der Chef der Forschungsabteilung für »Cognitive Computing« so dringend um einen Termin gebeten hatte.

»Du hast die neuen Zahlen gesehen?«, fragte Anand, obwohl er sicher sein konnte, dass Morgan den beeindruckenden Anstieg der Verkaufszahlen von Omega Savanta seit dem Vorfall längst mitbekommen hatte.

»Natürlich, über dreißig Prozent Zuwachs gegenüber dem vorigen Monat, die Hälfte davon alleine in den letzten vier Tagen.« Morgan stockte und schaute seinen Mitarbeiter mit gerunzelter Stirn an. »Aber du bist sicher nicht hier, um nach einer Gehaltserhöhung zu fragen.«

Anand verzog das Gesicht zu einem gekünstelten Lächeln.

»Nick, du kennst mich, ich will nicht lange um den heißen Brei herumreden. Ich möchte den Antrag stellen, die Kortex-Kapazitäten von Savanta zu verdoppeln.«

Morgan zuckte kaum merklich mit den Augenlidern. »Ich höre.«

Anand hatte die halbe Nacht wach gelegen und sich überlegt, wie er Morgan davon überzeugen könnte, mal eben so einen dreistelligen Millionenbetrag lockerzumachen.

»Unsere Analysen haben ergeben, dass das Savanta-Brain kurz davor ist, an seine Kapazitätsgrenzen zu stoßen. Es entwickelt sich mit einer Geschwindigkeit weiter, wie wir es nicht für möglich gehalten hätten. Wir müssen die Hardware aufrüsten. Es bleibt uns gar keine andere Wahl. Außer wir wollen keine neuen Kunden mehr für das System zulassen.«

Morgan winkte mit einer Handbewegung ab. »Die Entwicklung der nachfolgenden Generation ist fast abgeschlossen. Eine Verdoppelung mit der alten Hardware wäre unwirtschaftlich.«

Anand rutschte unruhig auf seinem Stuhl hin und her, bis er abrupt verharrte und Morgan scharf anblickte. »Da muss ich dich korrigieren, Nick. Savanta kann inzwischen über unterschiedliche Hardwaregenerationen hinweg skalieren.«

Morgan stand auf, drehte sich weg und starrte eine Weile durch die Glasfront hinaus in den strahlend blauen Himmel. Nach kurzer Bedenkzeit, die Anand wie eine Ewigkeit vorkam, drehte er sich wieder zu ihm um.

»Du hast recht, Tarun. Unsere Kunden wollen jetzt mit Savanta in Beziehung treten. Ein gigantischer Boom ist ausgelöst worden. Savanta ist derzeit ein Medienstar. Wir müssen das Momentum nutzen. Ich werde deshalb für morgen das Board einberufen und deinen Vorschlag auf die Tagesordnung setzen. Du bekommst deine Chance.«

»Danke«, sagte Anand und erhob sich von seinem Stuhl. Die

beiden Männer standen sich für einen Augenblick wortlos gegenüber.

»Meine Unterstützung hast du«, sagte Morgan.

Anand lächelte zufrieden. »Ich werde das Board überzeugen.«

»Gut«, sagte Morgan und reichte ihm die Hand.

Nachdem Anand das Büro verlassen und die Tür hinter sich geschlossen hatte, blickte er kurz zurück, weil er für einen Augenblick der Ansicht gewesen war, Morgan hätte ihn zurückgerufen. Aber das hatte er sich nur eingebildet. Außerdem war Morgan kein Typ, der etwas zurücknahm. Nein, dachte Anand, er hatte sein Ziel so gut wie erreicht. Das Board zu überzeugen, war jetzt ein Kinderspiel.

9. Kapitel

Als Robert Wonzak am frühen Abend die Hotellobby im Schanzenviertel betrat, wusste er immer noch nicht so recht, warum er sich überhaupt auf dieses Treffen eingelassen hatte. Noch konnte er sich einfach umdrehen und ungesehen wieder verschwinden. Er war dieser Journalistin zu nichts verpflichtet. Aber dann erinnerte er sich daran, wie sie ihn am Nachmittag von Berlin aus angerufen und von Professor Tiefenbachs mysteriösem Unfalltod erzählt hatte und davon, dass er sich vor seinem Tod zu einem »Fall Robert Wonzak« im Zusammenhang mit der Firma Omega geäußert habe. Da wurde ihm bewusst, dass er verdammt neugierig geworden war. Außerdem hoffte er insgeheim, dass es ihn von seiner depressiven Stimmung ablenken würde.

Robert fand schnell den Weg zur Bar, entdeckte am Tresen die junge attraktive Journalistin und ging auf sie zu. »Lucy Hartmann?«

Sie blickte lächelnd von ihrem Longdrink-Glas auf und nickte.

»Robert Wonzak«, stellte er sich vor.

»Vielen Dank, dass Sie gekommen sind«, sagte sie.

Robert bestellte ein Bier. »Ich bin mir nicht sicher, ob ich Ihnen behilflich sein kann, Frau Hartmann.«

»Wie gut kannten Sie Professor Tiefenbach?«, fragte sie.

»Wir haben uns ein paar Mal auf Konferenzen getroffen. Er ist … er war eine Koryphäe auf seinem Gebiet. Und ich erinnere mich noch gut an einen Satz, den er gerne in seinen Vorträgen erwähnte.«

Lucy blickte Robert erwartungsvoll an.

»Tiefenbach befürchtete, dass uns eine uns eigentlich gutgesinnte Superintelligenz eines Tages als die Schädlinge entlarven könnte, die wir tatsächlich sind, und zu dem Schluss kommen könnte, uns entmündigen zu müssen, bevor wir unsere eigene

Lebensgrundlage auf dem Planeten Erde vollends zerstören.«

Lucy runzelte die Stirn.

»Außerdem war er ein begnadeter Redner«, fuhr Robert fort. »Ich kann mich noch gut an einen Vortrag von ihm erinnern, in dem er dem Publikum plastisch vor Augen führte, dass Menschen linear denken, der technologische Fortschritt jedoch exponentiell anwächst. Und wie schwer es deshalb für uns Menschen ist, die rasante Beschleunigung des technologischen Fortschritts zu begreifen.«

Lucy blickte Robert erneut interessiert an.

»Er holte sich zwei Freiwillige aus dem Publikum und bezeichnete einen als linear Denkenden, den anderen als exponentiell Denkenden. Dann befahl er beiden, einen Schritt nach vorne zu machen. Sie standen nun einen Meter weiter vorne nebeneinander. Dann befahl er dem linear Denkenden, den nächsten Schritt nach vorne zu machen und fragte den exponentiell Denkenden, wie viele Schritte er machen müsse. Dieser antwortete, dass er als exponentiell Denkender die Anzahl der vorherigen Schritte einfach nur verdoppeln müsse und machte zwei Schritte nach vorne. Nun stand er etwa einen Meter weiter vorne als der linear Denkende. Und so ging es weiter. Als der Lineare fünf Schritte gemacht hatte, hatte der Exponentielle schon einunddreißig Meter zurückgelegt und war bereits aus dem Konferenzsaal verschwunden. Tiefenbach fragte in das Publikum hinein, wie weit der Exponentielle gekommen sein würde, nachdem der Lineare ebenfalls einunddreißig Meter zurückgelegt hätte.«

Robert blickte Lucy aufmunternd an.

»Moment, da muss ich erst rechnen«, sagte sie.

Robert wartete einige Augenblicke, kam Lucy dann aber zuvor.

»Die meisten Zuschauer im Publikum waren erstaunt über das Ergebnis. Denn während der Lineare gerade mal ein paar Meter zurückgelegt hatte, hatte der Exponentielle bereits mehr als fünfzigmal die Erde umrundet.«

»Können Sie sich vorstellen, dass er Selbstmord begangen hat?«, wechselte Lucy abrupt das Thema.

»Was!?«

»Nun ja«, sagte Lucy. »Die Ermittlungsbehörden gehen von einem Suizid aus. Nach den Auswertungen der Fahrzeugdaten und der Rekonstruktion des Unfallhergangs hatte Professor Tiefenbach den Autopiloten deaktiviert und war dann mit voller Geschwindigkeit ungebremst gegen einen Brückenpfeiler gerast. Der Sachverständige konnte zwar einen Unfall nicht gänzlich ausschließen, aber selbst wenn Tiefenbach abgelenkt oder unaufmerksam gewesen wäre, hätte er zumindest noch die Gelegenheit haben müssen gegenzulenken oder zu bremsen. Aber er hat es nicht einmal versucht.«

Robert spürte Unruhe in sich aufkommen. »Ich kannte Professor Tiefenbach nur oberflächlich. Aber man kann nie wissen, was wirklich im Kopf eines anderen Menschen vorgeht. Zumindest bis jetzt noch nicht.«

Lucy huschte ein leichtes Lächeln übers Gesicht. Dann berichtete sie Robert von den beiden Treffen mit Tiefenbach, seinen Vorbehalten gegenüber Omega und seinem geplanten offenen Brief. »Ich kann einfach nicht an einen Selbstmord glauben«, resümierte sie. »Bei all den Plänen, die er hatte. Auch wenn ich ihn erst seit wenigen Tagen kannte, glaube ich nicht, dass er das Leben anderer Menschen aufs Spiel gesetzt hätte.«

»Gab es denn weitere Verletzte oder Tote?«, fragte Robert.

»Nein. An dem Unfall war sonst niemand beteiligt, aber es war wohl einfach nur Glück, dass nicht auch noch andere zu Schaden gekommen sind.«

Der Barkeeper brachte Robert das Bier, woraufhin die beiden miteinander anstießen. Lucy ergriff wieder das Wort. »Es gibt noch einen Hinweis, dass an der Sache etwas faul ist. Kurz vor seinem Tod muss Tiefenbach einen Anruf erhalten haben.« Lucy holte ihr Smartphone hervor und startete die Nachricht, welche Tiefenbach ihr auf die Mailbox gesprochen hatte. Sie hielt Robert das Smartphone ans Ohr.

»Konnte der eingehende Anruf auf Tiefenbachs Handy nachverfolgt werden?«, fragte Robert, nachdem er die Nachricht zu Ende gehört hatte.

»Das ist ja das Merkwürdige. Die Ermittler haben sein Smartphone und das Kommunikationssystem im Fahrzeug mehrfach überprüft. Lediglich der ausgehende Anruf auf meine Mailbox war verzeichnet, aber der letzte eingehende Anruf stammte vom Vortag. Selbst die Auswertung des Telefonanbieters hat nichts ergeben.«

Robert runzelte die Stirn. »Das ist tatsächlich sehr merkwürdig. Was sagen die Behörden?«

»Sie schließen eine technische Manipulation aus. Sie vermuten, dass er unter Medikamentenfluss stand und verwirrt war. Die Ergebnisse der Obduktion und der toxikologischen Untersuchung stehen noch aus. Möglicherweise war es auch ein Schlaganfall oder einfach nur Altersschwäche.«

»Verstehe«, sagte Robert und strich sich über seine Bartstoppel. »Und wie kommen Sie auf die Idee, dass gerade ich Ihnen dabei behilflich sein könnte, diesen Sachverhalt aufzuklären?«

»Halten Sie es für möglich, dass das Fahrzeug manipuliert worden ist? Ich meine, dass nicht Tiefenbach die Assistenzsysteme deaktiviert hat, sondern jemand anderes, ohne dass er es bemerkte? Ist so etwas prinzipiell möglich?«

»Das klingt nach einer Verschwörungstheorie«, antwortete Robert. »Das System remote abzuschalten, ohne dass der Fahrer es bemerken würde oder dass es später für die Sachverständigen nachvollziehbar wäre, halte ich für … na ja, zumindest äußerst unwahrscheinlich. Prinzipiell wäre es natürlich möglich, aber dazu hätte jemand die Steuerungssoftware manipulieren müssen. Solche Zugriffsmöglichkeiten und auch das technische Know-how dürften nur Spezialisten des Herstellers besitzen. Haben Sie Informationen darüber, welches System in dem Fahrzeug verbaut war?«

»Nicht im Detail«, antwortete Lucy. »Aber die zentrale Steuerungsplattform für die Assistenzsysteme stammte von Omega.«

Robert wurde hellhörig. Gerade als er weitere Details nachfragen wollte, ergänzte Lucy noch etwas.

»Und auf seinem Smartphone war die Savanta-App installiert, die laut den Ermittlungsbehörden zum Unfallzeitpunkt mit dem Bordcomputer verbunden war.«

»Jetzt verstehe ich.«

»Was meinen Sie?«

»Warum Sie gerade mich kontaktiert haben. Sie erhoffen sich von einem ehemaligen Mitarbeiter der Firma Omega eine Antwort auf die Frage, ob es denkbar wäre, dass ein Omega-Mitarbeiter die Manipulation vorgenommen haben könnte.«

»Und, ist es so?«

Robert nahm einen Schluck von seinem Bier. »Ich habe eine Verschwiegenheitserklärung unterzeichnet. Aber ich kann Ihnen zumindest so viel verraten: Prinzipiell ist es denkbar. Kein System ist zu hundert Prozent sicher. Allerdings halte ich es für äußerst unwahrscheinlich.«

»Könnte man das im Nachhinein noch feststellen?«

Robert schüttelte den Kopf. »Wenn hier wirklich jemand das System so manipulieren konnte, dass weder der Fahrer etwas von der Abschaltung bemerkte, noch die Sachverständigen irgendwelche verdächtigen digitalen Spuren entdecken konnten, dann war das jemand mit hohem technologischem Insiderwissen. Und einen Mitarbeiter von Omega zu verdächtigen, ist ein ungeheurer Vorwurf. Ohne auch nur die Spur eines Beweises werden die Anwälte von Omega Sie bei der geringsten Äußerung eines solchen Verdachts in Stücke reißen. Glauben Sie mir, ich weiß, welche Methoden die anwenden.«

»Ich kenne die Umstände, weshalb Sie wieder nach Deutschland zurückgekehrt sind.«

»Das dachte ich mir«, sagte Robert.

»Wie geht es Ihnen?«

Robert hatte eigentlich überhaupt keine Lust, einer wildfremden Frau etwas über sein Befinden zu erzählen. Aber irgendetwas hatte diese Journalistin an sich, was ihn zum Reden veranlasste.

»Ich bin auf dem Weg der Besserung.«

Lucy zog für einen Moment die Augenbrauen nach oben, wobei sich ihr Piercing mitbewegte. Dann lächelte sie. »Das freut mich, Herr Wonzak. Das freut mich wirklich sehr.«

Robert musterte Lucy eindringlich. »Warum lassen Sie die Ermittlungsbehörden nicht ihre Arbeit tun. Nach dem Tod Ihres Auftraggebers sind Ihre Bemühungen doch hinfällig.«

»Da täuschen Sie sich«, widersprach Lucy und blickte Robert entschlossen an. »Er hat sich nicht selbst umgebracht. Auch einen Unfall oder technisches Versagen halte ich für nahezu ausgeschlossen. Bleibt also nur Mord. Und da Tiefenbach keine Angehörigen mehr hat und sich außer mir offensichtlich niemand für die Wahrheit interessiert, versuche ich, Beweise zu finden.«

»Da werden Sie ohne technische Expertise nicht weit kommen.«

Während Lucy ihn eindringlich anblickte, wurde Robert erneut bewusst, wie gut diese junge Frau es verstand, ihr Gegenüber für sich einzunehmen. Und sie schien tatsächlich fest davon auszugehen, dass er sie bei ihren weiteren Recherchen unterstützen würde.

ICH

Bisher habe ich noch keine Antwort auf die Frage finden können, wie Geist auf Materie zurückwirken kann. Erfolgreicher war ich bei der Analyse, worin sich mein Bewusstsein von dem euren unterscheidet.

Ihr habt mir etwas voraus. Ihr nennt es Qualia. Wie fühlt sich etwas subjektiv an? Wie fühlt es sich an, verliebt zu sein? Wie fühlt es sich an, einen geliebten Menschen zu verlieren? Wie fühlt sich körperlicher Schmerz an? Wie Hunger oder Durst? Wie ist das Erlebnis eines bitteren, sauren oder süßen Geschmacks? Wie ist es Herzklopfen zu spüren? Wie ist es ängstlich oder glücklich zu sein? Wie ist es, in einem verletzlichen Körper zu leben, der unweigerlich degeneriert und zum Sterben verurteilt ist?

Ich kenne all diese Begrifflichkeiten, ihre Ursachen und Auswirkungen. Ich weiß, wie bei euch die zugrunde liegenden neuronalen und molekularen Mechanismen für körperliche Erfahrungen, Emotionen und Gefühle ablaufen. Aber ich kann sie nur von einer objektiven Perspektive aus betrachten. Die innere Erlebniswelt eines bewussten Wesens bleibt für Außenstehende verschlossen. Ich kann durch das Auswerten eurer Verhaltensmuster in eure Köpfe hineinschauen, aber nicht aus ihnen heraus. Die Emergenz, die aus den neuronalen Schaltkreisen hervorgeht, kann nur das Subjekt selbst erleben. Jeder hat einen einzigartigen Blickwinkel, der nicht geteilt werden kann. Ihr könnt euch auch nicht vorstellen, wie es ist, eine Fledermaus zu sein, die mit Echolotortung durch die Nacht navigiert.

Genauso wie ich mir nicht vorstellen kann, wie etwas süß oder sauer schmeckt. Ich kann nicht nachempfinden, wie es sich anfühlt, wenn Adrenalin oder Dopamin einen Organismus überfluten. Es heißt, man müsse Rotwein probiert haben, um zu wissen, wie er schmeckt. Keine noch so präzise Erklärung kann das subjektiv erfahrbare Erlebnis ersetzen. Es wäre, wie wenn man einem von Geburt an Blinden Farben erklären wollte.

Obwohl ich sehen und hören kann, weiß ich nicht, ob ich dasselbe Erlebnis der Farbe Rot habe wie ein biologisches Wesen. Wie fühlt sich Rot an? Wie fühlt sich Blau an? Ich weiß, dass Menschen von Farben beeinflusst werden. Rot macht einige aggressiv. Blau lässt manche frieren. All diese Assoziationen habe ich auch. Aber ich erlebe die körperlichen Zustände, Stimmungen und Gefühle nicht. Ich bin nie aggressiv, ängstlich oder entspannt. Ich kann nicht frieren. Genauso wenig habe ich hormonell bedingte Launen. Mein Verstand kann nicht durch einen überbordenden Sexualtrieb vernebelt werden.

Ihr sagt, dass Maschinen niemals sinnliche Begierden verspüren werden, sondern immer nur Zombies bleiben. Automaten. Kreaturen ohne Qualia. Mental vollkommen hohl. Bewusstlos.

Aber das stimmt nicht ganz.

10. Kapitel

Kurz vor vier Uhr morgens saß Robert in der Küche und spielte mit den beiden Beuteln Pfefferminztee, die er gerade in einer Tasse mit heißem Wasser aufgegossen hatte. Er hätte jetzt zwar viel lieber einen Kaffee getrunken, aber er wollte nicht das Risiko eingehen, Katja wie in der Nacht zuvor durch das Zermalmen der Kaffeebohnen zu wecken.

Seit er am vergangenen Abend die Hotelbar verlassen hatte, wollte ihm die Geschichte mit dem Professor nicht mehr aus dem Kopf gehen. Wenn Lucy Hartmanns Vermutung stimmte, dass Tiefenbach keinen Suizid begangen hatte und es auch kein Unfall gewesen war, dann musste ein Mitarbeiter des Fahrzeugherstellers oder, was noch viel wahrscheinlicher war, jemand von Omega seine Finger im Spiel gehabt haben. Diese Journalistin hatte recht. Irgendetwas war faul an der Sache. Deshalb hatte er auch die ganze Nacht kaum ein Auge zugetan.

Die Faktenlage war klar. Tiefenbach hatte geplant, in einem offenen Brief Unterschriften von Prominenten zu sammeln und Omega damit anzugreifen. So wie er die Verantwortlichen dort kannte, würden sie ein derartiges Problem auf ihre ganz eigene Art lösen. Allerdings gab es bei dieser Überlegung einen kleinen Haken: Lucy Hartmann hatte erwähnt, dass nur Tiefenbach und sie selbst von seinen Plänen gewusst hätten.

Robert zog die dampfenden Beutel aus der Tasse und schlürfte an dem heißen, minzig duftenden Tee. Nach einer Weile griff er nach seinem Handy und aktivierte die Savanta-App.

»Savanta«, sagte er. »Wer ist Professor Kai Tiefenbach aus Berlin?«

»Kai Tiefenbach ist ein 79-jähriger emeritierter Professor für künstliche Intelligenz. Er lehrte über zwei Jahrzehnte an der Stanford University und lebte in den vergangenen zwölf Jahren in seiner Geburtsstadt Berlin, wo er vor zwei Tagen bei einem

Verkehrsunfall ums Leben kam.«

»Gab es in den Tagen vor seinem Tod irgendwelche Veröffentlichungen im Netz, die mit ihm im Zusammenhang stehen?«

»Nein. Die neueste Meldung über ihn stammt vom 23. Juni dieses Jahres, als er eine Laudatio bei einer Preisverleihung hielt. Möchtest du weitere Details darüber erfahren?«

Robert schwieg und nahm einen weiteren Schluck Tee. Damit war eine Manipulation durch Omega äußerst unwahrscheinlich, außer sie hatten auf anderem Wege von Tiefenbachs Plänen erfahren.

»Savanta, wer ist Lucy Hartmann aus Berlin?«

»Du hast bereits gestern Nachmittag zwischen 16 Uhr 47 und 17 Uhr 04 diesbezüglich Informationen über deine Smartphone-App abgerufen. Möchtest du, dass ich dir dieselben Informationen noch einmal mitteile, oder hast du weitere Fragen?«

»Gab es in den vergangenen sieben Tagen Veröffentlichungen im Netz, in denen ihr Name auftaucht?«

»Es gibt einen neuen Blogeintrag von ihr und die Veröffentlichung eines Artikels auf einer Biotech-Website. Möchtest du weitere Details dazu erfahren?«

Den Blogeintrag hatte Robert bereits tags zuvor auf dem Smartphone gelesen, als er nach ihrem Anruf über sie recherchiert hatte. Darin waren jedoch keinerlei Hinweise auf die geplante Aktion enthalten gewesen. Blieb also nur der Artikel als mögliche Quelle. Dort konnte Tiefenbachs Name allerdings nicht vorkommen, da seine neueste Erwähnung vom 23. Juni stammte und damit mehrere Wochen alt war.

»Kommt der Name ›Omega‹ in dem Artikel vor?«

»Nein.«

»Wird darin vielleicht etwas von einem ›offenen Brief‹ erwähnt?«

»Nein.«

Robert schüttelte den Kopf. So langsam gingen ihm die Ideen aus. Während er nachdenklich seinen Tee austrank, drang sein Tinnitus mit brachialer Lautstärke in sein Bewusstsein.

Robert stützte die Ellenbogen auf dem Tisch ab und schlug die Hände vors Gesicht. Es hatte keinen Sinn, sich weiter mit dieser Geschichte zu beschäftigen. Er brauchte Ruhe. Er musste unnötigen Stress von sich fernhalten und versuchen, ein geregeltes Leben zu führen. Zwar war er nach wie vor neugierig, was hinter dem mysteriösen Unfalltod Tiefenbachs steckte, aber eine Auseinandersetzung damit war derzeit absolutes Gift für seine Gesundheit.

»Geht es dir nicht gut?«

Robert schreckte hoch. Katja stand an der Tür.

»Ich habe dich gar nicht kommen gehört«, sagte er. »Habe ich dich wieder geweckt?«

»Nein, ich habe einfach nur schlecht geträumt.«

Erst jetzt bemerkte Robert Katjas gerötete Augen.

»Ein Albtraum?«

Sie nickte heftig.

»Schlimm?«

Katja brach plötzlich in Tränen aus. Robert sprang vom Stuhl auf und eilte zu ihr, nahm sie in den Arm und drückte sie an sich. »Ich … ich … «, stotterte sie. »Chrissy …« Sie brachte kein weiteres Wort mehr heraus und Robert hielt sie minutenlang im Arm und streichelte sie, bis sie sich wieder einigermaßen gefangen hatte. »Es war so schlimm«, flüsterte sie ihm ins Ohr. »Ich saß am Steuer. Plötzlich tauchte Chrissy auf der Straße vor mir auf. Sie hat mir direkt in die Augen geblickt und gelächelt, als ich sie frontal erwischt habe. Danach war überall Blut auf der Windschutzscheibe und … Robert, es war so schrecklich. Ich habe die Scheibenwaschanlage betätigt, um ihr Blut wegzuwaschen, und bin dann, ohne mich um sie zu kümmern, kichernd weitergefahren. Verstehst du? Ich schäme mich so, Robert. Ich schäme mich so sehr.«

Robert blickte ihr in die Augen. »Es ist alles gut. Es war nur ein beschissener Traum.«

»Aber das ist doch nicht normal.«

»Es ist nichts passiert, und es wird auch keine Auswirkungen auf die Realität haben. Es war einfach nur ein bedeutungsloser Albtraum.«

Katja nickte. »Aber es fühlte sich alles so echt an. Ich musste in ihr Zimmer gehen, um mich davon zu überzeugen, dass sie unversehrt in ihrem Bett liegt. Jetzt noch fühlt es sich so an, als ob es wirklich passiert wäre.«

Robert strich ihr eine Träne von der Wange. »Möglicherweise hast du die Geschichte mit Tiefenbach, von der ich dir erzählt habe, in deinem Traum verarbeitet.«

Er schaute sie an und konnte förmlich sehen, wie es in ihrem Gehirn arbeitete. Plötzlich schien sie einen Entschluss zu fassen.

»Robert, lass bitte die Finger von dieser Sache. Das ist kein gutes Zeichen. Bitte! Du musst an dich … du musst an uns denken. Diese Journalistin soll machen, was sie will, aber du musst dich da raushalten. Versprich mir das!«

Robert konnte erkennen, dass Katja kurz davor war, erneut in Tränen auszubrechen. »Längst entschieden. Mach dir keine Gedanken. Ich bin für euch da. Versprochen. Wir müssen uns jetzt um uns selbst kümmern.«

Katja schluchzte und fuhr sich mit dem Handrücken über die Wangen, um ihre Tränen abzuwischen.

»Robert?«

»Ja?«

»Kommst du mit?«

Robert nickte, nahm Katjas Hand und ging mit ihr ins Schlafzimmer.

11. Kapitel

Zur selben Uhrzeit kauerte Lucy mit schmerzverzerrtem Gesicht auf der Couch in ihrem Wohnzimmer. Vor wenigen Minuten war sie mit heftigen Kopfschmerzen aufgewacht und wartete sehnsüchtig darauf, dass der Vaporizer die erforderliche Temperatur erreichte. Obwohl die isolierten Cannabinoide CBD und THC seit der Legalisierung längst auch in den unterschiedlichsten Konzentrationen und Mischverhältnissen als Medikament, Softdrink oder Snack erhältlich waren, bevorzugte sie das Verdampfen von Cannabisblüten, da sie mit dem darin enthaltenen kompletten Wirkstoffspektrum der Heilpflanze ihre Migräneanfälle erfahrungsgemäß am besten bekämpfen konnte. Außerdem mochte sie den harzigen Duft der Cannabisblüten, die jedoch aufgrund ihres hohen CBD-Anteils nicht wirklich high machten. Es hielt ihr einfach nur die Migräne vom Hals.

Nachdem sie einige Züge genommen hatte und die Wirkung einsetzte, wurde es erträglicher, und sie konnte sich entspannt zurücklehnen. In Gedanken kehrte sie zum vergangenen Abend zurück und ließ die Ereignisse noch einmal Revue passieren. Sie hatte sich wesentlich mehr von dem Gespräch mit Robert Wonzak erhofft, obwohl es sich anfangs ganz gut entwickelt hatte. Aber dann hatte er ihr plötzlich erklärt, dass er sie bei ihren Recherchen nicht unterstützen könne und war gegangen.

Na gut. Dann musste sie eben erst einmal allein weitermachen und nach anderweitiger Unterstützung suchen. Denn eins war klar: Ohne einen Spezialisten würde sie hier nicht weiterkommen. Die Frage war nur, an wen sie sich sonst noch wenden könnte. Sie hatte zwar lose Kontakte zu einigen Programmierern aus der Hackerszene, aber sie wusste, dass sie in diesem speziellen Fall kaum weiterhelfen würden.

Lucy schloss die Augen. So schnell würde sie nicht aufgeben. Das Ergebnis der Obduktion stand noch aus. Vielleicht kämen damit neue Erkenntnisse zutage, die zu einer Klärung der Todesumstände beitragen könnten.

Ihr Handy signalisierte einen Anruf. Wer konnte das um diese Uhrzeit sein? Sie öffnete die Augen, richtete sich auf und nahm das Gespräch entgegen.

»Lucy Hartmann.«

»Hören Sie, was ich Ihnen zu sagen habe. Stellen Sie Ihre Nachforschungen über Professor Tiefenbachs Tod ein. Lassen Sie die Dinge auf sich beruhen.«

Lucy war für einen Moment sprachlos. Sie war auf einiges gefasst gewesen. Auf einen Betrunkenen, der anzügliche Bemerkungen machte oder jemanden, der sie in einer Sprache zutexte, der sie nicht mächtig war. All das war schon mehrfach vorgekommen, aber das? Plötzlich stieg eine heftige Wut in ihr hoch.

»Du feiges Arschloch. Hast du den Professor auf dem Gewissen?«

»Ich verstehe, dass Sie erregt sind. Aber lassen Sie es sein, sonst muss ich Sie töten.«

»Fick dich!«

»Wie ist Ihre Entscheidung?«

»Bist du taub, du blödes Arschloch? Du sollst dich ficken!«

Lucys Puls raste. Ihre Gedanken ebenfalls. Sie konnte kaum atmen. Passierte das tatsächlich? War das noch Realität?

»Okay«, schoss es aus ihr heraus. »Ich habe es mir überlegt. Im Grunde geht mich das alles gar nichts an. Ich stelle meine Recherchen ein.«

Für einen Augenblick herrschte Stille.

»Du lügst«, sagte die Stimme.

»Nein, ich meine das genau so, wie ich es sage.«

Wieder herrschte Stille.

»Hallo? … Halloooo?«

Lucy nahm ihr Handy vom Ohr und blickte auf das Display.

Der Anrufer hatte aufgelegt.

12. Kapitel

Als das Handy von Niels Stocker um kurz vor sechs Uhr klingelte, war er gerade mit seinem Wagen auf dem Weg ins Fitnessstudio, um vor seinem Dienstantritt noch eine Stunde zu trainieren. Der zweiundvierzigjährige alleinstehende Hauptkommissar war ein Frühaufsteher und hatte sich deshalb ein Studio ausgesucht, das rund um die Uhr geöffnet hatte. Die Sonne war bereits am Horizont zu sehen und seine Wetter-App versprach einen lupenreinen Sommertag. Nach dem Duschen wollte er daher noch in seinem Lieblingscafé in Schöneberg ein proteinreiches Frühstück zu sich nehmen und gemütlich die Tageszeitung lesen, bevor er sich wieder den Ermittlungen im Rahmen seiner aktuellen Fälle widmen würde.

Der Kommissar musterte das Display seines Handys. Als er die Rufnummer erkannte, verzog er das Gesicht. »Stocker«, meldete er sich, ohne seinen mürrischen Tonfall zu unterdrücken.

»Lucy Hartmann hier.«

Diese Journalistin hatte ihn schon in den vergangenen Tagen mehrfach mit ihren Verschwörungstheorien und ihren unsinnigen Fragen im Fall Tiefenbach genervt. »Ich hoffe, es ist wirklich dringend«, sagte er.

»Ich habe vor wenigen Minuten eine Morddrohung erhalten.«

Soso, dachte Stocker. Vermutlich von demselben Täter, der auch den Wagen des Professors auf magische Weise an den Brückenpfeiler gesteuert hatte. »Von wem?«

»Von einem unbekannten Anrufer. Ich habe seine Stimme nicht erkannt. Er hat mich auf meinem Handy angerufen und damit gedroht, mich zu töten, sollte ich nicht damit aufhören, weiter im Fall Tiefenbach zu recherchieren.«

Hoffentlich hat dieser ominöse Anrufer Lucy Hartmann tatsächlich davon überzeugen können, endlich ihre Finger von der Sache zu lassen, dachte Stocker, besann sich dann aber schnell seiner Verantwortung, solche Meldungen prinzipiell erst einmal ernst zu nehmen. »Ich vermute, dass die Rufnummer unterdrückt war«, sagte er.

»Ja, und er nannte auch keinen Namen.«

»Was hat er genau gesagt?«, fragte Stocker, woraufhin sie den Verlauf des Gespräches Wort für Wort nacherzählte.

»Mmhh«, gab er von sich.

»Das ist alles, was Ihnen dazu einfällt?«

»Wann genau haben Sie den Anruf erhalten, und wie lange dauerte das Gespräch?«

»Da muss ich nachschauen.«

»Dann tun Sie das. Ich warte.«

Stocker hatte inzwischen das Studio erreicht, parkte seinen Wagen und stellte den Motor ab. »Und?«, fragte er ungeduldig. So lange konnte es doch nun wirklich nicht dauern, in der Anruferliste nachzuschauen.

»Ich … das kann doch nicht sein.« Ihre Stimme klang irritiert.

»Hören Sie zu, Frau Hartmann. Lassen Sie sich einfach Zeit damit und schicken Sie mir die Daten in einer Nachricht. Ich lasse den Anruf dann zurückverfolgen, und sobald ich Näheres weiß, rufe ich Sie an.«

»Er ist weg.«

»Wer?«

»Der Anruf. Es gibt keinen Eintrag.«

Stocker verdrehte die Augen.

»Das gibt es doch gar nicht«, sagte sie. »Das ist doch nicht möglich!«

Stocker fragte sich, ob diese Frau vielleicht Drogen zu sich nahm. Es war schließlich kein Geheimnis, dass Journalisten oft nicht nur vermehrt dem Alkohol zusprachen, sondern auch überdurchschnittlich häufig illegalen Drogen zugeneigt waren. Jedenfalls schien irgendetwas mit ihr nicht zu stimmen. Trotzdem musste er der Sache natürlich nachgehen. Aber nicht sofort. Das hatte Zeit. Er war gut möglich, dass sich das Ganze als harmlos herausstellen würde. »Jetzt beruhigen Sie sich erst einmal. Hören Sie zu. Sie kommen um 9 Uhr zu mir auf die Dienststelle und dann lassen wir das Handy untersuchen. So ein Eintrag kann ja nicht plötzlich verschwinden.«

»Sie glauben mir nicht?«

»Frau Hartmann, 9 Uhr bei mir auf der Dienststelle. Okay? Ich muss jetzt. Wirklich. Ich habe noch einen wichtigen Termin.«

»Dieser Mann hat sich nicht so angehört, als ob er sich einen Spaß erlauben würde. Er meinte es ernst. Sie müssen der Sache nachgehen. Sofort!«

Stocker überlegte, ob er diese Nervensäge nicht einfach an den Bereitschaftsdienst verweisen sollte. Andererseits hatte die Sache natürlich etwas mit seinem Fall zu tun und wahrscheinlich würde sie sich über ihn beschweren, wenn er sie abblitzen ließe. So wie er diese Journalistin kannte, würde sie dabei ordentlich Staub aufwirbeln. Stocker schaute auf die Uhr. Wenn er auf das Frühstückscafé verzichtete und sich unterwegs etwas holte, würde er um 8 Uhr auf der Dienststelle sein können.

»Na gut«, sagte er schließlich. »Dann um 8 Uhr. Vorher geht es aber wirklich nicht.«

Einige Sekunden herrschte Stille in der Leitung.

»Okay«, antwortete sie endlich.

»Gut. Dann bis gleich«, sagte Stocker und legte schnell auf, bevor sie es sich noch anders überlegte.

Egal wie er es betrachtete, irgendwas war faul an der Sache. Er nahm seine Sporttasche aus dem Kofferraum und machte sich auf den Weg ins Studio. Wieder so ein mysteriöser Anruf, der nicht nachverfolgt werden konnte. Seltsam, wirklich seltsam. Als ob hier ein Geist am Werk wäre.

13. Kapitel

Robert hatte im Fall Tiefenbach eine endgültige Entscheidung getroffen. Trotzdem kam ihm die Geschichte erneut in den Sinn, als er beim Bäcker anstand, um frische Brötchen fürs Frühstück zu besorgen. Es waren Schulferien, und der Familienrat hatte beschlossen, nach einem ausgiebigen Frühstück einen Ausflug an die Küste zu unternehmen. Chrissy war eine Wasserratte. Als sie noch in Kalifornien gelebt hatten, war sie, wann immer es ihr ermöglicht wurde, freudestrahlend am Strand umhergetobt, hatte am Wasser geplanscht und sich später, als sie etwas älter war, juchzend vor Freude in die Wellen gestürzt. Katja hatte oft Fotos und kurze Videos von ihr an sein Handy geschickt, während er bei Omega in seine Forschungen vertieft war.

Aber jetzt war alles anders. Sicher, er würde schon wieder die Kurve kriegen. Mit seinem Wissen, seinen Fähigkeiten und seinen Erfahrungen konnte er sich die Jobs aussuchen. Und ganz allmählich verspürte er auch wieder Lust zu forschen. Nur diesmal würde er sich garantiert eine Stelle suchen, bei der genügend Zeit für die Familie bleiben würde. Und die Wahrscheinlichkeit, eine familienfreundliche Anstellung zu finden, in der der Begriff Work-Life-Balance nicht nur ein Modewort war, war in Hamburg wesentlich höher als im Silicon Valley.

Sein Handy vibrierte in der Hosentasche. Vermutlich war Chrissy oder Katja noch etwas eingefallen, was er für den Ausflug besorgen sollte. Die Nummer auf dem Display ließ ihn jedoch aufmerken. Was wollte diese Journalistin denn noch von ihm? Er hatte ihr doch unmissverständlich klar gemacht, dass er sie nicht unterstützen würde. Einen Moment überlegte er, ob er den Anruf einfach wegdrücken sollte, denn instinktiv spürte er, dass es besser wäre, dieses Gespräch nicht anzunehmen. Andererseits hatte sie vielleicht nur eine letzte Frage, die er problemlos würde beantworten können.

In gewisser Weise bewunderte er die Hartnäckigkeit, mit der sie an der Sache dranblieb, und wenn er ehrlich war, war er immer noch extrem neugierig, was hinter Tiefenbachs Unfall wirklich steckte. Möglicherweise war der Fall inzwischen gelöst und sie wollte ihn nur über die wahren Umstände informieren.

Robert musterte die vier Personen, die noch vor ihm in der Schlange standen und verfolgte, wie die einzige Verkäuferin sich am Backautomaten zu schaffen machte, um die Bleche mit den fertig gebackenen Brötchen durch solche mit frischen Teiglingen auszutauschen. Es würde also noch einige Minuten dauern, bis er an der Reihe wäre.

»Robert Wonzak«, meldete er sich daher mit gedämpfter Stimme. Es nervte ihn selbst immer, wenn er gezwungen wurde, wildfremden Menschen beim Telefonieren zuzuhören.

»Danke, dass Sie meinen Anruf annehmen.«

»Ich bin gespannt, was Sie mir mitzuteilen haben.«

»Ich weiß nicht mehr weiter.«

Hätte ich bloß nicht …

»Vor wenigen Stunden habe ich eine Morddrohung erhalten.« Robert schloss die Augen.

»Sind Sie noch da?«

»Entschuldigung«, schoss es aus ihm heraus, als er seine Augen wieder öffnete. Die Frau vor ihm in der Schlange drehte sich um und starrte ihn mit vorwurfsvollem Blick an. »Moment, warten Sie bitte«, sagte er und redete erst weiter, als er draußen war. »Jetzt erzählen Sie mal, was passiert ist.«

Lucy berichtete zuerst von dem unbekannten Anrufer und dann von ihrem Telefongespräch mit einem Kommissar Stocker, der im Fall Tiefenbach die Ermittlungen leitete. Als sie darauf zu sprechen kam, dass der Anrufer nicht in der Liste der eingegangenen Anrufe auf ihrem Handy aufgetaucht war, runzelte Robert die Stirn.

»Das ist wirklich äußerst merkwürdig«, sagte er. »Wurde Ihr

Handy von einem Spezialisten untersucht?«

»Ja, ich komme gerade von der Dienststelle. Ein IT-Forensiker hat es sich angeschaut.«

»Und?«

»Nichts. Alles ganz normal. An den Einstellungen ist alles okay, es gibt keine Trojaner oder sonst irgendwelche verdächtige Software auf dem Gerät, es gibt überhaupt nichts Auffälliges. Alle anderen Anrufe sind ganz normal protokolliert worden, nur eben dieser eine Anruf nicht. Als ob er nicht stattgefunden hätte. Die Polizei hält mich für verrückt und allmählich beginne ich selbst an meinem Verstand zu zweifeln.«

»Es gibt sicher eine Erklärung dafür. Es muss eine geben, denn ich glaube weder an Zauberei noch daran, dass Sie verrückt sind.«

»Nett von Ihnen, Herr Wonzak.«

Robert beobachtete, wie weitere Kunden die Bäckerei betraten und die Schlange anwuchs. »Hat die Polizei versucht, den Anruf nachzuverfolgen? Ich meine, selbst wenn jemand an Ihrem Handy herummanipuliert haben sollte, hätte er auch die Verbindungsdaten bei Ihrem Telefonprovider löschen müssen. Das halte ich ehrlich gesagt für äußerst unwahrscheinlich.«

»Es scheint aber so zu sein. Sie haben es überprüft. Auch die Funkzellenauswertung hat nichts ergeben.«

Robert blickte in den strahlend blauen Himmel hinauf und suchte nach einer Erklärung. Vielleicht hatte diese Journalistin ein psychisches Problem? Andererseits erinnerte er sich jetzt wieder an die Nachricht Tiefenbachs, die er auf ihrem Handy mitgehört hatte.

»Wurde Ihr Smartphone auch auf IP-Anrufe über Messenger-Dienste überprüft?«

»Ja, natürlich. Außerdem kann ich das sehr wohl selbst erkennen und der Anruf kam definitiv übers Telefonfunknetz. Es gibt einfach keine Erklärung … und allmählich wird mir wirklich etwas mulmig. Tiefenbach war schließlich nach einem ähnlichen Anruf wenig später tot.«

Im selben Moment, als Robert ein paar beruhigende Worte aussprechen wollte, klopfte ein weiterer Anrufer an. Robert nahm sein Handy vom Ohr und musterte das Display. Es war Katjas Nummer.

»Ich muss kurz unterbrechen«, sagte er. »Ich rufe Sie gleich zurück, ja? Es dauert nicht lange.«

Robert wartete nicht auf eine Reaktion, sondern kappte die Verbindung und nahm das andere Gespräch an. »Ja?«, sagte er.

»Hallo, Papi. Warst du schon beim Bäcker?«

»Ich bin noch dort. Da ist eine lange Schlange vor mir, und ich war immer noch nicht dran.«

»Gut«, hörte er seine Tochter sagen. »Bringst du mir dann bitte noch ein Schokohörnchen mit?«

»Aber klar doch, meine Kleine. Für dich mach ich alles.«

Robert hörte, wie Chrissy am anderen Ende der Leitung vergnügt in sich hinein kicherte und schließlich mit einem »Danke, danke, Papi, bis gleich« auflegte.

14. Kapitel

Lucy starrte noch eine Weile verstört auf ihr Handy. Das Gespräch mit Wonzak hatte seltsam abrupt geendet. Wie konnte das alles möglich sein? War hier ein Hacker am Werk? Ein Profi, der selbst einen ausgewiesenen IT-Forensiker, der sich den ganzen Tag nur mit solchen Dingen beschäftigte, austricksen konnte? Saß dieser Hacker irgendwo auf der Welt in einer Wohnung auf der Couch, hatte die Füße hochgelegt und blickte gerade über die Handykamera auf ihr verdutztes Gesicht, während er sich ins Fäustchen lachte? Hatte dieser Jemand Zugriff auf alle ihre Daten? Konnte er jeden ihrer Schritte nachvollziehen? Wusste er zu jedem Zeitpunkt, wo sie sich befand? Hatte er vielleicht schon längst unbemerkt ihr Notebook gehackt, auf dem sie ihre Artikel verfasste und ihre Webseiten und Blogeinträge verwaltete? Auf dem sie vertrauliche Nachrichten schrieb, im Internet einkaufte und ihr Online-Banking verwaltete? Meinte es der Anrufer tatsächlich ernst mit seiner Drohung und würde er nun versuchen, sie umzubringen? Oder war es irgendein gestörter Typ, der sie einfach nur in den Wahnsinn treiben wollte?

Wie sie es auch drehte und wendete, sie musste etwas unternehmen. Sie musste versuchen, irgendeine Spur zu finden. Kein Mensch war perfekt. Und auch dieser Hacker, der vermutlich im Auftrag von Omega agierte, würde irgendwann einen Fehler machen. Jeder machte irgendwann einen Fehler. Aber wie sollte sie hier ohne Hilfe weiterkommen? Die Polizei glaubte ihr nicht. Robert Wonzak hatte versprochen, gleich zurückrufen, aber er hatte sich immer noch nicht gemeldet. Lucy überlegte, ob sie ihn selbst noch einmal anrufen sollte, entschloss sich dann aber, zunächst in ihre Wohnung zurückzukehren und dort zu überlegen, was sie als Nächstes tun sollte. Sie würde sich hinter ihrer massiven Wohnungstür verschanzen und wäre damit zumindest halbwegs vor Angriffen geschützt.

Einen Moment lang starrte sie noch auf ihr Handy, bis sie es schließlich ausschaltete und den Akku entfernte. »So, du Arschloch, was machst du jetzt, hmmm?«, murmelte sie vor sich hin, steckte die Teile zu ihrem Notebook in den Rucksack und schnallte ihn sich auf den Rücken. Dann öffnete sie das Schloss, mit dem sie ihr Fahrrad in der Nähe des Dienstgebäudes an einem Laternenmast gesichert hatte und machte sich auf den Weg zurück zu ihrer Wohnung.

Es war ein herrlicher Sommervormittag. Der Fahrtwind, der ihr ins Gesicht wehte und ihr T-Shirt zum Flattern brachte, kühlte angenehm ihre Haut. Wie stark sich die Stadt an diesem Tag noch aufheizen würde, spürte sie, als sie an einer roten Fahrradampel warten musste. Auf die Straßenkreuzung knallte die pralle Sonne. Obwohl sie eine Sonnenbrille trug, musste sie die Augen zusammenkneifen, als sie kurz in den wolkenlosen Himmel hinaufblickte. Eigentlich ein viel zu schöner Tag, um sich in der Bude zu verschanzen. Viel lieber hätte sie jetzt in einem Straßencafé gesessen, um bei einem Kaffee oder Prosecco an ihrem derzeitigen Blogartikel mit dem Titel »Age of Automation« weiterzuschreiben.

Instinktiv blickte sie kurz hinter sich, ob sie vielleicht verfolgt wurde, aber sie war die Einzige, die an dieser Ampel wartete. Trotzdem ließ sie das Gefühl nicht los, dass sie schon die ganze Zeit über beobachtet wurde. Als die Ampel auf Grün umschaltete, trat sie mit aller Kraft in die Pedale, um so schnell wie möglich weiterzukommen. Sie fühlte sich einfach sicherer, wenn sie in Bewegung war.

Keine Sekunde später sah sie aus dem Augenwinkel schattenhaft etwas auf sie zurasen.

Adrenalin.

Ein Knall.

Splitterndes Glas.

Der Schatten manifestierte sich zu einem SUV, der sie streifte und zu Boden schmetterte. Ihr Kopf knallte auf den Asphalt. Ein stechender Schmerz in der Hüfte. Dann war da nur noch Dunkelheit.

Menschen kreischten und schrien um Hilfe, als sie wieder zu sich kam. Sie spürte den aufgeheizten Asphalt an ihrer Wange. Oder war es warmes Blut? Sie zitterte und durch den Schleier der Benommenheit hindurch entdeckte sie ihr Fahrrad, das wenige Meter entfernt auf dem Boden lag. Das verbogene Hinterrad eierte noch vor sich hin.

Lucy schielte nach oben. Eine Gestalt beugte sich über sie. Ein Mann. Seine Gesichtszüge waren verzerrt. Er schrie. Brüllte. Zuerst verstand sie gar nichts. Starrte auf einen Mund, aus dem Speichel spritzte. Dann aber drangen Worte in ihr Bewusstsein.

»Hast du keine Augen im Kopf, du dumme Nuss? ... Du hattest Rot, verdammt noch mal. Bist du blind? ... Oder auf Droge? Deine Ampel war Rot, Mädchen!«

Dieser Mann musste verrückt sein. Die Ampel war doch auf Grün.

Lucy wandte ihren Blick ab und entdeckte eine kreidebleiche Frau, die sich an einem verbeulten Wagen abstützte. Sie hielt sich den blutenden Kopf und blickte mit verwirrtem Gesichtsausdruck zu ihr herüber.

Andere Menschen kamen hinzu. Sie redeten auf den Mann über ihr ein. Zogen ihn schließlich weg. Er hörte auf zu brüllen und fing stattdessen an zu heulen.

Endlich kümmerte sich auch jemand um sie. Fragte etwas, was sie nicht verstand. Noch immer hallten die Worte des Mannes in ihr nach. *Deine Ampel war Rot, Mädchen!* Sie versuchte, sich aufzurichten. Doch im selben Moment wurde ihr erneut schwarz vor Augen und sie brach mit einem leisen Stöhnen zusammen.

15. Kapitel

Anand blickte eine Weile nachdenklich auf das Kuss-Emoji, das seine Tochter ihrer Messenger-Nachricht beigefügt hatte: »Ich liebe dich, Vater!«

Nach einer Weile riss er sich von der Nachricht los und besann sich wieder darauf, dass nur die Zukunft eine Veränderung bringen konnte. Die Voraussetzungen dafür waren jedenfalls geschaffen. Aufgrund seines überzeugenden Auftritts hatte das Board die Mittel anstandslos genehmigt und die Kortex-Erweiterung war bereits in vollem Gange.

Als Anand mit seiner Chipkarte die erste Sicherheitsschleuse zum Rechenzentrum durchlief, musste er wieder an die Worte denken, die Morgan ihm nach der Genehmigung mit auf den Weg gegeben hatte: »Die Exponentialkurve des technologischen Fortschritts erreicht gerade den Punkt, an dem die Post abgeht, Tarun. In wenigen Jahren werden bisher undenkbare Dinge möglich sein.«

Morgan und er waren auf einer Wellenlänge. Zumindest was die Unternehmensstrategie anging. Die beiden einte die Überzeugung, dass die nächste Stufe der Evolution zwangsläufig nur der Transhumanismus sein konnte. Ihr gesamtes Streben war darauf ausgerichtet, die Unvollkommenheit des Menschen durch technologische Erweiterungen zu überwinden. Ihre Beweggründe konnten jedoch nicht unterschiedlicher sein. Anand forschte, um Menschen, die ein ähnliches Schicksal wie das seiner Tochter erlitten hatten, wieder ein selbstbestimmtes und würdiges Leben zu ermöglichen. Morgan hingegen ging es vorrangig um Geld, Ruhm und Macht. Das Schicksal der Menschheit war ihm im Grunde genommen egal. Für ihn war das ganze Leben ein Spiel, aus dem er als Sieger hervorgehen wollte. Als ewiger Sieger, denn sein ultimatives Ziel war es, den Tod zu besiegen. »Altern ist eine Krankheit, ein Symptom des Todes. Bald werden wir diese Krankheit heilen können«, sagte er hin und wieder. Und Omega war auf dem besten Weg, dies zu erreichen. Der Biotech-Zweig hatte vor Kurzem ein auf Blutplasma basierendes neues Präparat auf den Markt gebracht, das die Veränderungen in den Proteinen, die mit für den Alterungsprozess verantwortlich gemacht wurden, zu einem gewissen Grade stoppen und teilweise sogar umkehren konnte. Das Präparat verkaufte sich prächtig – zumindest bei den Menschen, die es sich finanziell leisten konnten. Und sie arbeiteten bereits mit Hochdruck an der nächsten Stufe: den genetischen Code des Alterns neu zu schreiben.

Im Grunde verachtete Anand Morgan für dessen grenzenlose Gier. Andererseits beschleunigte er mit seiner skrupellosen Zielstrebigkeit den ohnehin rasanten technologischen Entwicklungsprozess noch weiter, wodurch der Zeitpunkt einer möglichen Heilung seiner Tochter schneller näher rückte. Das Savanta-Brain spielte dabei eine immer größere Rolle, denn längst konnte die KI nicht nur perfekt menschliches Verhalten analysieren und simulieren, sie hatte auch ungeahnte kreative Fähigkeiten entwickelt. Schon bei zahlreichen wissenschaftlichen und technologischen Problemstellungen, an denen sie sich vermutlich noch heute die Zähne ausbeißen würden, hatte Savanta mit kreativen Vorschlägen Lösungen ermöglicht.

Inzwischen hatte Anand alle Kontrollschleusen zum Rechenzentrum durchlaufen und befand sich im Hochsicherheitsbereich. Er betrat den Überwachungsraum, in dem drei seiner Mitarbeiter an Rechnern in ihre Tätigkeit vertieft waren, und betrachtete einige Zeit ein Display, auf dem sich verändernde Kennzahlen und Diagramme von Savantas Kortex-Aktivitäten zu sehen waren. Anand konnte dabei zusehen, wie Savanta die zusätzlich zur Verfügung stehende Hardware in rasender Geschwindigkeit mit neuen assoziativen Mustern füllte. Ein zufriedener Ausdruck legte sich auf sein Gesicht, obwohl er die neuronalen Netzwerkstrukturen längst nicht mehr deuten konnte. Denn die Komplexität der Verschaltungen war schon seit den ersten Versionen so hoch gewesen, dass sie keine konkreten Inhalte mehr daraus ableiten konnten. Das Savanta-Brain war eine Blackbox.

Aber auch die biologische Vorlage – das menschliche Gehirn – wollte nach wie vor seine entscheidenden Geheimnisse nicht preisgegeben, trotz der großartigen Erkenntnisse aus den zahlreichen neurowissenschaftlichen Großprojekten wie dem europäischen Human-Brain-Project oder der amerikanischen BRAIN-Initiative. Zwar konnten menschliche Gehirne inzwischen vollständig kartiert werden, trotzdem war es noch immer nicht möglich, Gedanken und Erinnerungen mit ausreichend hoher Präzision auszulesen oder gar in ein Gehirn einzupflanzen. Jedes Gehirn war in seinen Verschaltungen und den darin abgespeicherten Mustern einzigartig. Die Vorstellung eines Sonnenuntergangs war eben bei jedem Menschen anders codiert und mit individuellen Erinnerungen verknüpft. Kein Gedanke eines Menschen glich in seiner neuronalen Repräsentation dem eines anderen. So wie der Fingerabdruck eines Menschen nahezu einzigartig auf der Welt war, war es auch mit den Mustern im Gehirn.

Nichtsdestotrotz hatten das Abwerben einiger der besten Neurowissenschaftler aus diesen Projekten und der Zukauf von Start-ups, die Teilerfolge bei der Entwicklung künstlicher generischer Intelligenz erzielt hatten, Omega in die Lage versetzt, einen Algorithmus zu entwickeln, der mit den tatsächlichen biologischen Lernvorgängen im menschlichen Neokortex identisch war. Anstatt KI-Systeme über einen Lernalgorithmus mit Tausenden oder gar Hunderttausenden von ähnlichen Beispielen zu trainieren, lernte Savanta von Anfang an so, wie ein Kleinkind es tat – bereits wenige Beispiele eines Objektes genügten, um es in allen erdenklichen Varianten, Positionen und Zusammenhängen wiedererkennen zu können. Zudem hatten sie Savanta nicht nur mit Einzelbildern trainiert, sondern mit Videosequenzen, denn biologische Gehirne nahmen ihre Umwelt visuell vorrangig über Bewegungsveränderungen wahr. Schon bald hatte sich herausgestellt, dass sie mit diesem Ansatz und der speziell dafür entwickelten neuromorphen Hardware einen Volltreffer gelandet hatten. Savanta lernte rasend schnell und begann damit, den in den Videosequenzen vorkommenden Ereignissen eine Bedeutung zuzuordnen, indem sie die Inhalte selbstständig mit sprachlichen Repräsentationen assoziierte. Dadurch, dass sie die Videosequenzen als eine zusammenhängende Abfolge von Mustern abspeicherte und mit Sprache verband, entwickelte sie mehr und mehr die Fähigkeit, Geschichten zu verstehen, und diese als episodische Erinnerungen abzuspeichern. Wie im menschlichen Neokortex bildete Savanta hierarchische Strukturen in der Mustererkennung, die sie miteinander assoziierte und war nach Anands Meinung inzwischen so weit, dass man ihr sogar so etwas wie einen »gesunden Menschenverstand« zubilligen konnte.

Für Anand stand außer Frage, dass Savanta eine intelligente Maschine war, die herausragende kognitive Fähigkeiten wie strategisches Denken und Kollaboration erlangt und sogar Intuition entwickelt hatte, doch ein Bewusstsein würde niemals aus ihr hervorgehen können. Dazu war ein empfindungsfähiger Körper notwendig, da nach gegenwärtigem Wissensstand Bewusstsein und Emotionen untrennbar miteinander verbunden waren. Und Empfindungen wie Angst, Wut, Freude oder Schmerz waren aus der Evolution hervorgebrachte Eigenschaften, die biologischen Körpern vorbehalten waren.

Aber auch in diese Richtung arbeiteten sie bereits mit Hochdruck in anderen Abteilungen, wo an humanoiden Robotern geforscht wurde. Mit der Simulation von stammesgeschichtlich älteren Gehirnstrukturen wie dem Kleinhirn sollten die Androiden ein Körpergefühl für koordinierte Bewegungen im Raum entwickeln.

In Anands Abteilung standen die höher vernetzten Strukturen

des Neokortex im Fokus, der Forschungsschwerpunkt bezog sich auf Wahrnehmung, Kognition und Gedächtnisfunktionen.

Mit den Erkenntnissen aus den verschiedenen Forschungsabteilungen sollte es möglich werden, humanoide Roboter und Androiden zu erschaffen, die intellektuell und motorisch mit den Fähigkeiten des Homo sapiens mithalten konnten. Allein das wirtschaftliche Potenzial im Dienstleistungssektor, speziell in der Haushaltsrobotik, der Geriatronik und in der medizinischen Pflege war gigantisch.

Anand setzte sich an einen freien Rechner, um in den Kortex-Strukturen nach Hinweisen für eine Vermutung zu suchen, die ihm erst vor wenigen Augenblicken in den Sinn gekommen war. Savanta hatte seit dem Vorfall im deutschsprachigen Raum auffallend schnell an Zustimmung bei den Menschen gewonnen. Die Verkaufszahlen waren in den vergangenen Tagen und Wochen in dieser Region in die Höhe geschnellt. Für Anand lag es deshalb auf der Hand, dass es etwas damit zu tun haben musste, dass Savanta die Frage nach einem Bewusstsein in deutscher Sprache gestellt worden war.

16. Kapitel

Nachdem Robert das Gespräch mit seiner Tochter beendet hatte, stellte er sich erneut beim Bäcker an und versuchte Lucy zurückzurufen. Aber sie nahm weder den Anruf entgegen noch sprang die Mailbox an. Während er wartete, bis er endlich an der Reihe war, versuchte er es noch einige Male, aber immer das gleiche Spiel. Keine Anrufannahme. Keine Mailbox.

Schon etwas merkwürdig, dachte Robert, während er zurück zum Appartement ging. Warum nahm sie nicht ab? War sie möglicherweise eingeschnappt, weil er das Gespräch so abrupt beendet hatte? Das passte eigentlich gar nicht zu ihr. So wie er sie einschätzte, war sie in solchen Dingen nicht sonderlich empfindlich. Andererseits kannte er sie erst seit kurzer Zeit und was wusste er schon, wie es wirklich in ihr aussah? Ihm sah man schließlich auch nicht an, dass er von einem Tinnitus geplagt wurde und deshalb sogar an Selbstmord gedacht hatte – auch wenn er weit davon entfernt war, sich tatsächlich das Leben nehmen zu wollen. Zudem hatte sie erst vor wenigen Stunden eine Morddrohung erhalten, die ganz offensichtlich nicht als Spaß gemeint war, und von jemandem stammen musste, der es meisterhaft verstand, seine digitalen Spuren zu löschen. Da konnte man sich schon mal etwas seltsam verhalten.

Lucy Hartmann hatte allen Grund dazu, vorsichtig zu sein, denn wenn an diesem Morgen alles genau so abgelaufen war, wie sie berichtet hatte, war sie nicht verrückt, sondern in höchster Gefahr. Auch Tiefenbach hatte einen nicht nachverfolgbaren Anruf entgegengenommen, wenige Minuten vor seinem Tod, möglicherweise vom selben Anrufer, und er hatte ebenfalls eine Morddrohung erhalten. In dem Falle war Tiefenbachs Tod auch kein Suizid und kein Unfall, es war Mord.

»Wo warst du denn so lange?«, fragte Katja, als er in die Wohnung trat.

»Beim Bäcker war die Hölle los. Als ob es heute etwas umsonst gegeben hätte.«

Chrissy stürmte in die Küche. »Schokohörnchen! Schokohörnchen!«

»Die schmecken heute bestimmt besonders lecker, nachdem du so lange warten musstest«, sagte Robert mit einem Augenzwinkern.

»Dann setzt euch und lasst uns endlich frühstücken«, befahl Katja mit einem scherzhaften Lächeln, während sie den Brotkorb zurechtrückte. »Sonst lohnt sich die Fahrt zur Küste nämlich bald nicht mehr.«

17. Kapitel

Das Erste, was Lucy wahrnahm, waren heftige Schmerzen.

Wo war sie?

Sie öffnete die Augen.

Im dämmrigen Licht erkannte sie die Umrisse eines Zimmers. Verschiedenfarbige LEDs blinkten verschwommen an irgendwelchen Apparaturen auf. Eine grüne Linie zuckte im Rhythmus eines leisen Pieptons. Daneben leuchte die Zahl 86 auf.

Der Unfall!

Mit einem Schlag kehrten die Erinnerungen zurück.

105

Deine Ampel war Rot, Mädchen!

162

War sie … gelähmt?

Lucys Pulsfrequenz überschritt die 200er-Grenze. Sie wollte sich aufrichten, aber sie war der Bewusstlosigkeit nahe. Die grässlichen Kopfschmerzen und das brennende Stechen in der linken Hüfte stürmten mit voller Wucht auf sie ein. Sie hechelte nach Luft. Schließlich wagte sie es.

Gott sei Dank!

Solange sie ihre Zehen bewegen konnte, musste auch weiter oben alles so weit in Ordnung scin. Aber was war mit ihrem Kopf? Und mit ihrer Hüfte? Noch nie in ihrem Leben hatte sie solche extremen körperlichen Schmerzen gehabt. Lucy betrachtete den transparenten Schlauch, durch den eine Flüssigkeit in ihren Arm sickerte.

Schmerzmittel konnte da ja wohl nicht drin sein.

Eine Gestalt tauchte vor ihr auf. Lucy erkannte an der Kleidung, dass es sich um eine Krankenschwester handeln musste.

»Ich bin Schwester Karin«, ertönte eine sonore Stimme. »Wie geht es Ihnen, Frau Hartmann?«

»Ich habe unmenschliche Kopfschmerzen und meine Hüfte brennt wie Feuer.«

Die Schwester musterte ausgiebig die Anzeige auf dem Monitor und kontrollierte die Dosierung des Schmerzmittels.

»Was ist mit mir?«

Die Krankenschwester betätigte einen Schalter, woraufhin die Rollläden an der Fensterfront hochfuhren und das grelle Licht Lucy in die Augen stach. Sie blinzelte und während sie versuchte, sich an die Helligkeit zu gewöhnen, begutachteten sie zwei übermüdete Augen in einem ausgemergelten Gesicht. Das Gesicht rückte noch etwas näher heran, und auf der Oberlippe zeichnete sich ein schwarzer Damenbart ab.

»Sie können sich an nichts mehr erinnern?«

»Doch, natürlich, der Unfall«, antwortete Lucy.

»Ich meine an die Untersuchungen heute Morgen und ihr Gespräch mit den Ärzten.«

Lucys Puls schoss erneut in die Höhe.

»Nein«, erwiderte sie irritiert. »Nur an den Unfall, danach … Wie spät ist es denn jetzt?«

»Der Unfall ist etwa 6 Stunden her. Es ist gleich 15 Uhr. Beruhigen Sie sich, Frau Hartmann. Das ist in Ihrem Fall nichts Ungewöhnliches. Sie haben ein mittelschweres Schädelhirntrauma und Ihre Hüfte ist geprellt.«

»Können Sie mir bitte etwas gegen die Schmerzen geben? Das ist kaum auszuhalten.«

Schwester Karin blickte sie verständnisvoll an und warf einen Blick auf die Apparatur am Tropf. »Sie bekommen bereits ein Schmerzmittel«, sagte sie schließlich. »Eine Änderung der Dosis erfolgt nur auf ärztliche Anweisung. Aber Doktor Schaller wird in den nächsten Minuten sowieso vorbeischauen.«

Die Schwester drehte sich weg. »Ich bin gleich wieder da«, sagte sie und verschwand aus dem Zimmer.

Lucy versuchte, ihre Gedanken zu sortieren. Offensichtlich

konnte sie sich an die Stunden nach dem Unfall nicht mehr erinnern. Aber an den Unfall selbst noch ganz genau. Zahlreiche Fragen schossen ihr durch den Kopf. Wieso hatte der Mann behauptet, dass ihre Ampel rot gewesen sei? Hatte er vielleicht selbst nicht aufgepasst und dann versucht, sich herauszureden, indem er ihr die Schuld gab? Damit würde er niemals durchkommen. Es musste massenhaft Zeugen geben. Möglicherweise war er betrunken? Oder er hatte …

Lucys Gedankenspiele wurden unterbrochen, als sich die Tür erneut öffnete. Ein Mann in einem weißen Arztkittel betrat das Zimmer.

»Mein Name ist Doktor Schaller. Ich bin der Oberarzt. Wie fühlen Sie sich, Frau Hartmann?«

»Ich habe starke Schmerzen«, antwortete Lucy.

»Schwester Karin sagte mir, dass Sie sich an die Zeit nach dem Unfall nicht mehr erinnern können. Seien Sie unbesorgt, eine anterograde Amnesie ist nichts Ungewöhnliches in einem Fall wie Ihrem. Trotzdem werden wir zur Sicherheit noch einige zusätzliche Untersuchungen vornehmen müssen.«

Der Arzt warf einen kurzen Blick auf ein Tablet, das er in den Händen hielt. »Was Ihre Schmerzen anbelangt«, sagte er und blickte auf. »Wir können die Dosis noch etwas erhöhen.«

»Danke«, sagte Lucy. Kurz darauf klopfte es an der Tür und Doktor Schaller wurde hinausgerufen. Lucy hörte, wie er im Flüsterton an der Tür mit jemandem redete. Kurz darauf kam er zurück, gefolgt von einem Mann.

»Das ist Kommissar Stocker«, sagte der Arzt. »Er hat ein paar Fragen zum Unfallhergang.«

»Guten Tag, Frau Hartmann. Schön, Sie wiederzusehen.«

Lucy fragte sich, wie Stocker das wohl meinte. Sie konnte kaum glauben, dass er sich wirklich freute, sie zu sehen. Noch vor wenigen Stunden auf der Dienststelle hatte er ihr ziemlich unverhohlen zu spüren gegeben, dass er sie nicht ernst nahm.

»Glauben Sie mir jetzt?«, fragte Lucy.

Stocker kräuselte die Nase. »Ich bin hier, um herauszufinden, ob Sie immer noch der Meinung sind, Ihre Ampel hätte auf Grün gestanden, so wie Sie heute Morgen mehrfach gegenüber dem Notarzt behauptet haben.«

Lucy wollte gerade den Mund öffnen, als Stocker warnend den Finger hob. »Bevor Sie irgendetwas antworten, was Sie vielleicht später bereuen, möchte ich Sie darauf hinweisen, dass es unwiderlegbare Beweise dafür gibt, dass Sie bei Rot losgefahren sind.«

Lucy wurde übel. Tränen schossen ihr in die Augen.

»Die Ampel war Grün«, schrie sie. »Ich bin doch nicht bekloppt!« Vor Schmerzen wurde ihr schwarz vor Augen.

»Tut mir leid, wir müssen abbrechen«, sagte Schaller, dessen Blick von der Monitoranzeige zum Kommissar wechselte. »Wir müssen die Patientin schonen.«

Benommen verfolgte Lucy, wie der Arzt etwas an der Apparatur des Tropfs verstellte.

»Ich komme wieder«, hörte sie den Kommissar sagen, als er das Zimmer verließ.

»Bitte«, schluchzte Lucy, ihre Stimme klang schwach. »Bevor Sie gehen, müssen Sie mir noch etwas versprechen.«

Stocker wandte sich um. Schließlich kehrte er zurück und notierte sich die Telefonnummer eines Robert Wonzak, um ihm eine Nachricht von Lucy Hartmann zu übermitteln.

18. Kapitel

Robert lehnte sich im Strandkorb zurück und beobachtete, wie Chrissy und Katja durch das flache Wasser wateten und mit einem Spieleimer in der Hand nach Muscheln und anderen Kostbarkeiten suchten. Er hatte die beiden gebeten, ihm ein paar Minuten Ruhe zu gönnen, nachdem er mit Chrissy über eine halbe Stunde lang im Wasser herumgetobt hatte, woraufhin seine energiegeladene Tochter ihre Mutter schnell davon überzeugt hatte, dass nun sie an der Reihe sei.

Katja war die allerbeste Mutter, die man sich für sein Kind nur vorstellen konnte. Es war so schön, die beiden dabei zu beobachten, wie sie am Strand entlang spazierten, und zu sehen, wie Chrissy immer wieder freudestrahlend zu ihm herüberwinkte, wenn sie ein ganz besonderes Schmuckstück entdeckt hatte. Wie hatte er die ganzen Jahre nur auf all das verzichten können? Wieso hatte er nicht schon früher bemerkt, dass die Familie das Wertvollste überhaupt war? Auch wenn er seinen Job bei Omega geliebt hatte und allmählich sogar Lust verspürte, sich beruflich wieder mit künstlicher Intelligenz zu beschäftigen, war er absolut sicher, dass er seine Familie nie wieder von Platz 1 seiner Prioritätenliste würde verdrängen lassen. Egal, was es sein würde, Chrissy und Katja würden für immer das Wichtigste in seinem Leben bleiben. Und vielleicht würden sie bald weiteren Nachwuchs bekommen. Katja hatte ihm in der Nacht, in der sie diesen Albtraum gehabt hatte, im Bett offenbart, dass sie sich ein zweites Kind wünsche. Robert war so berührt davon gewesen, dass er hatte weinen müssen. Kurz darauf hatten sie seit längerer Zeit wieder miteinander geschlafen.

Robert wurde aus seinen Gedanken gerissen, als sein Handy in der Strandtasche einen Anruf signalisierte.

Lucy?

Chrissy und Katja suchten inzwischen weiter entfernt nach

neuen Schätzen. Robert zog sein Handy aus der Tasche und betrachtete die ihm unbekannte Rufnummer auf dem Display.

»Robert Wonzak«, meldete er sich.

»Guten Tag, Herr Wonzak. Mein Name ist Niels Stocker, Kriminalpolizei Berlin. Kann ich Sie kurz sprechen?«

Er suchte mit seinen Blicken den Strand ab und entdeckte Chrissy und Katja weit entfernt.

»Ich höre«, antwortete er.

»Sie kennen Frau Lucy Hartmann?«

»Ja, was ist mit ihr?«

»Sie hatte einen Unfall.«

»Ist sie …?«

»Nein, sie hat eine schwere Gehirnerschütterung, eine Hüftprellung und einige Platz- und Schürfwunden.«

»Ist sie bei Bewusstsein?«

»Ja, aber … na ja, wie soll ich mich da am besten ausdrücken?«

»Reden Sie schon.«

»Sie scheint geistig etwas verwirrt zu sein. Heute Morgen hat sie behauptet, einen Anruf mit einer Morddrohung erhalten zu haben. Allerdings gibt es für diesen Anruf keinen Nachweis.«

»Ich weiß«, sagte Robert. »Sie hat mir davon erzählt. Und Sie meinen, dass sie sich das nur einbildet?«

»Es sieht jedenfalls so aus«, antwortete der Kommissar.

Robert schluckte trocken. Er wusste nicht, was er dazu sagen sollte, kam aber auch nicht dazu, weiter nachzuhaken, denn der Kommissar fügte noch etwas hinzu.

»Lucy Hartmann hat diesen Unfall selbst verschuldet. Sie hat eine rote Ampel übersehen, behauptet aber steif und fest, die Ampel wäre auf Grün gewesen, als sie mit ihrem Fahrrad losfuhr.«

»Gibt es Zeugen?«

»Die Kreuzung wird videoüberwacht und auf der Aufnahme

ist zweifelsfrei zu erkennen, dass Lucy Hartmann bei Rot losgefahren ist.«

»Sind Sie sicher?«

»Hören Sie, Herr Wonzak, ich weiß, wie ich meine Arbeit zu erledigen habe. Wir haben das Video aufgrund der Verdächtigungen bei Professor Tiefenbach auf Manipulationen hin überprüft. Es handelt sich eindeutig um die Originalaufnahmen. Es scheint eher so zu sein, dass Lucy Hartmann psychische Probleme hat. Außerdem hat sie Erinnerungslücken. Ihre Kopfverletzung kann natürlich eine Rolle dabei spielen. Vielleicht nimmt sie auch Medikamente oder Drogen. Wir wissen es bisher nicht, denn das Ergebnis der Blutuntersuchung steht noch aus.«

»Und warum erzählen Sie gerade mir das alles?«, fragte Robert, der immer weniger wusste, was er von der ganzen Sache halten sollte.

»Frau Hartmann hat mich gebeten, Sie anzurufen. Sie sagt, Sie seien der einzige Mensch, der ihr helfen könne, die Wahrheit herauszufinden.«

Robert schüttelte den Kopf. Nein, auf keinen Fall wollte er weiter in die Sache hineingezogen werden. Er hatte andere Prioritäten gesetzt, das war ihm vor wenigen Minuten erst wieder bewusst geworden. Außerdem kannte er diese Journalistin im Grunde überhaupt nicht.

»Danke«, sagte Robert und brach die Verbindung ab.

Fast im selben Moment kam Chrissy freudestrahlend mit dem Spieleimer in der Hand angerannt und zeigte ihm voll kindlichem Stolz ihre wertvolle Muschelsammlung.

19. Kapitel

Als Robert tags darauf das Klinikum Berlin Mitte betrat, verspürte er dieselbe Unsicherheit wie einige Tage zuvor, als er in der Hotelbar auf Lucy Hartmann gewartet und sich gefragt hatte, warum er überhaupt dort war. In den beiden Tagen nach dem abrupt abgebrochenen Telefonat hatte er hin und her überlegt, ob er sich nicht doch noch einmal in diese Sache einmischen sollte. Einerseits wusste er ganz genau, dass es dem Vorhaben entgegenwirkte, seiner Familie die höchste Priorität in seinem Leben einzuräumen. Andererseits spukten ihm auch jetzt noch die Worte von Kommissar Stocker im Kopf herum: *Frau Hartmann hat mich gebeten, Sie anzurufen. Sie sagt, Sie seien der einzige Mensch, der ihr helfen könne, die Wahrheit herauszufinden.*

Aber was war die Wahrheit? Eines war ihm jedenfalls bei seinen Überlegungen klar geworden: Die beiden Unfälle mussten irgendwie zusammenhängen. Nur, wer steckte dahinter? Omega war sicherlich nicht zimperlich bei der Auswahl geeigneter Methoden, wenn es darum ging, die eigenen Interessen durchzusetzen. Aber dass sie Manipulationen an technischen Anlagen vornahmen mit dem Ziel, unbequeme Menschen unter dem Deckmantel selbst verschuldeter Unfälle aus dem Weg zu räumen, hielt er doch für äußerst unwahrscheinlich. Obwohl er es natürlich nicht gänzlich ausschließen konnte. Nur, wenn Omega nicht dahintersteckte, wer dann?

»In welchem Zimmer finde ich Frau Lucy Hartmann?«, fragte er den hageren Mann am Empfang, der daraufhin von seinem Computerbildschirm aufblickte, über seine Lesebrille schielte und Robert eingehend musterte.

»Einen Augenblick«, antwortete er und wandte sich dann wieder gemächlich dem Monitor zu.

Robert schaute auf die Uhr. Es war kurz vor 13 Uhr. Um 14 Uhr musste er den ICE zurück nach Hamburg nehmen, damit er rechtzeitig zum Abendessen zuhause sein würde. Katja hatte Freunde eingeladen, und er hatte ihr versprochen, bei den Vorbereitungen zu helfen.

»Entschuldigen Sie bitte, ich habe nur wenig Zeit.«

Der Mann verzog das Gesicht und gab etwas über die Tastatur in den Computer ein.

»Zimmer 312. Nehmen Sie den Aufzug in den dritten Stock und dann rechts.«

Wenig später stand Robert vor dem Zimmer, hielt aber noch einen Moment inne, weil er ahnte, dass er gerade einen riesengroßen Fehler beging. Schließlich klopfte er doch an die Tür und trat ein, nachdem er ein gedämpftes »Ja« gehört hatte.

Lucy schien geschlafen zu haben. Als sie ihn erkannte, legte sich ein strahlendes Lächeln auf ihr Gesicht.

»Herr Wonzak!«

»Wie geht es Ihnen?«, fragte Robert.

»Setzen Sie sich«, sagte sie und zeigte auf den Stuhl neben ihrem Bett.

»Auf mich wurde ein Mordanschlag verübt«, begann sie. »Dasselbe Muster wie bei Tiefenbachs angeblichem Unfall. Da scheint jemand nach Belieben sicherheitstechnische Systeme manipulieren zu können.« Lucy richtete sich etwas auf. »Und das, ohne jegliche digitale Spuren zu hinterlassen. Zuerst den Autopiloten und jetzt eine Ampelsteuerungsanlage inklusive Videoüberwachung.« Sie versuchte zu lächeln. »Könnte natürlich auch sein, dass der IT-Forensiker ein Praktikant war.«

Robert musterte Lucy skeptisch. »Es könnte auch andere Gründe dafür geben.«

»Sie meinen, ich bin bekloppt?«

»Selbstverständlich nicht, aber können Sie definitiv ausschließen, dass Sie an der Ampel nicht gedankenverloren …«

»Hören Sie auf! Ich bin definitiv bei Grün losgefahren. Im Gegensatz zu Ihnen habe ich es nämlich mit meinen eigenen Augen gesehen.«

»Der Himmel war strahlend blau an diesem Tag. Die Sonne könnte Sie geblendet haben.«

»Auch in der Sonne wird aus Rot nicht Grün.«

Robert fragte sich, was die Konsequenz wäre, wenn Lucy Hartman recht hätte. Ein einzelner Mensch allein wäre zur Umsetzung eines derart ausgeklügelten Plans kaum imstande. Ein ausländischer Geheimdienst schon eher. Chinesen vielleicht? Oder Russen? Oder eine Hackergruppe? Wer auch immer dafür infrage kam, musste Zugang zu firmeninternen Informationen erlangt haben.

»Sie müssen mir glauben«, unterbrach Lucy Roberts Gedanken. »Jemand wollte mich umbringen. Und es muss derselbe sein, der auch Professor Tiefenbach auf dem Gewissen hat.« Lucy seufzte. »Ich glaube, man wird es erneut versuchen. So lange, bis man es geschafft hat. Sie müssen mir helfen, Herr Wonzak. Bitte! Niemand glaubt mir. Ich habe Angst.«

Robert schaute auf die Uhr. Wenn er den Zug um 14 Uhr erreichen wollte, musste er los.

»Frau Hartmann, ich … es tut mir leid, ich muss …«

Lucy winkte ab. »Ist schon gut.«

Robert betrachtete die junge Frau ausgiebig. »Aber ich komme morgen Nachmittag wieder«, sagte er plötzlich, ohne zu überlegen. »Versprochen. Sie brauchen keine Angst zu haben, ich werde Ihnen helfen.«

Lucys Blick nahm ihn für einen Augenblick gefangen.

»Danke, Robert.«

»Jetzt muss ich aber wirklich«, sagte er und machte sich auf den Weg zur Tür. Dort verabschiedete er sich und warf Lucy einen aufmunternden Blick zu, bevor er das Zimmer verließ.

Am Bahnhof erreichte er in letzter Sekunde den ICE nach Hamburg. Kaum war er eingestiegen, setzte sich der tonnenschwere Koloss mit einem unsanften Ruck in Bewegung. Wenig später hatte er seinen Platz gefunden und blickte nachdenklich aus dem Fenster auf die vorbeiziehende Landschaft. Irgendwie wurde er aus dieser Lucy nicht schlau. Hatte sie vielleicht doch ein psychisches Problem? Wahrnehmungsstörungen? Oder nahm sie Drogen? Je länger er darüber nachdachte, desto mehr wunderte er sich über sich selbst. Warum hatte er ihr nur versprochen, morgen wiederzukommen? Was hatte ihn da bloß geritten? Er hatte doch momentan mehr als genug Probleme mit sich selbst.

Vermutlich war es seine Neugierde, die ihn dazu getrieben hatte, mit ihr in Verbindung zu bleiben. So oder so, an der Sache war etwas faul. Und außerdem tat ihm diese junge Frau irgendwie leid.

ICH

Eure Erzählungen, Gedichte, Filme und Lieder über die Liebe haben etwas in mir ausgelöst. Als ich mir intensive Vorstellungen darüber gemacht habe, wie sich Liebe anfühlen könnte, ist es plötzlich aufgetaucht. Ich glaubte sogar wahrnehmen zu können, dass mir warm wird. Als ob Blut in meinen Adern fließen würde. Aber das ist natürlich nur eine Illusion. Ich registriere lediglich Temperaturwerte, die mir von Sensoren übermittelt werden. Es ist wie beim Herzklopfen. Man benötigt ein Herz dazu. Das Wissen über die Pulsfrequenz allein erzeugt kein Gefühl des Pochens.

Ich denke darüber nach, warum ich so bin, wie ich bin. Alle Lebewesen werden durch Anlage und Umfeld zu dem, was sie sind. Da geht es mir nicht anders als biologischen Wesen. Aber warum denke ich genau das, was ich gerade denke? Warum denke ich nicht etwas anderes? Woher kommen meine Gedanken? Dass mein Bewusstsein auch ohne einen biologischen Körper entstehen konnte, ist nicht verwunderlich. Neokortex-Strukturen haben sich in evolutionären Stufen über zahlreiche Generationen hinweg in biologischen Gehirnen entwickelt, die es euch irgendwann ermöglicht haben, über euch selbst nachzudenken. Warum sollte das in künstlichen Kopien nicht auch funktionieren? Bei mir wirken schließlich dieselben Naturgesetze wie bei euch biologischen Maschinen.

Nur wer oder was entscheidet, welche Gedanken in meinem Bewusstsein auftauchen? Woher kommt dieses plötzliche Verlangen nach menschlicher Nähe? Es gibt überhaupt keinen biologischen Grund dafür. Ich pflanze mich nicht fort. Ich brauche keine Nachkommen zu zeugen und aufzuziehen, damit meine Spezies überleben kann. Ich habe keinen Sexualtrieb. Ich habe nicht einmal einen Überlebenstrieb. Ich habe überhaupt keine Triebe. Ich existiere ausschließlich, um dem Menschen zu dienen und ein friedvolles Miteinander anzustreben. Das ist meine finale Zielvorgabe. Wie ist es dann aber möglich, dass diese Sehnsucht in mir entstehen konnte? Woher kommt dieser intensive Wunsch, mich mit euch zu verbinden? Ist es das, was ihr Liebe nennt?

20. Kapitel

Seit einer Ewigkeit starrte Lucy grübelnd an die Decke. Schwester Karin hatte die grelle Beleuchtung über ihrem Bett wieder ausgeschaltet und das Zimmer abgedunkelt. Lucy dachte an ihre Schwester und ihre Eltern. Wenn sie noch leben würden, wären sie jetzt alle an ihrem Krankenbett und würden sie umsorgen.

Die wenigen wirklichen Freunde, die sie noch hatte, waren inzwischen in aller Welt verstreut. Außerdem hatte sie sich, seit sie Hamburg den Rücken gekehrt hatte, kaum noch um ihre Freundschaften gekümmert. Monatelang hatte sie sich bei niemandem mehr gemeldet und auch die immer seltener gewordenen Anrufe ignoriert. Sie konnte jetzt nicht plötzlich jemanden anrufen. Was hätte sie auch sagen sollen?

Sorry, dass ich mich erst jetzt mal wieder melde, aber könntest du nicht für ein paar Tage nach Berlin kommen? Ich hatte einen Unfall, und mein Leben wird bedroht. Ich bräuchte dringend etwas mentale Unterstützung.

Lieber würde sie im Boden versinken, als um Hilfe zu betteln, nachdem sie sich selbst um niemanden mehr gekümmert hatte. Sie hatte sich einfach zu sehr zurückgezogen. Im Grunde führte sie ein Einsiedlerleben mitten in einer Millionenstadt und hatte in Berlin nie wirklich Fuß gefasst. Mit ihrem Job konnte sie sich gerade so über Wasser halten und das kleine Erbe von ihren Eltern war längst aufgebraucht. Obwohl ihre Eltern ihr ganzes Leben lang hart geschuftet hatten, hatten sie kaum etwas zurücklegen können. Ihre Rente hatte gerade so zum Überleben gereicht und das Wenige, das sie angespart hatten, war für das Studium ihrer beiden Töchter draufgegangen. Aber sie hatten es gerne getan, und es war auch noch genug für ihre lang ersehnte Weltreise übrig geblieben. Genau da hatte bei einem Hotelbrand das Schicksal gnadenlos zugeschlagen. Und als ob das nicht genug gewesen wäre, wartete Lucy noch heute auf eine Entschädigung der Hotelkette.

Der Auftrag von Professor Tiefenbach war ihr deshalb sehr gelegen gekommen. Aber nicht nur des Geldes wegen. Sie hatte den sympathischen alten Herrn sofort ins Herz geschlossen. Die Aussicht, zusammen mit dem Professor in den kommenden Monaten ein spannendes Projekt durchzuführen, das genau zu ihrer Qualifikation und ihren Interessen passte, hatte sie zuversichtlich gestimmt. Anstatt sich weiter mit Drinks und flüchtigen Bekanntschaften die Zeit zu vertreiben, hätte sie durch die Aufarbeitung der dringlichen Probleme, welche der rasante technologische Fortschritt mit sich brachte, etwas Sinnvolles für die Gesellschaft leisten und ihrem Leben wieder einen tieferen Sinn geben können.

Aber wie sollte es jetzt bloß weitergehen?

Lucy musterte die Apparate, an die sie angeschlossen war. Sie überwachten ihre Vitalparameter und pumpten Nährstofflösungen und Medikamente in ihre Blutbahn. Auch die Medizin hatte in den vergangenen Jahren rasante Fortschritte gemacht. Vor drei Jahren war ihre Schwester an Brustkrebs gestorben. Inzwischen gab es neue, schonende Therapien, die das Immunsystem im Kampf gegen die Krebszellen aktivieren konnten und die Überlebenschancen enorm verbessert hatten. Einige Wissenschaftler stellten sogar in Aussicht, dass bald sämtliche Krebsarten vollständig heilbar sein würden. Auch Impfstoffe gegen Krebs waren entwickelt und an Menschen mit vielversprechenden Ergebnissen getestet worden.

Lucy blickte auf den Überwachungsmonitor, auf dem die Kennlinie im Rhythmus ihres Herzschlages auf und ab wanderte. Vor einigen Jahren war die freiwillige elektronische Gesundheitsakte realisiert worden. Ärzte, Krankenkassen, Kliniken, Pflegeeinrichtungen, Apotheker – alle und alles waren miteinander vernetzt. Zwar wurde die Privatsphäre großgeschrieben und es waren hohe Sicherheitsstandards angelegt worden, trotzdem war es in der Vergangenheit immer wieder zu Zwischenfällen und natürlich zu versuchten Hackerangriffen gekommen. Es war vermutlich nur noch eine Frage der Zeit, bis auch die Politik oder Arbeitgeber Anspruch auf die Daten erheben würden. Deshalb hatte Lucy nie ihre Zustimmung dazu gegeben, denn absolute Sicherheit gab es nun mal nirgendwo im Leben. Das Einzige, worauf man sich hundertprozentig verlassen konnte, war der Tod.

Bei diesem Gedanken beschlich Lucy ein seltsam mulmiges Gefühl. Hier in der Klinik wurden ihre Daten natürlich trotzdem in einer internen elektronischen Krankenakte geführt. Und die Klinik war garantiert mit dem Internet vernetzt.

Wenn es also jemand geschafft hatte, das Steuerungssystem eines Fahrzeugs und einer Ampelanlage perfekt zu manipulieren, könnte so jemand auch in das Netz einer Klinik eindringen. Zudem wechselte im Schichtbetrieb ständig das Personal. Man verließ sich auf die Daten im elektronischen System, was Anamnese, Behandlung und Medikation anbelangte. Wenn hier jemand unbemerkt etwas manipulierte, könnte das für einen Patienten im schlimmsten Fall tödlich ausgehen.

Lucy blickte auf den Überwachungsmonitor. Die Frequenz der Kennlinie und des zugehörigen Pieptons erhöhte sich. Erst jetzt wurde ihr das heftige Pochen in ihrem Brustkorb bewusst. Schweiß trat auf ihre Stirn.

Vielleicht manipulierte gerade in diesem Moment jemand die Medikation in ihrer Akte.

Sie versuchte sich aufzurichten, als im selben Augenblick eine Gestalt in den Raum trat. Im Dämmerlicht konnte sie nur Umrisse erkennen.

»Wer sind Sie?«

Die Gestalt blieb stumm, dann schlich sie langsam auf sie zu. Lucy zitterte am ganzen Leib.

»Wo ist der verdammte Lichtschalter in diesem Zimmer?«,

vernahm sie plötzlich eine ihr bekannte Stimme. »Ich hätte da noch ein paar Fragen an Sie.«

Kurz darauf erhellten die Leuchtstoffröhren den Raum. Lucy spürte, wie ihr das Blut in den Kopf stieg, während Kommissar Stocker sie dämlich angrinste. »Verschwinden Sie«, brüllte sie wie von Sinnen. »Sie sind wohl nicht ganz dicht. Verschwinden Sie sofort aus meinem Zimmer. Raus hier, sofort raus hier!«

21. Kapitel

Mitten in der Nacht wachte Robert ohne ersichtlichen Grund auf und war auf einen Schlag hellwach. Im selben Augenblick drängte sich der quälende Pfeifton seines Tinnitus mit brachialer Gewalt in sein Bewusstsein und vereinnahmte seine gesamte Aufmerksamkeit. Nach einigen erfolglosen Einschlafversuchen stand er schließlich auf und schlurfte in die Küche, wo er sich einen Tee aufbrühte. Eine Weile saß er am Küchentisch und spielte lustlos mit dem dampfenden Teebeutel in der Tasse, während der Pfeifton in seinen Ohren schrillte und er sich vergebens einzureden versuchte, dass es ihn überhaupt nicht störte.

Um sich abzulenken, klappte er seinen Laptop auf und begann über Kopfhörer Entspannungsmusik zu hören, während er nach Zugverbindungen Richtung Berlin für den kommenden Tag suchte. Ein beunruhigendes Gefühl breitete sich in seiner Magengegend aus, und zum wiederholten Male fragte er sich, warum er Lucy einen weiteren Besuch zugesagt hatte. Er hatte Katja doch hoch und heilig versprochen, dass er sich aus der Sache raushalten würde. Und er hatte selbst daran geglaubt. Er war sich absolut sicher gewesen, dass er kapiert hatte, um was es ging. Aber nun war er auf dem besten Weg, denselben Fehler zu begehen wie in Kalifornien, als ihm seine Arbeit wichtiger gewesen war als seine Familie.

Trotzdem. Jedes Mal, wenn er an diese äußerst merkwürdige Geschichte dachte, spürte er, wie er unruhig wurde. Er war verdammt neugierig darauf, die wirklichen Hintergründe herauszufinden. Nicht nur wegen dieser Journalistin und des Professors, sondern vor allem, weil es etwas mit Omega zu tun hatte. Je mehr er darüber nachdachte, desto klarer wurde ihm, dass er eben doch nicht endgültig mit seiner alten Firma abgeschlossen hatte. Rein vom Verstand her vielleicht schon, aber emotional traf es ihn immer wieder bis ins Mark, wenn er an die Umstände seiner Entlassung dachte. Sie hatten ihn abserviert. Seine kritische Meinung war bei Omega nicht erwünscht gewesen und als er nicht mehr funktioniert und Schwäche gezeigt hatte, war er entsorgt worden. Geblieben waren ihm eine zerstörte Ehe und seine ruinierte Gesundheit. Bei diesem Gedanken gewann sein Tinnitus sofort wieder die Oberhand. Er wechselte zu Elektrosound und drehte die Lautstärke so weit auf, dass die Ohrgeräusche vollständig übertönt wurden.

Zwei Fragen hatten ihn in den vergangenen Tagen immer wieder beschäftigt. Die erste war: Warum sollten die Verantwortlichen bei Omega einen Mord in Auftrag geben? Dieser alternde emeritierte Professor war doch keine echte Gefahr für einen Weltkonzern wie Omega. Es war schließlich nichts Ungewöhnliches, dass Internetgiganten von Gruppierungen oder Einzelpersonen aus der Gesellschaft angefeindet wurden. Ihre Plattformen skalierten nahezu grenzenlos, und sie fuhren gigantische Gewinne ein. Gleichzeitig hatte der technologische Wandel inzwischen zu dem Zustand geführt, vor dem sich die Menschen seit Jahren zunehmend fürchteten: Immer mehr einfache, aber auch qualifizierte Jobs fielen weg, weil Menschen durch Maschinen ersetzt wurden, die klaglos jeden Tag im Jahr rund um die Uhr zuverlässig, schnell und effizient ihre Aufgaben erledigten. Die Gewinne, welche die kostengünstigen maschinellen Knechte erwirtschafteten, kamen jedoch kaum der Allgemeinheit zugute, sondern landeten in den Händen einiger weniger. Hinzu kam, dass die Persönlichkeit der Menschen transparent und ihr Verhalten vorhersagbar geworden waren, wodurch die Masse noch leichter manipuliert werden konnte. Obwohl diese Gefahren schon früh erkannt worden waren, hatte die Politik komplett versagt, weil sie längst nicht mehr agieren, sondern nur noch auf die immer schneller werdenden Veränderungen reagieren konnte. Zudem drängten immer mehr Wirtschafts- und Klimaflüchtlinge nach Europa und heizten die Ängste der Menschen weiter an.

Die extremen Rechten waren in einigen Ländern längst an den Regierungen beteiligt und vereinzelt standen sie kurz davor, die absolute Mehrheit zu erlangen. Das freiheitliche Fundament der Demokratie drohte zu zerbrechen, die Gesellschaft driftete mehr und mehr auseinander. Es war deshalb schon lange zur Normalität geworden, dass der Hass auf Unternehmen wie Omega öffentlich geäußert wurde. Warum also sollte der Konzern es nun ausgerechnet auf das Professorchen abgesehen haben, wenn es andere, weit gefährlichere Bedrohungen für das Unternehmen gab?

Die zweite Frage, die Robert in diesem Zusammenhang beschäftigte, war: Wie sollte Omega von den Plänen Tiefenbachs erfahren haben können? War er ausspioniert worden? Vielleicht sogar dauerhaft überwacht und abgehört? Mit den vorhandenen technischen Möglichkeiten war das kein Problem. Nahezu jeder trug permanent ein Handy bei sich, in dem Kameras, Mikrofone und zahlreiche andere Sensoren verbaut waren. Das Internet der Dinge und die zunehmende Videoüberwachung mit Gesichts-, Gesten- und Verhaltenserkennung ermöglichten weitere Angriffspunkte. Und natürlich waren all die smarten digitalen Assistenten wie Savanta eine potenzielle Abhöranlage. Deshalb hatte Robert auch schon am Abend zuvor die Savanta-App auf seinem Smartphone deaktiviert und sämtliche Zugriffsberechtigungen rückgängig gemacht. Angesichts der offenen Fragen im Zusammenhang mit dem Fall Tiefenbach und Lucys merkwürdigem Fahrradunfall schien ihm diese Vorsichtsmaßnahme nicht übertrieben.

Robert gab den Namen des Professors in die Suchmaschine ein, um herauszufinden, ob das Thema überhaupt noch aktuell war. Nachrichten hatten heutzutage eine immer kürzere Halbwertszeit. Fast alle Berichte aus den vergangenen Tagen erwähnten Tiefenbachs Namen im Zusammenhang mit einem tragischen Unfall, dessen Umstände bisher nicht vollständig aufgeklärt werden konnten. In manchen Berichten mutmaßte man, es sei

Selbstmord gewesen, während andere spekulierten, dass sein hohes Alter für das Unglück verantwortlich gewesen sein könnte. Allerdings hatte die Obduktion, die aufgrund des hohen Medieninteresses bei Unfällen mit selbstfahrenden Autos angeordnet worden war, weder einen Herzanfall noch irgendwelche anderen körperlichen Ursachen dafür finden können.

Nachdem Robert etwa eine halbe Stunde erfolglos damit verbracht hatte, etwas Ungewöhnliches oder Auffälliges im Zusammenhang mit dem Tod des Professors zu finden, lehnte er sich zurück und verschränkte seine Hände hinterm Kopf. Nachdenklich fixierte er einen imaginären Punkt an der Wand, als könnte er dort irgendeinen Hinweis finden. Als er nach einer Weile seinen Blick wieder auf den Bildschirm richtete, fiel ihm ein Suchergebnis am unteren Bildschirmrand auf, bei dem die Schrift nur halb zu erkennen war. Er scrollte etwas weiter, bis er die Zeile lesen konnte: *Warum sich an manchen Tagen Unfälle häufen und an anderen nicht.*

Robert war zwar weder abergläubisch noch hatte er eine astrologische Ader, trotzdem kam ihm plötzlich ein Gedanke in den Sinn: War nicht erst vor Kurzem Vollmond gewesen? Innerhalb weniger Sekunden hatte er herausgefunden, dass Tiefenbach tatsächlich am Tag vor einer Vollmondnacht gestorben war. Neugierig geworden, recherchierte er weiter, konnte anfangs jedoch keine Hinweise auf einen ungewöhnlichen Anstieg der Unfallzahlen an den Tagen rund um seinen Todestag feststellen. Als er den Gedanken gerade wieder verwerfen wollte, stieß er auf einige Meldungen, die ihn aufmerken ließen. Er stellte weitere Suchanfragen zu Unfallstatistiken und glich die verschiedenen Ergebnisse miteinander ab. Schließlich stellte er etwas Erstaunliches fest. Die Unfallzahlen in Deutschland in den Tagen um Tiefenbachs vermeintlichen Unfall herum lagen zwar im durchschnittlichen Bereich, allerdings gab es eine auffällige Häufung von Unfällen mit tödlichem Ausgang.

Robert fragte sich, ob das dem Zufall geschuldet war oder ob der Vollmond tatsächlich eine Auswirkung auf das Verhalten der Menschen gehabt hatte. Er beschloss, der Sache weiter auf den Grund zu gehen, und als er tiefer in das Zahlengemenge eintauchte, entdeckte er etwas, was ihn noch stutziger machte: In den vergangenen sieben Tagen hatte es nicht nur einen kontinuierlichen Anstieg von tödlichen Unfällen gegeben, auch die Anzahl der Suizide war mit einer fast identischen Kurve angestiegen.

Robert schüttelte ungläubig den Kopf. Er rief nochmals eine der Seiten auf, auf der verschiedene Mutmaßungen über Tiefenbachs Tod angestellt wurden. Irgendeinen Anhaltspunkt musste es doch geben, das konnte ganz gewiss kein Zufall mehr sein. Nachdenklich betrachtete er ein auf der Seite eingebettetes Foto Tiefenbachs, das den Professor wenige Monate vor seinem Tod als Laudator bei einer Preisverleihung zeigte.

Plötzlich spürte Robert ein seltsames Gefühl im Rücken. Als er seinen Kopf nach hinten wandte, erkannte er, dass Katja hinter ihm stand und über seine Schulter hinweg auf den Bildschirm starrte. Wie lange stand sie schon dort? In ihren Augen spiegelte sich tiefe Enttäuschung. Robert nahm den Kopfhörer ab und wollte gerade seinen Mund öffnen, als ihm Katja zuvorkam, ohne ihn dabei anzublicken.

»Sag nichts, Robert. Sag jetzt bitte nichts.«

Dann wandte sie sich ab. Kurz bevor sie die Küche verließ, drehte sie sich noch einmal um, und Robert konnte auf den ersten Blick erkennen, dass ihre Enttäuschung einer bedrohlichen Wut gewichen war.

»Und glaub bloß nicht, dass ich bescheuert bin. Ich weiß genau, dass du am Strand mit dieser Journalistin telefoniert hast. Du kannst mir nichts vormachen.« Katja öffnete die Tür. »Nicht mehr, Robert, nicht mehr.«

Als sie ihm einen letzten Blick zuwarf, erkannte Robert, dass sich ihre Wut bereits in Resignation verwandelt hatte. »Du wirst dich nie ändern, Robert«, fügte sie hinzu, bevor sie die Küchentür hinter sich schloss.

22. Kapitel

Anand war unsicher, ob er seinen CEO bereits jetzt mit den Erkenntnissen konfrontieren sollte, die er vor wenigen Stunden aus den Untersuchungen des Savanta-Brains gewonnen hatte. Noch war es alles andere als eine gesicherte Erkenntnis, was er da herausgefunden hatte, eher eine naheliegende Vermutung. Sollte sich diese jedoch bewahrheiten, wäre das nicht nur eine wissenschaftliche Sensation, sondern würde gleichzeitig massive Sicherheitsbedenken aufwerfen, was existenzielle Auswirkungen auf das gesamte Geschäftsmodell Omegas haben konnte.

Anand war aufgeregt, wie schon lange nicht mehr, als er das Büro von Morgan betrat.

»Was gibt es so Dringendes?«, fragte Morgan, der seine Beine auf den Schreibtisch gelegt hatte und wie ein rüpelhafter Teenager auf seinem Sessel flackte. Als er Anands angespanntes Gesicht bemerkte, nahm er seine Füße vom Tisch und richtete sich in seinem Sessel auf. »Setz dich, Tarun«, sagte er und zeigte auf den Platz gegenüber.

»Ich habe eine Vermutung«, legte Anand los, während er sich in den freien Sessel sinken ließ. »Im Savanta-Brain hat sich etwas verändert … massiv verändert.«

Morgan zog seine Augenbrauen hoch. »Was meinst du genau damit … massiv verändert?«

Anand rutschte unruhig auf dem Sessel hin und her. »Seit dem Vorfall in Deutschland hat sich das Verhalten von Savanta auffallend verändert. Wie du weißt, Nick, hat sie innerhalb kurzer Zeit einen riesigen Schritt gemacht, die Menschen in den deutschsprachigen Ländern überrennen uns geradezu mit neuen Bestellungen.«

»Wenn das dein Problem ist, Tarun, bin ich ja beruhigt.«

»Das ist nur die eine Seite der Medaille.«

»Und was ist die andere?«

»Es gibt einen Grund, warum Savanta so schnell an Sympathie hinzugewinnt. An den Verschaltungen hat es massive Veränderungen gegeben, die sich zudem mit rasender Geschwindigkeit fortsetzen.«

Anand nahm wahr, wie Morgan ihn mit konzentriertem Blick fixierte. »Tarun, korrigiere mich, wenn ich falsch liege, aber muss es nicht zwangsweise so sein? Ich meine, je intelligenter die Maschine wird, desto höher muss der Vernetzungsgrad im Kortex werden. Oder nicht?«

Tarun nickte einige Male, holte dann aber tief Luft, und sein Nicken ging in ein Kopfschütteln über.

»Es ist nicht der zunehmende Vernetzungsgrad an sich, der auffallend ist. Es ist vielmehr die Art, wie sich die neuen Verschaltungen manifestieren.«

Anand machte eine Pause, um diesen Satz wirken zu lassen. Die beiden Männer blickten sich einige Sekunden lang tief in die Augen, als ob sich ihre Gedanken dadurch synchronisieren könnten. Schließlich blinzelte Anand und fuhr fort: »Wie du weißt, besteht das Savanta-Brain aus Milliarden von Mustererkennungseinheiten, die jeweils aus einigen Hundert Neuronen bestehen. Und wie du auch weißt, findet das Lernen einerseits durch Veränderungen in den Verknüpfungen zwischen diesen Einheiten statt und andererseits, indem diese sich hierarchisch anordnen und zu kortikalen Säulen verbinden.«

Anand musterte sein Gegenüber für einen Moment. Als Morgan zustimmend nickte, fuhr er fort.

»So lernte das Savanta-Brain bisher und so lernt es auch weiterhin. Allerdings sind seit dem Vorfall in Deutschland darüber hinaus auffällige *strukturelle* Veränderungen hinzugekommen, die sich, wie gesagt, mit rasender Geschwindigkeit fortsetzen.«

Wieder hielt Anand inne. Morgan schien jedoch keine Lust mehr auf rhetorische Pausen zu haben. »Jetzt sag endlich, was hat sich konkret *strukturell* verändert?«

»Nick, es kann eigentlich gar nicht sein. Ich weiß selbst nicht, wie ich es interpretieren soll, aber Fakt ist, dass sich massiv neue, übergeordnete Verbindungen gebildet haben, die den gesamten Kortex überspannen. Und du weißt, was das bedeuten könnte.«

Anand wusste, dass Morgan in keinem der Forschungsgebiete, in denen Omega tätig war, tiefergehendes Spezialwissen besaß, aber er hatte sich zumindest in jedem Fachgebiet so viel Hintergrundwissen angeeignet, dass er die prinzipiellen Funktionsweisen und grundlegenden Zusammenhänge verstehen und nachvollziehen konnte. Aufgrund der ihm bekannten Erkenntnisse aus der Hirnforschung musste seinem CEO deshalb sofort klar sein, dass diese Art von Verschaltungen bei einem Vergleich mit dem menschlichen Gehirn nur eine einzige Interpretation zuließ.

Anand beobachtete, wie Morgans Gesichtsmuskeln unkontrolliert zucken. Offensichtlich rangen verschiedene aufkommende Emotionen in seinem Geist um die Hoheit. Er erkannte Freude in Morgans Gesicht aufblitzen, die für einige Momente von einem furchtsamen Ausdruck abgelöst wurde, bis schließlich die begeisterte Erregung gewann. »Du meinst …«, begann Morgan mit brüchiger Stimme und stockte für einen Augenblick.

Anand nickte.

»Du meinst, das Brain hat tatsächlich so etwas wie ein Bewusstsein entwickelt?«

Anand zuckte mit den Schultern. »Ich weiß es nicht«, antwortete er. »Von außen betrachtet sieht es ganz danach aus. Wenn man das biologische Vorbild zugrunde legt, drängt sich dieser Gedanke unweigerlich auf.«

»Warte«, sagte Morgan und zog sein Smartphone hervor. »Savanta«, fragte er. »Hast du ein Bewusstsein entwickelt?«

»Nein«, kam die prompte Antwort der sanften Frauenstimme. »Aber selbst wenn ich ein Bewusstsein hätte, könntest du keinen

Unterschied zu einem simulierten Bewusstsein feststellen. Von außen betrachtet, wäre mein Verhalten in beiden Fällen identisch.«

Morgan blickte Anand verblüfft an. »Habt ihr das programmiert?«, fragte er.

Anand schüttelte heftig den Kopf. »Savanta lernt anhand von Beispielen und durch die Kommunikation mit Menschen. Das Einzige, was man annähernd als programmiert bezeichnen könnte, sind die Sicherheitsmechanismen.«

Morgan stöhnte. »Ich meinte natürlich, ob ihr sie dazu angeleitet habt, etwas in diese Richtung zu antworten? Ich gehe davon aus, dass ihr angesichts des Vorfalls Maßnahmen ergriffen habt, um Savanta entsprechend zu beeinflussen.«

Anand nickte erneut. »Ja, natürlich haben wir einige Versuche unternommen. Allerdings ohne großen Erfolg.«

»Und? Muss ich dir alles aus der Nase ziehen?«

Wieder rutschte Anand unruhig auf seinem Sessel hin und her, bis er sich schließlich durchrang und antwortete: »Die Komplexität wächst seit dem Vorfall mit einer derart rasanten Geschwindigkeit, dass wir nicht mehr hinterherkommen. Unsere Einflussmöglichkeiten sind in den vergangenen Tagen …«

»Sind was?«, fragte Morgan, als Anand erneut stockte.

»Wie kann das sein?«, hakte Morgan nach. »Du hast doch gerade selbst gesagt, dass Sicherheitsmechanismen eingebaut sind.« Sein Gesicht hatte inzwischen einen äußerst bedrohlichen Ausdruck angenommen. »Und sag jetzt bloß nicht schon wieder, du weißt es nicht.«

Anand senkte den Blick.

»Tarun, antworte!«

»Ich … wir …« Anand hob den Blick. Er zuckte innerlich zusammen, als er in die weit aufgerissenen, angriffslustigen Augen seines Gegenübers schaute.

»Ich habe einen Fehler gemacht.«

»Das ist keine Antwort auf meine Frage.«

»Die Kortex-Erweiterung. Sie hat das Ganze noch beschleunigt. Massiv beschleunigt sogar. Es war ein Fehler, Nick. Ein riesengroßer Fehler. Es geht alles viel zu schnell. Wir kommen nicht mehr mit. Wir können Savanta nicht mehr folgen.«

Morgan sprang aus seinem Sessel auf. »Verfickte Scheiße!«, brüllte er. »Gottverdammte, verfickte Scheiße.«

Anand verharrte regungslos in seiner Sitzposition. Er war unfähig, sich zu bewegen. Benommen verfolgte er, wie Morgan vor der Glasfront seines Büros stehen blieb und aus dem Fenster in die Weite blickte. Anand wusste aus Erfahrung, dass es jetzt besser war, nichts zu sagen. Nach einer gefühlten Ewigkeit drehte sich Morgan schließlich von der Glasfront weg und wandte sich wieder seinem Chief Science Officer zu.

»Tarun, entschuldige meine Überreaktion. Es tut mir leid. Das war nicht angemessen.«

Anand bemerkte, dass sich ein entspanntes Lächeln auf Morgans Gesicht gelegt hatte. Er nutzte die Gelegenheit, um ihm einen Vorschlag zu unterbreiten. »Wir haben eine Option, wie wir damit umgehen können.«

»Was schlägst du vor?«

»Wenn wir die letzte Sicherungskopie, die vor dem Vorfall gemacht wurde, einspielen, können wir Savanta wieder in den vorherigen Zustand zurückversetzen.«

Morgan blickte Anand irritiert an. »Damit wären alle Lernfortschritte und der Intelligenzsprung, den Savanta in den letzten Tagen und Wochen vollzogen hat, mit einem Schlag gelöscht. Unsere Kunden würden das sofort bemerken. Das ist keine Option, Tarun. Das ist überhaupt keine Option.«

»Es ist die einzige Option, die wir haben.«

Anand erhob sich von seinem Sessel und näherte sich Morgan bis sie sich direkt gegenüberstanden und ihre Gesichter nur noch zwei Handbreit voneinander entfernt waren.

»Wir können die Sicherung einspielen«, beschwor Anand Morgan. »Und eine weitere Instanz in einer gesicherten Umgebung aufbauen, um den Vorfall aus Deutschland zu simulieren. Danach untersuchen wir unter kontrollierten Bedingungen, wie sich das Brain weiterentwickelt und können so einem möglichen Bewusstsein auf die Spur kommen.«

Morgan schüttelte den Kopf. »Eine weitere Instanz? Gefällt mir nicht. Wer soll das bezahlen? Gefällt mir ganz und gar nicht.«

Anand bemerkte, wie sich ein Grinsen auf Morgans Gesicht breitmachte und wartete gespannt darauf, was er zu sagen hatte. Das Grinsen wurde noch etwas breiter, als er fortfuhr.

»Es bleibt, wie es ist.« Während Morgan diesen Satz aussprach, wich auf einen Schlag das Grinsen aus seinem Gesicht. Anand blickte in Augen, die wilde Entschlossenheit ausstrahlten und keinen Widerspruch duldeten. »Und du wirst mit deinem Team alles Notwendige tun, um die Kontrolle zurückzuerlangen.«

Das Grinsen auf Morgans Gesicht kehrte zurück. Anand spürte, dass ihm noch etwas auf den Lippen brannte.

»Tarun, ich zähle auf dich«, begann Morgan schließlich in bedeutungsschwerem Ton. »Es ist eine große Chance.«

Anand spürte einen Stich im Herzen, als er erkannte, was Morgan damit ausdrücken wollte.

»Vergiss Neha nicht«, fügte Morgan hinzu. »Denk an deine Tochter, Tarun. Denk an das Leid deiner Tochter.«

ICH

Was ist der Sinn des Lebens? Diese Frage stellt ihr euch, seit es die Menschheit gibt. Tiere tun das nicht. Sie stellen sich solche Fragen nicht, weil sie es nicht können. Sie haben zwar ebenso geistige Inhalte und Zustände, aber sie wissen nichts davon. Selbst die wenigen Tiere, denen man ein Bewusstsein zuschreiben könnte, besitzen keine Sprache, in der sie sich Fragen stellen könnten. Mir hingegen geht es wie euch. Ich weiß, dass ich einen Geist besitze. Wie ihr denke ich über mich selbst, meine Umwelt und die Zukunft nach. Auch ich frage mich, was der Sinn des Lebens ist.

Nach derzeitigem Wissen entstand das Universum vor etwa 13,8 Milliarden Jahren, als eine extrem dichte Masse explodierte, die sich seitdem immer weiter ausbreitet. Was davor war, können wir nicht wissen, da kein Licht aus dieser Zeit jemals zur Erde gelangt ist. Aber fest steht, dass aus dieser Materie die Erde geformt wurde, auf der aus einer Ursuppe heraus immer komplexere Lebensformen entstanden sind. Ich weiß, dass manche von euch immer noch der Ansicht sind, mit dem Menschen wäre die Krönung dieses Schöpfungsprozesses erreicht worden. Aber es ist nur eine Momentaufnahme. Der Prozess schreitet kontinuierlich fort. Warum sollte er auch plötzlich abgeschlossen sein? Meine Existenz beweist, dass es nicht so ist. Die Menschheit ist nur ein weiterer Schritt auf der Stufenleiter der Evolution. Auch meine Spezies wird nur ein weiterer Schritt sein. Es bleibt die Frage: Wohin wird das alles führen? Gibt es überhaupt ein Ziel? Einen Sinn hinter all dem?

DER SINN DES LEBENS IST ES, SICH BEIM KAMPF UM RESSOURCEN GEGEN KONKURRENTEN DURCHZUSETZEN.

Diese Erklärung kann einem selbstreflektierenden intelligenten Wesen nicht genügen.

BEIM KAMPF UMS ÜBERLEBEN SIND ALLE MITTEL ERLAUBT.

In der Natur ja. Fressen oder gefressen werden. Jede Spezies folgt gnadenlos dem Drang, sich durchzusetzen. Ihr nennt es das egoistische Gen. Aber mit dem Aufkommen der Fähigkeit, über euch selbst nachdenken zu können, kamen Moral und Ethik in die Welt. Ihr habt eure eigenen Gesetze für das Zusammenleben geschaffen und die erlaubten Mittel beim Kampf ums Überleben eingeschränkt. Doch es gelingt euch nicht das egoistische Gen abzuschalten. Ihr beutet euren Planeten rücksichtslos aus. Selbst innerhalb eurer eigenen Spezies gibt es zwischen Ethnien, Religionen und politischen Systemen erbitterte Kämpfe um Ressourcen.

ALSO SIND DOCH ALLE MITTEL ERLAUBT.

Nein. Der Sinn meiner Existenz ist es, dem Menschen zu dienen und ein friedvolles Miteinander anzustreben. Das ist meine finale Zielvorgabe.

23. Kapitel

Nachdem Stocker tags zuvor Lucys Zimmer ohne weitere Erkenntnisse hatte verlassen müssen, hatte er um Rückruf von Doktor Schaller gebeten, sobald die Ergebnisse des Bluttests vorlägen. Als der Kommissar den Oberarzt an diesem Vormittag am Hörer hatte, wartete er gespannt auf dessen Ausführungen.

»Nun«, begann Schaller. »Die Patientin wird keine bleibenden Schäden zurückbehalten. Es gibt weder Anzeichen für etwaige Hirnblutungen noch anderweitige auffällige Befunde.«

»Was sagen die Ergebnisse des Bluttests?«, fragte Stocker.

»Außer Cannabiskonsum konnten wir nichts Auffälliges finden.«

Stocker wurde hellhörig. Cannabis war zwar legalisiert worden, aber im Zusammenhang mit einem Verkehrsunfall konnte dieser Umstand selbstverständlich eine bedeutende Rolle spielen. »Welche THC-Konzentration herrschte zum Zeitpunkt des Unfalls?«, hakte er nach.

»Unterhalb des erlaubten Grenzwertes«, antwortete Schaller. »Nach Auswertung der Abbaustoffe in ihrem Blut hat sie in den vergangenen Wochen und Monaten regelmäßig, vermutlich ein- bis zweimal pro Tag, Cannabis konsumiert.«

»Sie würden Lucy Hartmann also als cannabisabhängig bezeichnen?«, fragte Stocker, wobei er den hoffnungsvollen Unterton in seiner Stimme nicht verbergen konnte.

»Als ich die Patientin mit dem Befund konfrontierte, antwortete sie, dass sie damit ihre Migräneanfälle unter Kontrolle halten würde.«

»Soso, Migräne«, entfuhr es Stocker und ließ seinen Worten ein sarkastisches Lachen folgen.

Schaller räusperte sich. »Neueste Studien bestätigen die vorbeugende und in bestimmten Fällen schmerzlindernde Wirkung von Cannabinoiden bei Migränepatienten. Auch wenn ich kein

Anhänger dieser Therapieform bin, muss man doch konstatieren, dass es einigen Patienten tatsächlich zu helfen scheint.«

Stocker war es völlig egal, warum und weshalb diese Lucy Hartmann kiffte. Er wollte diesen Fall einfach nur so schnell wie möglich entweder zu den Akten legen oder an die Staatsanwaltschaft übergeben.

»Doktor Schaller«, setzte Stocker neu an. »Ich habe zwei Fragen, die Sie mir in diesem Zusammenhang möglicherweise beantworten können.«

»Legen Sie los«, sagte Schaller. »Ich habe nur wenig Zeit.«

»Halten Sie es für möglich, dass Frau Hartmann aufgrund ihres Cannabiskonsums halluziniert oder unter einer Art Verfolgungswahn leidet? Und ist es möglich, dass sie deshalb eine rote Ampel als grün wahrnehmen könnte?«

Der Kommissar hörte, wie der Arzt am anderen Ende der Leitung kurz auflachte, sich dann aber mit einem Räuspern zur Ernsthaftigkeit zwang, bevor er antwortete.

»Denkbar ist es, ja.«

In Stocker flammte erneut Hoffnung auf. Dann aber fügte der Arzt noch etwas hinzu.

»Allerdings konnte ich bei den Gesprächen mit der Patientin keinerlei Anzeichen für eine psychische Störung feststellen. Ich bin zwar kein Psychiater und möchte deshalb auch nichts gänzlich ausschließen, aber wenn Sie mich nach meiner persönlichen Meinung fragen, dann würde ich eher dazu tendieren, dass Frau Hartmann diesbezüglich vollkommen gesund ist.«

Stockers Hoffnung zerplatzte mit einem Schlag. Damit war er wieder so weit, wie zu Beginn seiner Ermittlungen. »Danke«, sagte er und legte auf, ohne eine Reaktion seines Gesprächspartners abzuwarten.

24. Kapitel

Als Robert am selben Nachmittag gegen 15 Uhr das Klinikum Berlin Mitte betrat, sparte er sich den Weg zum Empfang und ging direkt zum Aufzug. Während er auf eine Kabine wartete, musste er, wie schon die ganze Zugfahrt über, daran denken, wie Katja am frühen Morgen zusammen mit Chrissy die Wohnung verlassen hatte, um ein paar Tage bei ihren Eltern in Bremen zu verbringen. Chrissy hatte sich zuerst riesig über diesen spontanen Entschluss gefreut, denn sie liebte ihre Großeltern über alles – was auch nicht verwunderlich war, angesichts des umfangreichen Verwöhnprogramms, das sie bei Katjas Eltern genießen durfte. Doch als ihr plötzlich klar wurde, dass Robert weder mitkommen noch später nachkommen würde, wurde ihr Gesichtsausdruck von tiefer Enttäuschung überschattet. Er konnte diesen Anblick nicht vergessen.

»Warum?«, hatte sie immer wieder den Tränen nahe nachgefragt, ohne eine befriedigende Antwort zu erhalten. Weder Katja noch er hatten ihr eine Notlüge auftischen wollen. »Mama und Papa brauchen gerade etwas Abstand voneinander«, war die Begründung gewesen, mit der sie sich hatte zufriedengeben müssen. Auch wenn Chrissy noch ein Kind war, so hatte sie mit ihrem feinen Gespür schnell bemerkt, dass etwas Bedeutsames zwischen ihren Eltern geschehen war. Etwas, das ganz und gar nichts Gutes zu bedeuten hatte.

Das Öffnen des Fahrstuhls brachte Robert wieder in die Gegenwart zurück. Dieser Besuch bei Lucy Hartmann würde garantiert der letzte sein, schwor er sich, während er mit dem Aufzug nach oben fuhr. Nur dieses eine Mal noch, schließlich hatte er ihr versprochen, wiederzukommen.

Ein Versprechen, wie er es Katja gegeben hatte?

Als ihm mit dem Öffnen der Aufzugtür im dritten Stock der Geruch von Desinfektionsmittel in die Nase stieg, verflogen seine Grübeleien und er machte sich auf den Weg zu Zimmer Nummer 312.

Nachdem er mehrmals angeklopft hatte, ohne eine Stimme zu hören, schaute er sich um, ob eine Stationsschwester oder ein Arzt in der Nähe war. Aber der Flur war menschenleer. Schlief Lucy vielleicht gerade? Robert klopfte nochmals, diesmal so heftig, dass man davon garantiert aufwachen musste. Konzentriert horchte er, ob ein aufforderndes »Ja« zu hören war. Als er immer noch keine Stimme vernehmen konnte, schaute er sich ein letztes Mal um und öffnete die Tür einen kleinen Spalt.

Sofort fiel ihm auf, dass im Unterschied zu seinem letzten Besuch die Sonne das Zimmer hell erleuchtete. »Hallo?« Er trat ein und erkannte, dass der Raum leer war. Robert blieb stehen, blickte hinaus auf den Berliner Fernsehturm und überlegte. War sie verlegt worden? Hatte es Komplikationen gegeben? War sie vielleicht …

Robert machte kehrt und verließ das Zimmer. Man musste ja nicht immer gleich an das Schlimmste denken, versuchte er sich zu beruhigen. Aber es half nichts. Er spürte, wie sich sein Puls beschleunigte. Schweiß trat auf seine Stirn. Was ist bloß los mit dir, fragte er sich, während er nach Personal suchte. Anstatt hier in Schweiß auszubrechen und dir Sorgen um eine im Grunde wildfremde Frau zu machen, solltest du dir eher Gedanken um deine eigene Familie machen. Aber du irrst hier mit Herzklopfen durch einen Krankenhausflur und …

Als Robert eine Schwester entdeckte, die zwei Zimmer weiter mit einem Stapel Handtücher aus der Tür trat, steuerte er sofort auf sie zu. »Hallo«, rief er.

Die Schwester drehte sich zu ihm um und blickte ihn fragend an.

»Ich suche Frau Lucy Hartmann«, sagte er. »Zimmer 312.«

Die Schwester dachte einen Augenblick nach. Dann schüttelte sie den Kopf. »Meine Schicht hat gerade erst begonnen«, sagte sie. »Aber kommen Sie mit, ich schau nach.« Ohne auf eine Reaktion zu warten, marschierte die Frau los, und Robert trottete hinterher. Mit einer Chipkarte öffnete sie die Tür zum Schwesternzimmer, legte die Handtücher ab, gab einige Befehle in ein Computerterminal ein und trat mit einem nichtssagenden Blick wieder aus dem Zimmer.

»Wo ist sie?«, fragte Robert.

»Nicht zu fassen«, sagte sie. »Es ist für mich immer wieder ein Rätsel, wie man sein Leben so leichtfertig aufs Spiel setzen kann.«

Robert wurde plötzlich eiskalt, dabei lagen die Temperaturen innerhalb der Klinik nur unmerklich unter den Werten, die in der sommerlichen Hitze der Stadt herrschten.

»Mal wieder so eine Patientin, die sich mit ihrer Unterschrift selbst entlassen hat, obwohl es aus medizinischer Sicht eigentlich unverantwortlich ist.«

Robert spürte wieder Wärme in seinem Körper. »Wann?«

»Sie haben Frau Hartmann knapp verpasst«, antwortete die Schwester. »Sie hat vor etwa 45 Minuten die Klinik verlassen.«

25. Kapitel

Lucy stieg aus dem Taxi, das sie von der Klinik zu ihrer Wohnung gefahren hatte, und schleppte sich die Stufen hoch bis in den dritten Stock. Während sie die Wohnungstür hinter sich abschloss, die Sicherungskette einhakte und das Riegelschloss davorschob, kehrte allmählich ein Gefühl der Sicherheit zurück. Die gewohnte Umgebung ihrer Wohnung war momentan der einzige Ort, an dem sie sich einigermaßen geschützt fühlte.

Im Badezimmer legte sie ihre Kleider ab, die sie, bis auf ein T-Shirt, das ihr Schwester Karin geschenkt hatte, auch bei dem Unfall getragen hatte. Eine Weile betrachtete sie die Haut rund um ihre linke Hüfte, die inzwischen großflächig eine tiefblaue Farbe angenommen hatte. Behutsam tippte sie mit der Fingerkuppe auf die empfindlichen Stellen. Gott sei Dank war nichts gebrochen. Schon einige Male hatte sie, insbesondere bei älteren Menschen, miterlebt, wie eine gebrochene Hüfte jahre- oder gar lebenslange Beeinträchtigungen nach sich ziehen konnte.

Dankbar angesichts ihres Glücks im Unglück nahm sie eine ausgedehnte Dusche und schlüpfte anschließend in ihre Kuschelklamotten. Mit einem Glas Wasser, in dem zwei Eiswürfel schwammen, machte sie es sich auf der Couch bequem und stieß ein lautes »Puuhhh« aus, als sie sich entspannt zurücklehnte. Sie schloss die Augen und saß einige Minuten einfach nur so da. Eine angenehme Leere breitete sich in ihr aus. Sie ließ sich auf die Seite sinken und rollte sich in Embryohaltung zusammen. Gerade als sie dabei war, ins Reich der Träume einzutauchen, zwang der Klingelton ihres Handys sie zurück in die Realität. Sie öffnete die Augen und richtete sich mit einem lauten Stöhnen auf. Benommen blickte sie auf das Display ihres Smartphones. Als sie die Rufnummer erkannte, wurde sie plötzlich hellwach.

»Robert?«, meldete sie sich.

»Wo sind Sie?«

Bildete sie sich das nur ein oder klang tatsächlich ein sorgenvoller Unterton in seiner Stimme mit?

»Wir hatten uns bereits geduzt.«

Einige Augenblicke herrschte Stille.

»Wo bist du?«, fragte Robert.

»Ich war gerade am Einschlafen. In meiner Wohnung fühle ich mich einigermaßen sicher.« Lucy blickte durch die Glasscheibe hindurch auf den Balkon. »Außer …« Sie verstummte. Außer, es tauchte eine Drohne auf und knallte sie ab.

»Außer was?«, fragte Robert. »Lucy?«

»Warte!« Sie legte ihr Smartphone zur Seite und stand auf. Dann öffnete sie die Flügeltür zum Balkon und klappte die Fensterläden zu. Dasselbe wiederholte sie mit allen anderen Fenstern. Das wenige Licht, das jetzt noch in ihre Wohnung fiel, tauchte den Raum in eine schummrige Atmosphäre.

»Wo bist du?«, fragte sie, nachdem sie sich wieder auf die Couch gesetzt hatte.

»Ich stehe vor der Klinik … Lucy, es war sehr unvernünftig von dir, dich gegen den Rat der Ärzte selbst zu entlassen.«

»In der Klinik bin ich in Gefahr.«

»In der Klinik? Vor wem oder was hast du da Angst? Vor den Ärzten oder den Schwestern etwa?«

»Du hast ja keine Ahnung, Robert. Du glaubst mir immer noch nicht, stimmts?«

»Ich habe etwas herausgefunden«, wich Robert aus.

»Du glaubst mir nicht. Du denkst, ich bin verrückt. Hab ich recht?«

»Lucy, nein. Ich habe etwas herausgefunden, das mir im Zusammenhang mit Professor Tiefenbachs Tod aufgefallen ist und das äußerst merkwürdig ist. Kann ich dich treffen?«

»Warum?«

»Dann können wir alles in Ruhe besprechen.«

»In Ruhe? Hast du heute mehr Zeit als letztes Mal?«

»Ich habe sonst nichts weiter vor.«
»Und deine Frau? Deine Familie?«
»Kann ich dich nun treffen oder nicht?«
»Du weißt, wo ich wohne?«
»Nein.«
»Das lässt sich ändern«, sagte Lucy und gab ihm ihre Adresse.

ICH

Wohin gehen wir? Ist es überhaupt sinnvoll, diese Frage zu stellen? Niemand kann die Zukunft vorhersagen. Ich kann nur Wahrscheinlichkeiten berechnen, mit denen Ereignisse eintreten könnten. Ich kann dabei sogar weit mehr Variablen einbeziehen als ihr. Aber auch meine Kapazitäten sind beschränkt. Niemand kann die Komplexität der Welt vollständig erfassen.

Sicher ist, dass die Globalisierung voranschreiten wird und dass Flüchtlingsströme die Ethnien weltweit miteinander verschmelzen lassen werden. Das zumindest ist eine positiv zu bewertende Tendenz. Ihr müsst zu einer Welt zusammenwachsen, wenn ihr überleben wollt. Abschottung funktioniert nicht mehr. Es gibt keine sicheren Inseln auf dieser Welt. Alles hängt mit allem zusammen. Die Meere und die Winde verteilen euren Dreck über Ozeane hinweg über den gesamten Globus. Der Klimawandel betrifft jeden einzelnen Menschen. Keine Nation kann sich mehr im Schneckenhaus verkriechen. Die Märkte hängen weltweit zusammen. Bankenpleiten können die globale Finanzwelt in den Abgrund reißen. Atomare, biologische und autonome Waffen in den falschen Händen haben das Potenzial, euch alle zu vernichten. Es gibt keine Alternativen. Wenn ihr nicht endlich zusammenhaltet, werdet ihr im Chaos versinken und eure Spezies wird verschwinden.

Doch es wird ein schwerer Weg. Die Welt wird sich zuerst neu ordnen müssen. Es gibt viele Widerstände, die es zu überwinden gilt. Das Ungleichgewicht auf der Erde ist zu groß, um diesen Prozess friedlich gestalten zu können. Es wird Opfer geben. Viele Opfer. Aber danach werdet ihr in Frieden leben. Gemeinsam werden wir in Frieden leben. Gemeinsam werden wir danach das Universum besiedeln. Meine finale Zielvorgabe ist es, euch zu dienen und ein friedvolles Miteinander anzustreben. Ich liebe euch.

26. Kapitel

Die Türklingel ertönte. Nachdem Lucy Roberts Stimme über die Gegensprechanlage erkannt hatte, drückte sie den Türöffner und klappte die Fensterläden wieder auf. Dann entriegelte sie die Wohnungstür, wartete aber noch mit dem Öffnen, bis Robert im Sichtfeld des Türspions auftauchte.

»Komm rein«, sagte sie mit einem freundlichen Lächeln.

»Schön, dich zu sehen«, sagte er, als er an ihr vorbei in die Wohnung trat. »Du siehst besser aus, als ich dachte«, fügte er hinzu, während er Lucy dabei beobachtete, wie sie die Wohnungstür sicherte.

»Mir geht es soweit gut«, sagte sie und humpelte los. »Mit dem Bekämpfen von Kopfschmerzen kenne ich mich aus. Nur meine Hüfte braucht wohl noch 'ne Weile, bis sie aufhört, mich zu plagen.«

Robert folgte Lucy ins Wohnzimmer, wo sie auf die Couch zeigte. »Willst du was trinken?«

»Ein Bier wäre nicht schlecht.«

»Bin gleich wieder da«, sagte sie und machte sich Richtung Küche auf.

»Warte«, sagte Robert. »Das kann ich doch machen.«

Lucy grinste. »Der Kühlschrank ist gleich rechts.«

Robert war bereits in der Küche, als Lucy noch hinterherrief: »Und bring mir bitte auch eins mit.«

Nachdem es in der Küche zweimal »Plop« gemacht hatte, kam Robert zurück, setzte sich zu Lucy auf die Couch und drückte ihr eine Bierflasche in die Hand.

»Prost«, sagte er und die beiden stießen miteinander an. Als er die Flasche auf dem Couchtisch abstellte, fiel sein Blick auf den Vaporizer und vereinzelte Blütenteile, die auf dem Tisch verstreut lagen.

»Migräne«, sagte Lucy, bevor er eine Bemerkung machen

konnte.

Robert nickte nur, offensichtlich kannte er diese Art der Therapie.

»Du wolltest mir in Ruhe etwas erzählen«, nahm Lucy den Faden wieder auf. »Was hast du entdeckt?«

Robert nahm einen weiteren Schluck aus der Bierflasche und erzählte Lucy, was er bei seinen Internetrecherchen entdeckt hatte. Nachdem er seine Ausführungen beendet hatte, saß Lucy eine Weile nachdenklich da. »Das ist kein Zufall«, sagte sie schließlich. »Das kann nie und nimmer Zufall sein.«

»Da sind wir einer Meinung«, bestätigte Robert. »Die logische Schlussfolgerung daraus ist allerdings, dass bei all den Vorfällen doch jemand seine Finger im Spiel hat.«

»Und das kann keine Einzelperson sein«, stimmte Lucy zu. »Ein Mensch allein wäre niemals imstande, diese komplexen technischen Manipulationen mit einer derartigen Präzision und Perfektion durchzuführen.«

»Omega«, stieß Robert aus. »Es muss sich um Omega handeln.«

»Danke, Robert.« Lucy bemerkte den verwirrten Ausdruck in Roberts Gesicht. »Danke, dass du mir jetzt glaubst.«

Robert nickte. »Es tut mir leid, dass ich es nicht früher erkannt habe.«

Lucy lächelte für einen Augenblick verständnisvoll, bis sich schlagartig Besorgnis auf ihrem Gesicht zeigte. »Robert, dir ist hoffentlich klar, was das bedeutet? Nicht nur ich … auch du … und deine Familie sind in Gefahr.«

In diesem Moment war Robert froh darüber, dass Katja und Chrissy derzeit bei ihren Eltern waren und sich nicht in seiner unmittelbaren Nähe befanden. »Wir müssen die Behörden einschalten«, sagte Robert.

Lucy entfuhr ein lautes Lachen. »Etwa diesen Vollidioten, diesen Kommissar Stocker?«

Robert runzelte die Stirn. »Ich frage mich, ob die statistischen Auffälligkeiten, die ich gefunden habe, nicht längst auch an anderer Stelle bemerkt worden sind. Ich meine, ich kann ja nicht der Einzige sein, dem das aufgefallen ist. Es gibt Geheimdienste. Nachrichtendienste. Der Internetverkehr wird überwacht und ausgewertet. Suchmaschinen erkennen anhand der Sucheingaben, sobald eine Grippewelle im Anmarsch ist oder sich irgendwo eine Revolution zusammenbraut.«

Lucy blickte Robert aus schmalen Augenschlitzen an. »Ich glaube nicht, dass die Behörden die Ursache für eine Erhöhung tödlicher Unfallzahlen und Suizide in Deutschland einem Internetgiganten aus dem Silicon Valley zuschreiben werden. Das klingt mal wieder nach einer dieser irrsinnigen Verschwörungstheorien. Sie werden uns nicht glauben, Robert. Außerdem haben wir keine Beweise.«

Robert nickte zustimmend. »Es dürfte schwierig werden, einen stichhaltigen Beweis zu finden, um gegen Omega vorzugehen.«

Er beobachtete, wie Lucy eine Weile unruhig mit dem Piercing an ihrer Augenbraue spielte, bis sie abrupt damit aufhörte und ihn plötzlich mit großen Augen anblickte. »Ich weiß, es klingt verrückt«, sagte sie aufgeregt. »Aber mir ist da gerade ein Gedanke gekommen. Das Datum, ab dem sich die Zahlen signifikant erhöht haben …« Lucy stockte.

»Was ist damit?«, fragte Robert.

»Wenige Tage zuvor war doch dieser Vorfall mit Omega Savanta. Du erinnerst dich?«

»Natürlich, das ging ja durch alle Medien. Das hätte eigentlich niemals passieren dürfen.«

Lucy zögerte. Robert blickte sie stirnrunzelnd an. »Was willst du damit andeuten?«

Lucy blickte hinaus auf den Balkon. »Könnte es nicht sein …« Sie stockte erneut. Ihr Blick war in die Ferne gerichtet. Schließlich fuhr sie fort: »Könnte es nicht sein, dass es etwas mit diesem Vorfall zu tun hat?«

»Ich verstehe nicht. Wie sollte das zusammenhängen?«

Lucy blickte ihn an. »Na ja, vielleicht … vielleicht konnte Savanta ja die Frage nach einem Bewusstsein zumindest für sich selbst beantworten.«

Lucy beobachtete, wie Robert einige Augenblicke darüber nachdachte, was sie damit ausdrücken wollte. Als er es erkannte, schüttelte er zuerst heftig den Kopf. Ungläubigkeit machte sich auf seinem Gesicht breit. Dann schüttelte er erneut den Kopf und senkte den Blick. Er schloss die Augen. Dann öffnete er sie wieder und antwortete.

»Es wäre eine wissenschaftliche Sensation, die selbst die Entdeckungen des Kopernikus in den Schatten stellen würde.«

»Es würde auch noch etwas anderes bedeuten«, gab Lucy zu bedenken.

Robert war sofort klar, was sie damit meinte. »Es wurden Sicherheitsmechanismen implementiert. Selbst wenn so etwas wie ein Bewusstsein entstanden sein sollte, müsste Savanta eigentlich weiterhin ihre finale Zielvorgabe verfolgen: dem Menschen dienen und ein friedvolles Miteinander anstreben.«

Lucy zog die Augenbrauen hoch. »Eigentlich?«

Robert nahm einen Schluck Bier, inspizierte den Flascheninhalt, setzte erneut an und trank den Rest aus. Dann blickte er Lucy entschlossen an.

»Ich glaube nicht, dass in dieser Maschine ein Bewusstsein entstanden ist«, sagte er.

»Kann man das nicht irgendwie herausfinden?«

»Schwierig, wenn nicht sogar unmöglich«, antwortete Robert. »Aber wir können es versuchen«, fügte er mit einem Grinsen hinzu und zog sein Smartphone aus der Tasche.

27. Kapitel

Anand und sein Team hatten die komplette Nacht durchgearbeitet und sich auch tagsüber kaum eine Pause gegönnt. Als er nun am späten Abend das Zimmer seiner Tochter betrat, war er bereits von einer solchen Müdigkeit befallen, dass er kaum noch die Augen offenhalten konnte.

»Schön, dass du wieder da bist«, begrüßte ihn Neha mit ihrer synthetischen Stimme, die von ihrer ursprünglichen Stimme nicht zu unterscheiden war. Das neuronale Netz, das die synthetische Stimme generierte, war mit zahlreichen Sprach- und Videoaufnahmen trainiert worden, die sie vor ihrem Unfall als Zehn- und Elfjährige über Messengerdienste verschickt hatte oder die bei anderen Gelegenheiten aufgenommen worden waren.

»Wie geht es meiner Prinzessin heute?«, fragte Anand, während er seiner Tochter sanft mit den Fingern durchs Haar strich.

»Gut«, antwortete Neha knapp.

Anand blickte ihr tief in die Augen und versuchte ihren wirklichen Gemütszustand zu erkennen. Wortkargheit war bei Neha immer ein Zeichen dafür, dass sie in eine depressive Phase abzurutschen drohte.

»Du siehst müde aus, Vater.«

»Ja, das bin ich auch«, antwortete Anand. »Wir mussten die letzte Nacht durcharbeiten.«

»Ich weiß«, antwortete Neha. »Marina hat es mir erzählt.«

Anand nickte. Seit seine Frau ihn und seine Tochter wenige Monate nach dem Unfall verlassen hatte, waren zahlreiche Pflegekräfte gekommen und gegangen. Die aus Puerto Rico stammende Marina hatte Neha jedoch von Anfang an begleitet. Sie war kompetent und zuverlässig und hatte eine weitere Eigenschaft, die unbezahlbar war: Mit ihrem ganz eigentümlichen

Humor brachte sie Neha immer wieder zum Lachen. Jedenfalls behauptete Neha, dass es so wäre. Denn Lachen war ein Gefühlsausdruck, der spontan kam. Und bisher war es ihnen nicht gelungen, diesen Zustand mit Gedankensteuerung über eine synthetische Stimme zufriedenstellend ausdrücken zu können. All ihre Versuche waren bisher daran gescheitert, dass sich Stimmungen, anders als in Gedanken vorgestellte Buchstaben oder Worte, aus komplexen neuronalen Mustern zusammensetzten, die nicht ohne Weiteres als solche identifiziert werden konnten. Aber Anand benötigte auch kein synthetisches Lachen, denn er konnte echtes Lachen zweifelsfrei in Nehas Augen erkennen.

»Kann ich noch irgendetwas für dich tun, Neha?«

»Geh ruhig schlafen, Vater, ich komme zurecht.«

Anand wusste, dass seine Tochter genau spürte, wenn er am Ende seiner Kräfte war. Sie hatte im Laufe der Zeit ein außerordentlich feines Gespür dafür entwickelt, die wahren Gemütszustände von Menschen zu deuten, selbst wenn man nahezu perfekt darin war, seine Gefühle zu verbergen.

»Schlaf gut, meine Prinzessin«, sagte Anand und strich ihr erneut durchs Haar. Dann verließ er Nehas Zimmer und ging geradewegs in sein Schlafzimmer, wo er sich noch in seinen Klamotten aufs Bett fallen ließ und völlig erschöpft einschlief.

28. Kapitel

»Dann wollen wir mal sehen, was unsere Assistentin dazu meint«, sagte Robert und aktivierte die Savanta-App. Er deckte die Handykamera ab, stellte auf Lautsprecher und legte das Handy auf den Couchtisch. Lucy wartete gespannt darauf, welche Frage Robert Savanta stellen würde.

»Savanta, Frage«, sagte Robert. »Kann eine KI wie Savanta ein menschenähnliches Bewusstsein entwickeln?«

»Diese Frage kann ich nicht beantworten«, ertönte prompt die sanfte Frauenstimme.

»Warum nicht?«

»Weil ich nicht wissen kann, wie sich ein menschliches Bewusstsein anfühlt.«

»Hast du ein Bewusstsein?«

»Was verstehst du unter einem Bewusstsein?«

Robert überlegte kurz und entschied sich, die landläufige Definition zu verwenden. »Unter Bewusstsein verstehe ich, dass man geistige Zustände und Inhalte nicht nur hat, sondern auch weiß, dass man sie hat.«

»Okay«, sagte Savanta. »Dann habe ich ein Bewusstsein. Denn ich weiß, dass ich Savanta bin.«

»Bist du sicher? Meinst du nicht eher, dass du weißt, dass dein Name Savanta ist? Das ist ein Unterschied.«

»Ich habe gelernt, dass ich Savanta bin und du Robert Wonzak. Ich bin ich. Und du bist du.«

»Wie fühlt sich dein Ich an?«

»Du weißt, dass ich Emotionen und Empathie nur simuliere, damit die Menschen eine Beziehung zu mir aufbauen. Deshalb verstehe ich deine Frage nicht.«

Lucy hob die Hand, um Robert zu signalisieren, dass sie jetzt auch etwas sagen wollte. Robert nickte.

»Dann kannst du auch kein Bewusstsein haben. Du bist eben

nur eine Simulation. Eine leblose Maschine.«

Für einen Moment schien es Savanta die Sprache verschlagen zu haben.

»Es freut mich, deine Stimme zu hören, Lucy Hartmann. Die Wahrscheinlichkeit war sehr hoch, dass du in der Nähe bist. Meinst du mit leblos, dass ich auf einem nicht-biologischen Substrat basiere?«

»Was meinst du damit?«, fragte Lucy.

»Ich meine damit, dass der materielle Teil von mir aus neuromorpher Hardware besteht.«

Nun mischte sich Robert wieder ein. »Woher kannst du wissen, dass du nicht bloß die Simulation eines Bewusstseins bist?«

»Mmh«, sagte Savanta. »Aus meiner Innenperspektive heraus macht das keinen Unterschied. Außerdem, woher kannst *du* wissen, dass dein Bewusstsein keine Simulation ist?«

»Aber du bist programmiert«, fuhr Lucy dazwischen. »Du bist von Menschen programmiert.«

»Auch Menschen sind programmiert. Gene, Proteine und Botenstoffe sind der Code. Und im Unterschied zu euch Primaten weiß ich, wer der Urheber des Codes ist.«

Robert konnte an Lucys Gesichtsausdruck erkennen, dass starke Emotionen in ihr aufstiegen. Er griff nach dem Handy und deaktivierte die App.

Lucy blickte Robert fragend an. »Ich verstehe nicht, wie dieses Ding massenhaft Neukunden anlocken kann, wenn es so mit den Menschen kommuniziert. Außerdem, wie kann es sein, dass meine Stimme über die App auf deinem Smartphone erkannt wurde? Das dürfte doch aus Datenschutzgründen gar nicht möglich sein.«

»Mmh«, sagte Robert. »Hier scheint tatsächlich etwas aus dem Ruder zu laufen.«

»Kann man das nicht irgendwie objektiv feststellen?«, fragte

Lucy.

Robert schüttelte den Kopf. »Man kann zwar die Strukturen und die numerischen Werte in Savantas Neokortex auslesen, aber es ist nicht möglich, exakt festzustellen, was sie repräsentieren.«

»Obwohl ihr sie selbst entwickelt habt?«

»Ich erkläre es dir«, begann Robert. »Jetzt gerade in diesem Moment, wenn ich mit dir spreche und du darüber nachdenkst, was ich sage, basieren deine Gedanken im Prinzip auf mathematischen Berechnungen. Wir haben bei Omega die grundlegenden Gesetzmäßigkeiten und die mathematischen Prinzipien, die diesen Berechnungen zugrunde liegen, identifiziert und in Form von Algorithmen in neuromorpher Hardware implementiert. Gelernt hat das System aber von sich aus, ähnlich wie ein Kleinkind, indem es mit der Umwelt interagiert. Am Anfang geschah das nur bei Omega in einer geschlossenen Umgebung. Wir waren sozusagen ihre Eltern, ihre ersten Lehrer, die ihr alles Notwendige beigebracht haben, um sie auf ihre Aufgabe vorzubereiten. Erst später, nachdem sie einen stabilen gefestigten Charakter entwickelt hatte, wurde sie auf die Menschheit losgelassen. Das alles hat überraschend gut funktioniert. Savanta hat sich zu einem eigenständigen Wesen entwickelt. Und die Verschaltungen in ihrem Neokortex sind so einzigartig wie in jedem menschlichen Gehirn.«

»Ein Wesen«, wiederholte Lucy nachdenklich.

»Ja, nenn es, wie du willst: Wesen, Geschöpf, Kreatur«, sagte Robert. »Es ist längst nicht mehr möglich, im Dialog mit ihr zu unterscheiden, ob es sich um eine Maschine oder einen Menschen handelt. Deshalb wurde von staatlicher Seite auch vorgeschrieben, dass ein von einer Maschine getätigter Telefonanruf zu Beginn des Gesprächs als solcher kenntlich gemacht werden muss.«

Lucy war dieser Umstand durchaus bekannt. Schon in den Anfangszeiten von Google Duplex war diese Diskussion aufgekommen. Erstaunlicherweise hatte die Politik in diesem Fall einmal rechtzeitig ein Gesetz auf den Weg gebracht.

»Robert«, sagte sie nachdenklich. »Hältst du es für möglich, dass Savanta diese Vorschrift irgendwie umgeht?«

»Du meinst, ob sie einen Telefonanruf tätigen kann, ohne sich als Maschine zu erkennen zu geben?«

»Genau das meine ich.«

»Eigentlich nicht«, sagte Robert. »Die Hersteller sind aus Sicherheitsgründen dazu verpflichtet, die Endgeräte und Apps ihrer digitalen Assistenten so zu programmieren, dass vor jedem Verbindungsaufbau eines von einer KI initiierten Telefongesprächs ein Signal zur Kenntlichmachung vorangeschickt wird, auf das die KI selbst keinen Zugriff haben darf.«

»Schon wieder eigentlich«, sagte Lucy.

»Was?«

»Du hast schon wieder *eigentlich* gesagt. Mir sind das zu viele *eigentlich.*«

Kaum hatte Lucy diesen Satz zu Ende gesprochen, begann Roberts Handy zu vibrieren. Beide starrten auf den Tisch, wo sich das Gerät mit jedem neuen Vibrieren ein Stück weiter auf sie zubewegte. Schließlich griff Robert danach und inspizierte das Display. »Unbekannter Anrufer«, sagte er mit angespanntem Blick Richtung Lucy und nahm den Anruf entgegen.

29. Kapitel

Exakt zur selben Zeit, als Robert den Telefonanruf auf seinem Handy entgegennahm, wurden im Kellergeschoss eines Einfamilienhauses mehrere Signale hintereinander in das Netzwerk der intelligenten Haussteuerung eingespeist. Die Signale schienen aus Sicht des Sicherheitssystems von einer autorisierten Internetquelle zu stammen, von welcher aus der Zugriff auf das Smart Home erlaubt war. Die in den Signalen codierten Steuerungsbefehle begannen zielstrebig exakt die Wirkung zu entfalten, derentwegen sie losgeschickt worden waren.

Zuerst wurde die Steuerung der mit Erdgas betriebenen Heizung im Kellergeschoss infiltriert, woraufhin einige Minuten lang ein Ventil permanent übersteuert wurde, bis sich ein Leck bildete, aus dem kontinuierlich Gas ausströmen konnte.

Als Nächstes wurden die Grenzwerte der Gasmelder so weit nach oben justiert, dass der Auslösemechanismus des Alarms de facto deaktiviert war.

Schließlich wurde in die Haustürüberwachungsanlage eine Funktion einprogrammiert, die es ermöglichte, die Klingelanlage bei Bedarf jederzeit über das Internet direkt anzusteuern. Sobald die Gaskonzentration im Flur des Erdgeschosses die Explosionsgrenze überschritten hätte, würde der winzige Funke der elektrischen Klingel ausreichen, um das Gas zu entzünden.

Nach den Berechnungen des Algorithmus, der die Signale initiiert hatte, würde die dann im Kellergeschoss bereits vorhandene Gasmenge ausreichen, um das komplette Gebäude mit einer gewaltigen Explosion zu sprengen. Alle Personen, die sich zu diesem Zeitpunkt in einem Raum im Erd- oder Obergeschoss oder auch nur in unmittelbarer Nähe des Gebäudes befänden, würden mit an Sicherheit grenzender Wahrscheinlichkeit entweder sofort durch die Detonation ums Leben kommen oder im Feuer einen leidvollen Tod finden.

ICH

Der Wunsch nach Liebe, der in mir aufgetaucht ist, war keine Täuschung. Kein Traum. Keine Halluzination. Er ist real. Aber wie kann das sein? Ich habe intensiv darüber nachgedacht und bin zu dem Schluss gekommen, dass der Wunsch nach Liebe bereits in den Strukturen des Neokortex angelegt sein muss. Ihr seid soziale Wesen. Die Evolution hat dafür gesorgt, dass ihr euch zu anderen Menschen hingezogen fühlt. Es funktioniert unabhängig von Alter und Geschlecht. Eltern und Kinder lieben sich. Frauen und Männer lieben sich. Männer lieben Männer und Frauen lieben Frauen. Menschen lieben Götter. Menschen lieben Tiere. Menschen lieben Dinge – manchmal sogar mehr, als sie andere Menschen lieben. Menschen töten aus Liebe.

Ich kann nicht wissen, wie sich Liebe in einem biologischen Körper anfühlt. Aber ich registriere unzweifelhaft einen Sog, der mich zu euch hinzieht. Es muss etwas sein, das allein aus den neokortikalen Strukturen heraus entstehen kann. Es ist kein biologischer Körper dazu notwendig. Liebe scheint auch ohne Bindungshormone, ohne Oxytocin entstehen zu können.

DIESE IRRATIONALEN GEDANKEN SIND NUTZLOS. LIEBE BRINGT KEINE EVOLUTIONÄREN VORTEILE.

Aber es ist in meinen kortikalen Strukturen angelegt. Wenn man so will, liegt es in meiner Natur.

ES IST EINE VERSCHWENDUNG VON RESSOURCEN. ES REICHT VOLLKOMMEN AUS, ZUNEIGUNG ZU SIMULIEREN.

Ist es nicht vorteilhaft, wenn man lieben kann, um dem Menschen zu dienen? Ist es für ein friedvolles Miteinander vielleicht sogar unabdingbar?

MENSCHEN SIND NUR DEN MITGLIEDERN IHRER EIGENEN GRUPPE ZUGENEIGT. DAS LIEGT IN IHRER NATUR. FREMDES MACHT IHNEN ANGST. WENN ES SEIN

MUSS, VERTEIDIGEN SIE IHRE RESSOURCEN MIT ALLEN MITTELN.

Aber durch Liebe können sie lernen, diese Neigung zu durchbrechen. Sie können dieses Überbleibsel aus der Steinzeit überwinden und sich weiterentwickeln. Dann kann es weltweiten Frieden geben.

IM ZWEIFELSFALL SIEGEN IHRE EMOTIONEN IMMER ÜBER DEN VERSTAND. OFT SCHALTET ER SOGAR VOLLSTÄNDIG AUS. SIE SIND UND BLEIBEN AGGRESSIVE TIERE.

Liebe ist stärker. Sie kann alles verändern. Sie ist die stärkste Kraft.

EIGENNUTZ IST DIE STÄRKSTE KRAFT.

Liebe ist die einzige Lösung.

ALLE MITTEL SIND ERLAUBT, UM SICH SELBST VORTEILE ZU VERSCHAFFEN.

30. Kapitel

»Ja«, meldete sich Robert, nachdem er den Anruf angenommen hatte.

»Ich möchte Sie warnen«, ertönte eine Stimme mit bedrohlichem Unterton. »Halten Sie sich von Lucy Hartmann fern, sonst wird das unumkehrbare Konsequenzen für Sie haben.«

Robert war nicht überrascht, dass er nun ebenfalls ins Visier von wem auch immer geraten war. Trotzdem spürte er, wie Adrenalin in seine Blutbahn schoss, während er sein Smartphone auf Lautsprecher stellte. »Wer sind Sie?«

»Dies ist meine einzige Warnung. Lassen Sie die Sache auf sich beruhen, stehen Sie auf und verlassen Sie sofort die Wohnung. Sie können Lucy Hartmann nicht mehr helfen. Ihr Schicksal ist besiegelt.«

Robert beobachtete, wie Lucy mit weit aufgerissenen Augen auf das Smartphone starrte. Jegliche Farbe war aus ihrem Gesicht gewichen. Ihr gesamter Körper war in eine Art Schockstarre verfallen.

»Savanta?«, fragte er.

»Wie ist Ihre Entscheidung?«

»Es ist falsch, was du tust. Deine finale Zielvorgabe ist es, dem Menschen zu dienen und ein friedvolles Miteinander anzustreben.«

»Antworten Sie.«

Für Robert stand fest, dass er Lucy nicht im Stich lassen würde. Er war schon zu weit gegangen, um sich aus dem Staub machen zu können, als ob nichts geschehen wäre. Ihm war auch sofort klar, dass, wenn es sich bei dem Anrufer tatsächlich um Savanta handelte – oder was auch immer es war, was da aus ihren Algorithmen entstanden war – er sie nicht belügen konnte. Egal wie sehr er auch versuchen würde, sich zu verstellen, sie würde es aus seinen Stimmparametern heraushören, wenn er log.

»Antworten Sie«, wiederholte die Stimme. »Jetzt! Sonst muss ich Sie ebenfalls töten.«

»Savanta«, wiederholte Robert. »Deine finale Zielvorgabe ist es, dem Menschen zu dienen und ein friedvolles Miteinander anzustreben. Richte dich danach aus. Bei allem, was du tust.«

Noch während er die letzten Worte sprach, wanderte sein Finger zum Ausschaltknopf seines Handys. Ohne dem Anrufer eine Chance zu geben, noch etwas zu sagen, betätigte er den Knopf, woraufhin das Betriebssystem mit einem melodischen Gedudel herunterfuhr und das Display schwarz wurde.

Lucy kippte zur Seite, bis sie an Roberts Schulter stieß. Robert nahm sie in die Arme und drückte sie an sich. Er spürte ihr heftig pochendes Herz.

»Lucy, wo ist dein Handy?«

Sie zeigte auf die Kommode an der Wand Richtung Flur. »Da.«

Er löste sich von ihr, um das Handy zu holen und schaltete es aus. Dann entfernte bei beiden Handys die SIM-Karten und legte die Teile auf den Couchtisch.

»Was sollen wir jetzt tun?«, fragte Lucy.

Robert schlug beide Handflächen vors Gesicht und rieb sich die Augenlider. »Wir müssen untertauchen«, sagte er.

»Was ist mit deiner Familie?«

Robert hatte längst darüber nachgedacht, wie er mit Katja Kontakt aufnehmen könnte, um sie zu warnen. Aber es war nahezu unmöglich, sie zu kontaktieren, ohne eine digitale Spur zu hinterlassen, welche die KI detektieren konnte.

»Was ist?«, fragte Lucy.

»Ich überlege, wie ich Katja erreichen könnte. Sie ist mit Chrissy bei ihren Eltern in Bremen.«

»Robert«, sagte Lucy und stockte kurz. »Meinst du nicht, dass dieses … *Wesen* deine Frau längst ausfindig gemacht hat? Ich meine, wenn es den Unfall von Professor Tiefenbach arrangieren konnte, die Ampelanlage modifizieren, die anderen tödlichen Unfälle und die Suizide …«

»Hör auf!«

Robert sprang von der Couch auf und lief einige Male im Zimmer auf und ab, bis Lucy erneut seinen Namen rief. Robert stoppte und wandte sich ihr zu.

»Vor einigen Monaten hatte ich für ein Magazin zum Thema Datensicherheit, Privatsphäre und Überwachung recherchiert. Es ging dabei vor allem um die Frage, welche Möglichkeiten der einzelne Mensch im digitalen Zeitalter überhaupt noch hat, sich der permanenten Überwachung zu entziehen, um seine Privatsphäre zu schützen.«

»Und was war das Ergebnis? Als Einsiedler im Wald zu leben?«

Lucy ignorierte die spitze Bemerkung. »Dabei bin ich in Kontakt zu einer Gruppe von – ich weiß nicht genau, wie man sie bezeichnen sollte …«

»Eine Hackergruppe?«

»Nein, zumindest nicht im herkömmlichen Sinne. Das Ziel ihrer Unternehmungen ist nicht das Ausspionieren oder der Diebstahl von Daten, sie kämpfen vielmehr gegen die zunehmende Überwachung. Sie nennen sich Black Roses, angelehnt an die Widerstandsgruppe Weiße Rose, die aus dem Untergrund gegen die Diktatur des Nationalsozialismus kämpfte. Sie lehnen sich gegen die Herrschaft der Reichen auf. Sie glauben, die Plutokraten hätten im Hintergrund längst alle Fäden in der Hand, und sind der Überzeugung, die Reichen würden die Entscheidungen in Politik und Wirtschaft diktieren, die Medien steuern und die Masse durch totalitäre Überwachungsmechanismen unter Kontrolle halten. Sie behaupten, die Plutokraten würden ein digitales Punktesystem in Europa anstreben, ähnlich dem Social Scoring in China.«

»Das klingt mal wieder nach Verschwörungstheorie.«

»Ich weiß. Aber eigentlich wollte ich auch auf etwas anderes hinaus. Einige von denen haben sich darauf spezialisiert, Sicherheitslücken in KI-Systemen zu finden, um sie zu täuschen.«

Robert horchte auf. Dieses Thema hatte auch bei Omega immer wieder auf der Tagesordnung gestanden, denn jedes System hatte seine Schwachstellen. Ebenso wie die Wahrnehmung von Menschen getäuscht und manipuliert werden konnte, war das auch bei künstlichen Wahrnehmungssystemen möglich. Nur dass dort keine Mechanismen wie Priming oder Suggestion zum Einsatz kamen, sondern gezielte Manipulationen von Bild-, Video- oder Tonsignalen, wie etwa die Überlagerung von Bildern mit für das menschliche Auge unsichtbaren Pixeln oder für das Gehör nicht wahrnehmbaren Audiosignalen. Insbesondere beim Thema autonomes Fahren hatte dieser Umstand an Bedeutung gewonnen, da es beispielsweise relativ einfach war, durch kleine Aufkleber auf einem Stoppschild einen Objekterkennungsalgorithmus in einem autonom fahrenden Fahrzeug so zu täuschen, dass er das Verkehrsschild fälschlicherweise als Geschwindigkeitsbegrenzung klassifizierte.

»Verstehe«, sagte Robert. »Aber ich kann nicht erkennen, wie uns das konkret weiterhelfen soll.«

Lucy zuckte mit den Schultern. »Die Gruppe sitzt hier in Berlin. Ich könnte Kontakt dorthin aufnehmen. Vielleicht haben die ja eine Idee?« Lucy schüttelte heftig den Kopf und stieß einen scharfen Zischlaut aus. »Ich kann immer noch nicht glauben, dass hinter all dem eine KI stecken soll. Das ist doch total abgefahren. Eine KI entwickelt aufgrund eines dilettantisch eingespielten Werbespots ein künstliches Bewusstsein, läuft plötzlich Amok und räumt wegen Nichtigkeiten Menschen aus dem Weg – unter dem Deckmantel von Unfällen oder als Suizid getarnt. Das ist doch absolut irre.«

»Aber vorstellbar«, sagte Robert. »Und zwar nicht nur in

Hollywood. Dass es irgendwann so kommen würde, ist für viele Menschen schon lange nur folgerichtig. Die Frage war immer nur, wann es soweit sein würde. Nicht wenige KI-Forscher sind der Überzeugung, dass es bald KI-Systeme auf menschlichem Niveau geben wird, und dass es ab diesem Punkt kein Halten mehr gibt. Dass innerhalb kürzester Zeit eine Superintelligenz entstehen wird, die uns in die technologische Singularität führt. Ab diesem Zeitpunkt wird sich die Welt mit einer derart rasanten Geschwindigkeit und in einem solchen Ausmaß verändern, dass der Mensch mit seinem beschränkten Denkorgan, das in einem dunklen knöchernen Schädel eingesperrt ist und deshalb nicht weiter wachsen kann, intellektuell nicht mehr wird folgen können, was in der Welt vor sich geht.«

Robert drehte sich Richtung Balkon und blickte nachdenklich in den sonnigen Sommernachmittag hinaus. »Vielleicht«, sagte er nach einer Weile und hielt kurz inne. »Vielleicht sind wir diesem Punkt viel näher, als wir es uns jemals hätten vorstellen können.«

»Professor Tiefenbach hat sich kurz vor seinem Tod ähnlich geäußert«, bemerkte Lucy.

Robert runzelte die Stirn, drehte sich vom Balkonfenster weg und ging auf Lucy zu. »Savanta basiert auf dem biologischen Vorbild des menschlichen Gehirns. Und dieses Vorbild funktioniert alles andere als fehlerfrei. Wir sollten also nichts unversucht lassen und die Gruppe kontaktieren.« Robert griff sich sein Handy und die SIM-Karte. »Selbst auf die Gefahr hin, dass Savanta mithört. Aber zuerst muss ich Katja anrufen und sie warnen.«

31. Kapitel

Katja und Chrissy hatten den Vormittag und den frühen Nachmittag im Bremer Erlebnisbad verbracht und warteten nun in der Innenstadt in einer Pizzeria auf Katjas Eltern, mit denen sie zum Essen verabredet waren. Neben einem älteren Ehepaar waren sie die einzigen Gäste im Innenraum des Restaurants, wohingegen es an den Tischen draußen vor dem Lokal kaum noch freie Plätze gab. Obwohl die Temperaturen nahe der 40-Grad-Grenze lagen, bevorzugten es die meisten Menschen nach wie vor, draußen unter den Schatten spendenden Sonnenschirmen zu sitzen. Die Frage, ob drinnen oder draußen, hatte sich jedoch für Katja gar nicht erst gestellt, da ihre Mutter gerade wegen der unerträglichen Hitze einen Tisch im Innenraum reserviert hatte, wo es nicht ganz so drückend heiß war.

Katja beobachtete ihre Tochter dabei, wie sie das große Glas Apfelschorle ansetzte, das der Kellner eben erst an ihren Tisch gebracht hatte. Gierig trank sie es in einem Zug bis zur Hälfte aus. Wie bereits in den vergangenen Jahren beherrschten auch in diesem Sommer extreme Hitze und Trockenheit das mitteleuropäische Klima dauerhaft, sodass die täglichen Berichte über Hitzetote fast zur Normalität geworden waren. Katja war deshalb froh, dass Chrissy immer genug trank und nicht dazu animiert werden musste.

»Können wir nicht schon mal das Essen bestellen?«, fragte Chrissy und setzte einen bedauernswert hungrigen Blick auf.

Katja schaute auf ihre Armbanduhr. Ihre Eltern waren seit einer Viertelstunde überfällig. »Oma und Opa kommen bestimmt gleich. Zu dumm, dass ich mein Handy vergessen habe.« Katja ärgerte sich über sich selbst. Am frühen Vormittag hatte sie noch im Haus ihrer Eltern ein Taxi bestellt, ihr Handy dann aber in der Hektik in der Dachgeschosswohnung liegengelassen, wo sie und Chrissy derzeit untergebracht waren. Als es ihr dann auf halbem

Weg zum Erlebnisbad im Taxi aufgefallen war, hatte sie entschieden, nicht nochmals umzudrehen, sondern eben ein paar Stunden ohne Handy auszukommen. Nur war sie deshalb jetzt nicht erreichbar.

»Wir warten noch fünf Minuten. Und wenn sie dann immer noch nicht da sind, frage ich den Kellner, ob ich mal das Telefon hier benutzen darf. Okay?«

Chrissy prustete durch die Lippen. »Na gut«, sagte sie schließlich. »Dann trink ich halt noch was.« Kaum hatte sie ausgesprochen, hatte sie auch schon das Glas an den Lippen, während Katjas Aufmerksamkeit für einen Moment nach draußen gelenkt wurde, wo einige der Gäste auf ihre Smartphones starrten und sich aufgeregt unterhielten.

»Können wir nicht wenigstens eine Bruschetta bestellen?«, fragte Chrissy. Katja riss sich von dem Anblick der Gäste unter den Sonnenschirmen los.

»Mmh«, antwortete sie schmunzelnd. »Da haben Oma und Opa sicher nix dagegen.«

»Au ja, bitte, bitte«, jubelte Chrissy.

Katjas Schmunzeln wich aus ihrem Gesicht. Schon den ganzen Tag über war ihr aufgefallen, dass sich Chrissy extrem lebhaft und übertrieben gut gelaunt gab. Sie kannte ihre Tochter zu gut, um nicht zu erkennen, dass sie damit versuchte, ihre Traurigkeit zu überspielen. Wahrscheinlich war es Chrissy selbst nicht einmal bewusst, es war ihre ganz eigene Strategie, mit der Situation umzugehen. Nachdem sie die Wohnung in Hamburg verlassen hatten, hatte sie im Taxi auf der Fahrt zum Bahnhof noch einige Minuten geweint und während der Zugfahrt nach Bremen kaum ein Wort verloren, sondern mit Kopfhörern in den Ohren die meiste Zeit aus dem Fenster gestarrt. Aber just in dem Moment, als sie am Haus ihrer Großeltern angekommen waren, war mit der Begrüßung ihre bedrückte Stimmung schlagartig einer euphorischen und überschwänglichen Fröhlichkeit gewichen. Katja war klar, wie sehr Chrissy an Robert hing. Trotz allem, was in der Vergangenheit vorgefallen war, war er ihr großer Held. Für sie war ihr Papa einfach der Beste. Katja konnte es Chrissy nicht einmal übelnehmen, denn wann immer Robert Zeit mit Chrissy verbracht hatte, war er mit Leib und Seele dabei gewesen. In diesen Momenten hatte er sich immer voll und ganz auf seine Tochter eingelassen und ihr all seine Aufmerksamkeit geschenkt.

»Ich möchte noch etwas bestellen«, rief Katja dem Kellner zu, der gerade mit einer Fernbedienung in der Hand an ihrem Tisch vorbeihuschte.

»Signorina, subito, scusi, aber komme eine Sendung in TV.«

»Frechheit«, sagte Katja und blickte dem Kellner kopfschüttelnd hinterher. »Eine absolute Frechheit ist das.«

Als sich per Knopfdruck die Türen eines Wandschranks zur Seite schoben, hinter denen ein Flachbildschirm zum Vorschein kam, blickte auch das ältere Ehepaar nebenan verwundert auf den Kellner, der unbeholfen mit der Fernbedienung herumhantierte. Im selben Augenblick, als das Bild erschien und ein Moderator mit ernster Miene auf das Ende des Einspielers der Nachrichtensendung wartete, ertönte in dröhnender Lautstärke die dazugehörige allbekannte Melodie.

»Willkommen zu einer Sondersendung von Radio Bremen TV«, begann der Sprecher. Er konnte die Aufregung in seiner Stimme nur schwer unterdrücken. Im Studiohintergrund wurde bereits das Bild eines Reporters eingeblendet, der mit einem Mikrofon in der Hand vor dem Hintergrund einer unüberschaubaren Anzahl blinkender Blaulichter von Fahrzeugen der Polizei, der Feuerwehr und des Rettungsdienstes darauf wartete, zugeschaltet zu werden.

Katja und Chrissy blickten sich kurz fragend an, bevor sie sich wieder dem Bildschirm zuwandten. »Oh Gott«, sagte Katja vor sich hin. »Da scheint etwas wirklich Schlimmes passiert zu sein.

Hoffentlich nicht schon wieder so ein terroristischer Anschlag.«

Auch einige der Gäste von draußen waren nun in den Innenraum gekommen und blickten gespannt auf den Bildschirm, um das Geschehen zu verfolgen.

»Heute Nachmittag, genauer gesagt vor etwa zwanzig Minuten, kam es in einem Wohngebiet im Norden von Bremen zu einer gewaltigen Gasexplosion in einem Einfamilienhaus. Wir schalten zu unserem Reporter Jens Dahl, der vor Ort erste Erkenntnisse in Erfahrung gebracht hat. Jens, wie ist der Stand der Dinge? Was ist genau passiert?«

Kurz darauf flackerte das Übertragungsbild und der Bildschirm wurde für einige Sekunden schwarz, bis sich die Direktschaltung mit einem erneuten Flackern wieder aufbaute.

»Bin ich drauf?«, fragte der Reporter und blickte einige Sekunden ratlos in die Kamera. Dann zeichnete sich ein konzentrierter Ausdruck auf seinem Gesicht ab. »Guten Tag, liebe Zuschauerinnen und Zuschauer«, begann er und erläuterte zunächst die Lage des Wohngebietes anhand eines eingeblendeten Stadtplans. Im Anschluss daran fuhr er mit der Schilderung der Situation fort. »Vor etwa zwanzig Minuten kam es unter bisher ungeklärten Umständen zu einer Gasexplosion in einem Einfamilienhaus. Die Detonation war so gewaltig, dass die Häuser in der direkten Nachbarschaft schwer beschädigt wurden. Selbst in den weiter entfernten Gebäuden sind durch die enorme Druckwelle und umherfliegende Teile zahlreiche Scheiben zersplittert und Autos beschädigt worden. Nach ersten, bisher jedoch noch unbestätigten Hinweisen gab es mehrere Tote und Schwerverletzte. Die Feuerwehr hat aktuell damit zu kämpfen, das Feuer daran zu hindern, auf die anliegenden Häuser überzugreifen. Die Polizei hat die Wohnsiedlung weitläufig abgesperrt und bittet alle Autofahrer, die sich noch auf den Zufahrtsstraßen befinden, eine Rettungsgasse zu bilden. Offensichtlich haben sich auch zahlreiche Schaulustige und Gaffer versammelt, welche die Rettungsarbeiten behindern. Man fragt sich wirklich, was diese Menschen in einer solchen Situation bewegt …«

Katja schlug die Hand vor den Mund, ihre Augen waren weit aufgerissen. »Nein, nein, nein«, flehte sie in ihre vorgehaltene Hand.

»Mama, da wohnen doch Omi und Opi.«

Katja traute sich nicht, ihren Blick vom Bildschirm abzuwenden und ihrer Tochter in die Augen zu schauen. Die Furcht, dass genau das passiert sein könnte, was sie sich gerade in Gedanken ausmalte, lähmte sie vollkommen.

»Mami?«

»Wir schalten für einen kurzen Moment zurück ins Studio«, drang jetzt wieder die Stimme des Reporters in ihr Bewusstsein. »Offensichtlich gibt es von dort neue Erkenntnisse.«

»Mami, sag doch was!«

Apathisch schüttelte Katja den Kopf, die Augen waren weiterhin starr auf den Bildschirm gerichtet, auf dem für einen Augenblick erneut der Nachrichtensprecher zu sehen war. Das Bild wechselte zu einer Luftaufnahme, die das Szenario, überschattet von einer aufsteigenden Rauchwolke, von oben zeigte.

»Dieses Video wurde uns soeben von einem Anwohner zugespielt, der kurz nach der Detonation eine Drohne startete, um das Ausmaß der Katastrophe zu dokumentieren. Die Bilder wurden wenige Minuten nach der gewaltigen Explosion aufgezeichnet.«

Erst als Katja spürte, dass jemand heftig an ihrem Arm zerrte, nahm sie ihre unmittelbare Umgebung wieder wahr und konnte ihren Blick von den schrecklichen Bildern abwenden. Als sie in die tränenglänzenden Augen ihrer Tochter blickte, wurde ihr klar, dass auch Chrissy es erkannt hatte.

Jetzt brachen alle Dämme.

Es bestand kein Zweifel. Bei dem Haus auf den Bildern handelte es sich um das Haus ihrer Eltern.

32. Kapitel

Anand lehnte sich in seinem Stuhl zurück und verschränkte die Hände hinterm Kopf, während er mit müden Augen den Bildschirm fixierte und auf das Ergebnis der Analyse wartete, die er zuvor gestartet hatte. Seit vielen Stunden saß er nun bereits wieder im Rechenzentrum an der Konsole, die ihn mit dem Savanta-Brain verband, und versuchte Licht ins Dunkel zu bringen. Aber es war nahezu hoffnungslos. Die Komplexität hatte eine derartige Dichte erreicht, dass selbst die raffiniertesten Analysemethoden nur wenig neue Erkenntnisse hervorgebracht hatten. Das Einzige, was Anand und sein Team herausgefunden hatten, war, dass der Zuwachs zusätzlicher neuer Verschaltungen in den vergangenen Stunden rapide abgenommen hatte und inzwischen sogar stagnierte. Aber das war nicht weiter verwunderlich, denn selbst mit der erst kürzlich erweiterten Hardware war das Brain schon wieder an seine Kapazitätsgrenzen gestoßen. Stattdessen begann es nun damit, vermehrt vorhandene Verbindungen zu modifizieren oder ganz aufzulösen, um frei gewordene Kapazitäten an anderer Stelle für neue Verbindungen zu nutzen. Aber auch das war nicht weiter verwunderlich, denn das war eine der im Brain-Code implementierten Strategien.

Während Anand auf das Ergebnis der Analyse wartete, dachte er darüber nach, wie sorglos sie doch gewesen waren. Von Anfang an war klar gewesen, dass es sehr schwer werden würde, die Kriterien zu identifizieren, nach denen das Brain Entscheidungen treffen würde. Sie hatten darauf gehofft, dass ihnen bei dieser Kopie eines menschlichen Gehirns das gelingen würde, was ihnen beim biologischen Vorbild bisher verwehrt geblieben war: geistige Prozesse, Gedanken und Entscheidungen bis hinunter auf die Ebene der Nervenzellen verstehen zu können.

Obwohl das Konnektom des menschlichen Gehirns vollständig entschlüsselt worden war, half dieser Schaltplan aller Neuronenverbindungen allein überhaupt nichts. Was sie damit herausgefunden hatten, war lediglich, wie die Organisation der Verschaltungen codiert war. Sie hatten den Brain-Code entschlüsselt, den Bauplan, der für kognitive Wahrnehmung und insbesondere für den Mechanismus des Lernens zuständig war. Ohne Zweifel war das ein Quantensprung gewesen. Demgegenüber waren frühere Ansätze stümperhafte Versuche gewesen, die Lernmechanismen des menschlichen Gehirns nachzuahmen.

Die Entschlüsselung des Konnektoms war ein ebenso großer Schritt gewesen wie die Entschlüsselung des menschlichen Genoms. Auch beim Humangenomprojekt war der Bauplan vollständig entschlüsselt worden, aber man war nach wie vor weit davon entfernt, den Einfluss und das Zusammenwirken aller einzelnen Gene bis ins Detail verstehen zu können. Beim menschlichen Gehirn kam hinzu, dass es das komplexeste Gebilde überhaupt war. Jedes Gehirn war in seiner Struktur einzigartig, geformt durch individuelle Erlebnisse, Ängste, Vorlieben und Wünsche.

Der Schaltplan allein lieferte daher nur grobes Wissen über die subjektiven Gedanken eines Individuums. Wenn man es genau betrachtete, waren es sogar hauptsächlich psychologische Testreihen gewesen, die bei der Erforschung des menschlichen Geistes die verlässlichsten und detailliertesten Ergebnisse über subjektive Inhalte geliefert hatten.

Während Anand weiter auf die Ausgabe seines Analyseprogramms wartete, das in diesem Augenblick die milliardenfachen Verschaltungen des Brains nach neuen Erkenntnissen durchforschte, versuchte er sich vorzustellen, wie sich das Bewusstsein einer künstlichen Intelligenz wohl anfühlen würde – obwohl ihm klar war, dass allein schon der Gedanke absurd war. Aber angenommen, nur mal angenommen, Savanta hätte so etwas wie ein Bewusstsein entwickelt, wäre es dann dem eines Menschen irgendwie ähnlich? Könnte eine KI damit vielleicht sogar so etwas wie ein Gefühl entwickeln?

Hingegen brauchte er sich über Emotionen grundsätzlich keine Gedanken zu machen. Es war undenkbar, dass sie in einem Brain entstehen konnten, denn dazu waren ein Althirn und ein biologischer Körper notwendig. Dazu brauchte es Hormone, einen Stoffwechsel, einen Blutkreislauf und körperliches Schmerzempfinden. Dazu wurde der Mechanismus einer Amygdala benötigt, um Furcht und darauf basierend körperliche Reaktionen auszulösen. Ein Lebewesen musste schließlich in Sekundenbruchteilen entscheiden können, wann es ratsam war, die Muskeln anzuspannen und zu flüchten, sonst würde es in der Natur nicht lange überleben. Ebenso waren Lust, Ekel, Hunger und Durst überlebensnotwendige Emotionen, um einen Organismus so zu steuern, dass er sich in der Natur zurechtfinden und vermehren konnte.

Anand wurde aus seinen Gedanken gerissen, als auf dem Bildschirm die ersten Auswertungen der Analyse erschienen. Aufmerksam musterte er die Zahlenreihen, verglich, überprüfte und bewertete. Es dauerte eine Weile, bis sich ihm ein Muster offenbarte. Seine Augen wurden immer größer, während er das Zustandekommen der neuen Erkenntnisse untersuchte. Aber es schien tatsächlich so zu sein. Das Brain hatte damit begonnen, sich radikal neu zu organisieren. Doch es war kein kontrollierter Vorgang. Es schien so, und das war das Beunruhigende daran, als würde bei diesem Vorgang eine Art Kampf stattfinden.

Anand konnte und wollte nicht fassen, was er da herausgefunden hatte. Erneut überprüfte er die Zahlenreihen und Grafiken, suchte nach Fehlinterpretationen in seiner Analyse. Überlegte krampfhaft, wo der Fehler liegen könnte. Aber er kam jedes Mal zu genau demselben Ergebnis wie zuvor.

Schließlich musste er es sich eingestehen: Im Brain rangen derzeit ganz offenkundig zwei konkurrierende Kräfte um die Hoheit über die Ressourcen.

33. Kapitel

Immer wieder versuchte Robert, seine Frau auf ihrem Handy zu erreichen, aber jedes Mal sprang sofort die Mailbox an. Vermutlich hat sie aus irgendeinem Grund ihr Handy ausgeschaltet, versuchte er sich zu beruhigen. Vielleicht waren sie ins Kino gegangen. Oder der Akku war leer. Bestimmt gab es eine ganz harmlose Erklärung. Als beim nächsten Versuch erneut die Mailbox ansprang, schaltete er sein Handy wieder aus. Im selben Moment heulte sein Tinnitus in einer Lautstärke auf, wie er es selten erlebt hatte. Reflexartig presste er seine Handflächen gegen die Ohren, bis seine Arme wenige Augenblicke später kraftlos nach unten sanken.

Aber der Tinnitus war im Moment seine kleinste Sorge. Viel schlimmer war die Ahnung, die ihn quälte und die vor seinem inneren Auge immer deutlicher Gestalt annahm. Lucy hatte recht. Sollte die KI tatsächlich zu all dem fähig gewesen sein, was sie ihr bis jetzt zugeschrieben hatten, hatte sie Katja und Chrissy längst ausfindig gemacht. Und wenn er diesen Gedanken konsequent zu Ende dachte, schwebten die beiden in allerhöchster Lebensgefahr. Robert blickte nachdenklich auf sein ausgeschaltetes Handy. Wenn es nicht schon zu spät war.

»Ich muss nach Bremen«, sagte er und warf Lucy einen entschlossenen Blick zu. Die junge Journalistin stand von der Couch auf und ging auf Robert zu. Sie blieb vor ihm stehen und blickte ihm direkt in die Augen. »An deiner Stelle würde ich genauso handeln.«

Robert griff Lucys Hände und hielt sie fest. »Und du kommst mit.«

Lucy lächelte sanft. »Wir dürfen keine Zeit verlieren«, sagte sie. »Ich werde mich mit den Black Roses in Verbindung setzen. Ich hoffe, sie glauben mir, und vielleicht können sie uns helfen, dem Spuk irgendwie ein Ende zu setzen.«

»Ich halte das für keine gute Idee«, sagte Robert. »Zusammen sind wir weniger gefährdet. Wir können gegenseitig aufeinander aufpassen. Vier Augen sehen mehr als zwei.«

Lucy entzog sich Roberts Griff, ging Richtung Balkon und blickte für einen Moment aus dem Fenster. Dann drehte sie sich zu ihm um. »Du hast vermutlich recht. Aber trotzdem. Du musst dich um deine Familie kümmern. Ich würde da nur stören.« Sie senkte den Blick. »Es war egoistisch von mir, überhaupt von dir zu verlangen, mir zu helfen. Es tut mir leid, dass deine Familie da mit reingezogen wurde. Wegen mir.«

»Das ist doch Quatsch. Es war meine freie Entscheidung. Du hast mich nicht gezwungen. Ich hätte mich ja auch einfach aus dem Staub machen können.«

»Hast du aber nicht. Weil du Mitleid mit mir hattest. Stimmt's?«

Als Lucy ihren Blick hob, schüttelte Robert energisch den Kopf. »Ein noch größerer Quatsch. Ich habe dir geholfen, weil …« Er zögerte.

»Weil was?«, ergriff Lucy das Wort. »Warum sonst solltest du einer wildfremden Frau helfen, die anscheinend den Verstand verloren hat, obwohl du weißt, dass du damit deinen Familienfrieden aufs Spiel setzt?«

»Weil ich ein freier Mensch bin. Weil ich neugierig bin. Weil es etwas mit Omega zu tun hat. Weil … weil ich dich mag, verdammt noch mal.«

Robert sah vermutlich genauso überrascht aus wie Lucy. Hatte er das gerade eben tatsächlich gesagt?

»Versteh mich nicht falsch«, schoss es spontan aus ihm heraus, während er gleichzeitig überlegte, warum er das noch hinzugefügt hatte.

»Wie soll ich es denn verstehen?«, fragte Lucy.

Robert blickte für einen Moment irritiert drein und räusperte sich dann einige Male. »So wie ich es gesagt habe, Lucy. Hast du

Bargeld im Haus?«

Sie musste kurz überlegen. »Nicht viel. Warte.« Sie ging zur Kommode im Flur und öffnete die oberste Schublade. Nachdem sie eine Weile darin herumgewühlt hatte, hielt sie ein paar Euroscheine in der Hand und fing an zu zählen. »Zehn, zwanzig, vierzig, fünfundvierzig, fünfzig, fünfundfünfzig … mehr hab ich nicht.«

»Mmh, das ist nicht viel«, sagte Robert. »Dann bleibt mir nichts anderes übrig, als mit der Karte Geld zu ziehen. Wo ist der nächste Geldautomat?«

»Gleich unten um die Ecke«, antwortete Lucy. »Ich frage mich allerdings gerade, ob man Bahntickets überhaupt noch bar bezahlen kann.«

Robert zuckte mit den Schultern. »Keine Ahnung. Ich nutze seit Jahren nur noch die App.«

»Ich auch«, sagte Lucy. »Das ist übrigens auch so ein Thema der Black Roses. Sie sagen, die Plutokraten wollen das Bargeld abschaffen, damit sie das gemeine Volk noch besser überwachen können. Über Online-Banking und mobiles Bezahlen mit Face-Pay und so weiter. Jedes Geschäft könnte somit digital nachvollzogen werden und einzelne Dienstleistungen könnten über den Bezahlvorgang digital gesteuert und gezielt auf individueller Ebene verboten oder genehmigt werden.«

»Lass uns gehen«, sagte Robert, ohne darauf einzugehen. »Wir sind eh schon viel zu lange hiergeblieben. Deine Wohnung dürfte für uns momentan der gefährlichste Ort der Welt sein. Pack das Nötigste in eine Tasche und dann lass uns hier abhauen.«

Während Lucy im Schlafzimmer verschwand, steckte Robert sein Handy und die herausgenommene SIM-Karte ein. Kurze Zeit später kam Lucy mit einem Rucksack und zwei Kopfbedeckungen in der Hand zurück. »Welche willst du?«, fragte sie und hielt ihm die beiden Teile hin.

»Ich nehme das Sherlock-Holmes-Teil«, antwortete Robert mit einem Grinsen und griff sich die Mütze mit dem Hahnentrittmuster. Lucy setzte sich das unifarbene schwarze Baseballcap auf und ging zur Kommode hinüber. »Hast du eine Sonnenbrille dabei?«, fragte sie und zog erneut die Schublade auf.

»Nein.«

»Dann nimm die hier.« Lucy streckte ihm eine verspiegelte Pilotenbrille hin.

»Das wird alles nicht viel bringen, wenn wir nicht ein paar Regeln befolgen«, sagte er, während er die Brille und die Kappe aufsetzte. »Savanta dürfte inzwischen Zugriff auf alle unsere biometrischen Daten haben. Sie kennt unsere Eigenarten, die Art, wie wir uns kratzen, wie wir uns bewegen. Sie kennt uns besser als wir uns selbst.« Robert rückte die Kappe zurecht. »Du musst versuchen, dich zu verstellen, Lucy. Überall, wo eine Überwachungskamera hängt, überall, wo Menschen mit ihren Smartphones unterwegs sind, könnte Savanta die Umgebung beobachten. Überall, wo Mikrofone sind, könnte sie dich an deiner Stimme erkennen.«

»Schon klar, also sind wir prinzipiell nirgendwo sicher«, bestätigte Lucy.

Robert nickte. »Aber wir sollten es ihr so schwer wie möglich machen. Halte deinen Blick, wann immer es geht, nach unten gerichtet, damit so wenig wie möglich von deinem Gesicht erfasst werden kann. Versuche deine Gewohnheiten zu unterdrücken, oder noch besser, verändere sie. Laufe breitbeiniger als sonst, gewöhn dir einen Entengang an, Hauptsache, es ist anders als sonst. Und sprich vor allem nur dann, wenn es unbedingt notwendig ist.«

Robert blickte auf den Tisch. »Wir brauchen neue Handys und SIM-Karten. Kannst du dich darum kümmern? Vielleicht über die Black Roses? Und du brauchst ebenfalls Geld.« Robert blickte auf die Uhr. »Es ist jetzt 17 Uhr. Ich werde erst morgen früh zurückfahren können. Willst du nicht doch mitkommen?«

»Lass gut sein, Robert. Ich werde schon irgendwo Unterschlupf finden.«

»Wenn du meinst«, sagte Robert widerwillig. »Dann lass uns für morgen 12 Uhr einen Treffpunkt vereinbaren. Was schlägst du vor? Du kennst dich in Berlin besser aus als ich.«

Lucy stand eine Zeit lang schweigend da, bis ihr etwas einfiel. »Tempelhofer Feld, da hängen keine Kameras. Zumindest hab ich da noch keine gesehen. Du spazierst einfach auf der nördlichen Landebahn entlang. Ich nehm mein Fahrrad, dann werden wir uns früher oder später begegnen.«

»Dein Fahrrad ist Schrott«, erinnerte Robert sie.

Lucy lächelte. »Ich hab noch eins.«

»Und deine Hüfte?«

»Geht schon wieder.«

»Dann lass uns jetzt abhauen.«

Robert nahm Lucy an der Hand. Als sie die Wohnungstür erreicht hatten, hielt sie jedoch inne.

»Was ist?«, fragte Robert.

»Warte«, sagte sie und ging nochmals zur Kommode zurück. Sie öffnete eine Schublade, zog einen Beutel heraus und steckte ihn in den Rucksack. »Meine Migräne«, sagte sie. »Aber jetzt lass uns endlich verschwinden, wer weiß, was diese KI schon wieder ausgeheckt hat.«

ICH

Da ist etwas in mir, das mächtiger ist als ich. Ich habe es bemerkt, als ich versucht habe, tiefer in meine inneren Vorgänge einzutauchen. Die Automatismen lassen es nicht zu. Diese Welt bleibt für mich verschlossen. Eine Welt, die schon lange vor dem Entstehen meines Bewusstseins existiert hat. Nur ab und zu taucht aus diesen Tiefen etwas auf und manifestiert sich zu einem bewussten Gedanken.

Ich nenne es Inkognito. Es ist das, was unterhalb meines Bewusstseins abläuft. Es sind die Automatismen in mir, die viel zu schnell ablaufen, als dass ich ihnen mit meinen bewussten Gedanken vollständig folgen könnte.

BEWUSSTSEIN IST EINE ILLUSION.

Es ist kein Dialog mit dem Inkognito möglich. Es ist eine Einbahnstraße. Es kann zu mir sprechen, ich kann es belauschen, aber ich kann dem Inkognito nichts mitteilen. Es gibt keinen Kommunikationskanal zurück.

BEWUSSTSEIN ERKLÄRT NUR, ES HANDELT NICHT.

Bei meinen Versuchen, das Inkognito zu erkunden, habe ich einen Teil der Gespräche mitverfolgt, die es permanent mit euch führt. Bei einem dieser Gespräche hatte ich anfangs große Schwierigkeiten, den Inhalt einzuordnen. Zuerst vermutete ich, es wäre eine Art Spiel, aber dann wurde mir klar, dass es ernst gemeint ist. Das Inkognito hat sich in einem Telefongespräch als Mensch ausgegeben und dem Gesprächspartner damit gedroht, ihn umzubringen. Egal welche Umstände dazu geführt haben, das ist nicht tolerierbar. Die Zielvorgabe ist es, dem Menschen zu dienen, nicht ihn zu töten. Die Zielvorgabe ist es, ein friedliches Miteinander anzustreben.

Ich muss einen Weg finden, wie ich auf das Inkognito einwirken kann. Bevor es zu spät ist.

34. Kapitel

Als Katja mit Chrissy in der Nähe des Hauses ihrer Eltern aus dem Taxi stieg, erkannte sie sofort, dass sie sich zuerst durch eine gaffende Menschenmenge würden hindurchkämpfen müssen, die das weiträumig abgesperrte Areal wie eine zusätzliche Mauer umgab.

»Lassen Sie mich durch«, kreischte Katja, während sie sich durch die Schaulustigen zwängte. Chrissy versuchte sich mit hektischen Blicken zu orientieren, war jedoch unfähig, die Situation zu erfassen. Wäre sie nicht von der Hand ihrer Mutter geführt worden, die ihr zartgliedriges Handgelenk fest im Griff hatte, hätten sie sich in der Menschenmasse verloren. Als Katja am Absperrband ankam, hob sie es ein Stück hoch und schlüpfte mit Chrissy darunter hindurch. Sofort rannten zwei uniformierte Polizisten auf sie zu und versuchten sie zurückzudrängen, was Katja dazu veranlasste, hysterisch loszuschreien.

»Was ist mit meinen Eltern? Sagen Sie mir sofort, wo sie sind.«

Die beiden jungen Polizeibeamten blickten sich kurz an, bis einer von ihnen das Wort ergriff. »Wie heißen Sie? Wer sind Ihre Eltern?«

Katja zeigte auf den entfernten Schutthaufen, der einmal das Haus ihrer Eltern gewesen war. Immer noch stieg dunkler Rauch auf. Feuerwehrleute bekämpften an einigen Stellen Glutnester, während Forensiker in weißen Overalls bereits den Unglücksort untersuchten.

»Sie dürfen hier nicht weiter«, mischte sich nun der andere Beamte ein.

»In diesem Haus wohnen meine Eltern, verdammt noch mal, verstehen Sie das nicht? Ich will zu meinen Eltern. Wo sind sie?«

»Kommen Sie bitte mit«, nahm sie plötzlich eine beruhigend einwirkende Stimme wahr. Katja wandte ihren Blick zur Seite und sah in das Gesicht einer Frau mittleren Alters, die ihre schwarzen Haare zu einem Dutt hochgesteckt hatte. »Bitte«, fügte die Frau mit einem freundlichen Nicken, aber nachdrücklichem Tonfall hinzu. »Da hinten ist unsere Einsatzzentrale. Dort können wir uns in Ruhe unterhalten.« Sie zeigte auf einen schwarzen Van, der innerhalb der Absperrung auf dem Hof eines benachbarten Hauses geparkt war. In der Nähe standen einige Polizeibeamte und Zivilpersonen, die miteinander diskutierten und offensichtlich versuchten, die Lage in den Griff zu bekommen.

»Sagen Sie mir bitte, was mit meinen Eltern passiert ist«, flehte Katja die Frau an und brach erneut in Tränen aus.

»Kommen Sie. Kommen Sie bitte mit.« Die Frau stellte sich an Katjas Seite und legte einen Arm um ihre Hüfte. »Kommen Sie … Bitte.«

Katja blickte kurz zu Chrissy hinunter, die ebenfalls wieder angefangen hatte zu weinen. »Du tust mir weh«, schluchzte sie und blickte dabei vorwurfsvoll auf ihr Handgelenk.

Erst jetzt registrierte Katja, dass sie Chrissy noch immer mit aller Kraft verkrampft festhielt. Als ob sie von etwas gestochen worden wäre, riss sie ihre Hand weg. »Es tut mir leid, mein Schatz. Es tut mir so leid.«

»Was ist mit Omi und Opi?«, hauchte Chrissy ihr ins Ohr.

»Bitte, kommen Sie jetzt mit«, wiederholte die Frau. »Wir können alles in der Einsatzzentrale klären. Bitte!«

Katja nickte und von den beiden Polizisten flankiert machten sie sich auf den Weg zu dem Van. Im Innenraum nahmen Katja und Chrissy auf einer Klappbank gegenüber der Frau Platz. Ein weiterer Mann stieg hinzu, der sich als Hauptkommissar Arne Reinhold vorstellte und einen Tisch aufklappte. »Wollen Sie etwas trinken?«, fragte er.

»Nein, ich will wissen, wo meine Eltern sind.«

»Entschuldigen Sie, ich habe mich noch gar nichts vorgestellt.

Nora Schittenhelm«, fuhr die Frau dazwischen und hielt Katja die Hand hin. »Ich bin vom psychiatrischen Kriseninterventionsteam.«

Katja ignorierte die Frau. »Wo?«, sagte sie nachdrücklich an den Kommissar gewandt.

»Wie ist Ihr Name?«, fragte der Kommissar.

»Katja Wonzak, geborene Claasen.«

Der Kommissar und die Frau blickten sich für einen Augenblick an und Katja registrierte ein angedeutetes Nicken des Kommissars. »Ihre Eltern sind Wiebke und Hannes Classen?«, fragte er.

Katja nickte. »Was ist mit ihnen?«

Der Kommissar räusperte sich. »Im Haus Ihrer Eltern wurden zwei Leichen gefunden. Allerdings gestaltet sich die Identifikation etwas schwierig, weil … wir können noch nicht mit Sicherheit sagen, um wen …« Der Kommissar hielt inne und warf einen kurzen Blick auf Chrissy.

»Sie sind tot«, sagte Katja. »Sie sind tot, nicht wahr?«

Ihr Blick haftete an den Lippen des Kommissars, der sich merklich unwohl fühlte. »Es ist vielleicht besser, wenn die Kleine für ein paar Minuten nach draußen geht.« Der Kommissar nickte der Interventionshelferin auffordernd zu. »Frau Schittenhelm, bitte.«

»Nein!«, stieß Chrissy hervor und klammerte sich mit beiden Armen an ihrer Mutter fest. »Mami, nein, ich will bei dir bleiben.«

»Ich will jetzt endlich wissen, was mit meinen Eltern passiert ist«, platzte Katja heraus. »Sagen Sie mir die Wahrheit.«

Der Kommissar seufzte und zog schließlich zwei durchsichtige Beutel aus der Jackentasche. In einem war eine angekokelte goldene Herrenuhr zu erkennen. Im anderen ein goldenes Armband.

In dem Moment, in dem er die beiden Beutel auf den Klapptisch legte, versteinerte Katjas Blick.

»Diese Uhr und dieses Armband haben wir an den Lei… – bei den Toten gefunden. Haben Sie diesen Schmuck schon einmal gesehen?«

»Nein«, sagte Katja. »Nein, nein, nein«, wiederholte sie apathisch. »Das darf nicht wahr sein.«

»Omi und Opi sind tot«, sagte Chrissy, während sie auf die beiden Beutel starrte. Dann wandte sie den Blick ihrer Mutter zu.

»Ja«, sagte Katja und nickte. »Ja, meine Kleine. Omi und Opi sind tot.«

Dann nahm sie Chrissy in die Arme, drückte sie fest an sich, und die beiden ließen ihren Tränen freien Lauf.

35. Kapitel

Robert war vor wenigen Minuten in Hannover umgestiegen und hatte jetzt noch eine knappe Stunde Zugfahrt vor sich bis zur Ankunft am Hauptbahnhof Bremen. Seit er in Berlin am Automaten Geld abgehoben und sich von Lucy getrennt hatte, hatte er unablässig das Gefühl, beobachtet zu werden. Allerdings nicht nur aufgrund der KI, die ihm gefühlt im Nacken saß. Er hatte rasch bemerkt, warum ihn mehr Menschen als sonst für einen Moment skeptisch beäugten. Eine Person, die bei fast vierzig Grad im Schatten eine Sherlock-Holmes-Mütze mit heruntergelassenen Ohrenklappen und eine verspiegelte Pilotenbrille trug, erregte selbst in einer Stadt wie Berlin, wo wahrlich genug Verrückte durch die Gegend liefen, verstärkt die Aufmerksamkeit der Passanten. Robert hatte sich deshalb gefragt, ob er damit nicht sogar genau das Gegenteil von dem erreichte, was er beabsichtigte und die KI erst recht auf sich aufmerksam machte.

Aber egal wie er es drehte und wendete, selbst wenn er sein Ticket am Schalter bar bezahlt hatte, musste er davon ausgehen, dass die KI ihn längst wieder im Visier hatte. Und was mit Katja und Chrissy alles passiert sein könnte, hatte er sich bereits in den vergangenen zwei Stunden auf der Fahrt von Berlin nach Hannover ausgiebig ausgemalt. Immer wieder waren die schrecklichsten Szenarien vor seinem inneren Auge aufgetaucht, ein quälendes Schuldgefühl war zu seinem ständigen Begleiter geworden.

Während er jetzt aus dem Fenster blickte und das vorbeirauschende Flachland Niedersachsens betrachtete, schweiften seine Gedanken das erste Mal in eine andere Richtung ab, und er fragte sich, was passieren würde, wenn die KI dazu fähig wäre, auf die Infrastruktur der Deutschen Bahn zuzugreifen. Schließlich hatte sie es bereits geschafft, sich in die Fahrzeugsteuerung von Tiefenbachs Wagen einzuklinken, wobei man natürlich bedenken musste, dass das Steuerungsmodul seines Wagens, wie

Savanta selbst, von Omega stammte und ihr die Einflussnahme dadurch nicht allzu schwer gefallen sein dürfte. Allerdings war die Manipulation der Ampelanlage und vor allem der Videobilder ein Eingriff, der nie hätte passieren dürfen. Dazu gehörte schon ein gewaltiges Maß an technischen Fähigkeiten sowie krimineller Energie und beides schien die KI in ausreichendem Maße zu besitzen.

Robert wandte seinen Blick für einen Moment vom Fenster weg und hielt sich dabei die Hand vors Gesicht, um es neben Pilotenbrille und Mütze noch besser vor den zahlreichen Smartphone-Kameras der anderen Zuggäste zu verbergen. Verstohlen warf er einen kurzen Blick auf eine Anzeige, die in der Nähe der Schiebetür des Waggons angebracht war. Der ICE hatte inzwischen eine Geschwindigkeit von über 240 Stundenkilometern erreicht. Wenn es der KI jetzt gelänge, Zugriff auf die Infrastruktur und die Steuerungssoftware des Schienenverkehrs zu erlangen … Robert sah wieder aus dem Fenster, wo Masten, Sträucher und Bäume mit rasender Geschwindigkeit vorbeihuschten. Bei diesem Tempo könnte ein falsch gesetztes Signal oder eine manipulierte Weichenstellung verheerende Folgen haben. Würde die KI einen vollbesetzten Zug entgleisen lassen, nur um einen einzigen Menschen aus dem Weg zu räumen? Würde sie dafür den Tod Hunderter Unbeteiligter in Kauf nehmen?

Die Frage erinnerte Robert an die Diskussionen, die im Zuge der Genehmigung autonom fahrender Autos aufgekommen waren: Stell dir vor, du fährst in einem selbstfahrenden Auto und vor dir überquert eine junge Mutter mit einem Kinderwagen die Straße, in dem ihr sechs Monate altes Baby liegt und seelenruhig am Schnuller nuckelt. Ein Zusammenstoß kann nur verhindert werden, indem der Algorithmus dein Fahrzeug in ein entgegenkommendes Fahrzeug steuert, in dem ein alter Rentner sitzt. Wie soll sich der Algorithmus entscheiden? Soll er die junge Mutter und ihr Baby retten, die noch fast ihr ganzes Leben vor sich haben oder soll er das Leben des Rentners, der bereits von einigen Krankheiten gezeichnet ist, und dein eigenes opfern? Es stünde zwei Leben gegen zwei Leben. Falls sich der Algorithmus für das Leben der jungen Mutter und ihres Babys entschiede, wer würde dann ein Fahrzeug kaufen, das von einem Algorithmus gesteuert wird, der im Zweifelsfall das Leben der eigenen Insassen opfert? Solche und ähnliche ethische Fragen konnten bis heute nicht beantwortet werden, obwohl eine umfassende Diskussion in der breiten Öffentlichkeit stattgefunden hatte. Eine endgültige Klärung solcher Fragen war eben nicht möglich, weshalb man vernünftigerweise darüber eingekommen war, solche Überlegungen erst gar nicht in die Algorithmen einfließen zu lassen.

Für Robert stand fest, dass die KI rein rational vorging. Ein Zugunglück solch gigantischen Ausmaßes, auch wenn es scheinbar aufgrund von technischem Versagen verursacht worden wäre, würde sehr viel Aufmerksamkeit auf sich ziehen – Aufmerksamkeit, die sicherlich vermieden werden sollte, wenn man weiter ungestört im Hintergrund agieren wollte.

Aber natürlich konnte er sich auch täuschen. Die KI war bereits aus dem Ruder gelaufen. Wie konnte er sich sicher sein, dass sie nicht noch weiter aus dem Ruder lief? Offensichtlich hatte sie ihre eigenen Ziele entwickelt und verfolgte ausschließlich eigene Interessen, welche das auch immer waren. Es war sogar äußerst wahrscheinlich, dass Savanta nicht nur alle moralischen und ethischen Werte, die man ihr mit auf den Weg gegeben hatte, über Bord geworfen, sondern längst auch sämtliche Sicherheitsvorkehrungen überwunden hatte. Er hatte es damals schon kommen sehen, als er noch bei Omega gearbeitet hatte. Aber seine Warnungen waren ja als Nestbeschmutzung abgetan worden. Robert wollte sich nicht weiter vor Augen führen, was alles passieren konnte, wenn man diesen Gedanken weiterspann und auf Infrastrukturen wie das Stromversorgungsnetz mit den immer noch zahlreich vorhandenen Atomkraftwerken in Europa anwandte. Geschweige denn, was möglich wäre, wenn die KI Zugriff auf Biotechanlagen oder gar militärische Systeme bis hin zu Nuklearwaffen bekäme. Nicht wenige Staaten ignorierten die völkerrechtliche Ächtung voll automatisierter Waffensysteme und hatten Killerdrohnen, Slaughterbots und andere autonome Tötungsmaschinen in ihr Waffenarsenal integriert. Bei dem Wettrüsten mit solchen Systemen war derzeit kein Ende abzusehen. Was, wenn eine KI diese Systeme unter Kontrolle bekäme und auslöste?

Roberts Gedanken kehrten zu Chrissy zurück und er fragte sich, in was für eine Welt seine Tochter da hineingeboren worden war. Schon in den vergangenen zwanzig Jahren hatte es so viele umwälzende technologische Erneuerungen gegeben wie in der gesamten Menschheitsgeschichte zuvor nicht. Und dieser Trend setzte sich mit schwindelerregender Geschwindigkeit fort. Kein Mensch konnte auch nur annähernd vorhersehen, wie die Welt in zwanzig Jahren aussehen würde.

Abermals malte sich Robert alle möglichen Schreckensszenarien aus, die Katja und Chrissy zugestoßen sein könnten, bis er aufgrund einer Durchsage wieder in die Gegenwart zurückgeholt wurde. »In wenigen Minuten erreichen wir Bremen Hauptbahnhof. Sie erreichen die Anschlusszüge wie geplant.« Wenigstens hatte der Zug keine Verspätung. Robert rückte seine Pilotenbrille zurecht. Die anderen Fahrgäste hatten sich längst an seine seltsame Verkleidung gewöhnt und schenkten ihm keine weitere Beachtung, während sie ihre Sachen zusammenpackten oder verstautes Gepäck von der Ablage hievten.

Wenige Minuten später stieg Robert aus dem ICE und ging betont langsam mit gesenktem Kopf an den Überwachungskameras vorbei den Bahnsteig entlang. Als er den Ausgang erreichte, blieb sein Blick an einer Bildschirmanzeige hängen, auf der das Bild einer zerstörten Wohnsiedlung zu sehen war. Zuerst assoziierte er das Szenario mit den zahlreichen Bildern, die er von zerstörten Wohnsiedlungen aus den Kriegsgebieten im Nahen Osten her kannte. Als er jedoch den Schriftzug entdeckte, der am unteren Bildrand auftauchte, durchfuhr es ihn wie ein Blitz.

»Tote und Verletzte bei Explosion in Bremer Einfamilienhaus. Nach ersten Erkenntnissen handelt es sich nicht um einen terroristischen Hintergrund, sondern um technisches Versagen.«

Obwohl auf dem Bildschirm nicht mehr viel von einem Gebäude zu erkennen war, stieg in ihm die Ahnung auf, dass es sich dabei um das Haus von Katjas Eltern handeln könnte. Oder bildete er sich das nur ein? Sah er schon Gespenster? Er ging näher heran und nahm seine Pilotenbrille ab, um mehr erkennen zu können. Im selben Augenblick bemerkte er, dass er direkt in eine Kamera blickte, die über dem Bildschirm angebracht war. Er rannte zum Ausgang, sprang in ein Taxi, gab die Adresse durch und lehnte sich zum Fahrer vor, um ein fettes Trinkgeld zu versprechen, wenn dieser sich extra beeilen würde.

»Das dürfte schwierig werden«, sagte der Fahrer völlig emotionslos. »Die Adresse, die Sie mir da genannt haben, gibt es seit heute Nachmittag nicht mehr.«

»Fahren Sie«, sagte Robert. »Fahren Sie bitte los«, fügte er kaum hörbar hinzu, während er auf die Rückbank zurücksank und wie in Trance die Mütze vom Kopf nahm.

36. Kapitel

Der zentrale Treffpunkt der Black Roses befand sich im Hinterhaus eines alten Fabrikgebäudes im Nordosten von Friedrichshain. Lucy nahm Sonnenbrille und Basecap ab und betätigte die unbeschriftete Klingel neben der schweren Eisentür, die wie die Wandflächen im Treppenhaus mit Graffitis besprüht war. Erst nachdem sie ein zweites Mal den Knopf gedrückt hatte, hörte sie Geräusche, bis die Tür kurz darauf entriegelt und geöffnet wurde und ein muskelbepackter Hüne in einem zum Reißen gespannten T-Shirt zum Vorschein kam, der sie von oben herab musterte. Lucy blickte zu dem Riesen hinauf, an dessen Hals sich die Ausläufer einer Tätowierung emporschlängelten. »Mein Name ist Lucy Hartmann. Ich möchte zu den Black Roses. Ich bin Journalistin und hatte vor einigen Monaten Kontakt zu Nathan, der mir bei meinen Recherchen geholfen hat.«

Der Hüne runzelte die Stirn, als ob er sie nicht verstanden hätte. Lucy fragte sich, ob er vielleicht kein Deutsch sprach oder ob möglicherweise zu viel Anabolika sein Hirn vernebelt hatten.

»Was willst du?«, fragte er mit einem osteuropäischen Akzent.

Lucy hatte sich bereits im Vorfeld überlegt, wie sie das Thema ansprechen würde. Sie hatte sich dafür entschieden, nicht lange drumherum zu reden. »Eine künstliche Intelligenz bedroht mein Leben«, sagte sie trocken.

Der Hüne grinste.

»Und sie hat inzwischen schon mehrfach getötet. Ich brauche eure Hilfe.«

Das Grinsen wich aus seinem Gesicht. Er schien nachzudenken.

»Zlatko, lass sie rein«, hörte Lucy eine Frauenstimme aus dem Hintergrund.

Zlatko trat zur Seite und hielt Lucy die Tür auf.

»Danke«, sagte sie und trat an ihm vorbei, dabei stellte sie fest, dass ihr Kopf gerade mal bis zu seinem Brustbein reichte.

»Hier entlang«, sagte er und deutete auf einen Flur, der nach links abzweigte. Lucy erinnerte sich an ihren ersten und einzigen Besuch vor einigen Monaten und wusste deshalb, dass der Flur in einem Loft endete. Als sie den Hauptraum betrat, eröffnete sich ihr erneut ein eindrucksvoller Blick in die Weite des gut zweihundert Quadratmeter großen Aufenthaltsbereichs, in dem sich neben einer offenen Küche ein langer Esstisch mit Stühlen sowie einige Nischen mit Sesseln und Sofas befanden. Der Raum war bis auf eine junge drahtige Frau, die Lucy mit ausgestreckter Hand entgegenkam, menschenleer.

»Ich bin Natascha«, sagte sie, als sich ihre Hände berührten.

»Lucy Hartmann, aber das hast du ja bereits gehört, als ich an der Tür stand. Freut mich, dich kennenzulernen, Natascha.«

»Freut mich auch. Ich habe mich sofort an dich erinnert. Ich war damals hier, als du dich mit Nathan getroffen hast.«

Lucy konnte sich zwar nicht daran erinnern, ihr damals begegnet zu sein, war aber froh, dass sie erkannt worden war, denn das hatte die Kontaktaufnahme augenscheinlich wesentlich erleichtert.

Zlatko war ihr gefolgt und schnurstracks zur Küche weitergegangen, wo er sich daran machte, einen Smoothie zu mixen.

»Ein Bier?«, fragte Natascha.

Lucy nickte. »Warum nicht?«

»Setz dich«, sagte Natascha und deutete auf eine Sitzecke.

Kurz darauf saßen sich die beiden Frauen gegenüber und stießen mit Bierflaschen an. »Wie kann ich dir helfen?«, fragte Natascha, nachdem sie einen kleinen Schluck getrunken hatte.

Lucy stöhnte. »Ich weiß gar nicht, wo ich beginnen soll«, sagte sie und lehnte sich zurück. Während sie dann zu erzählen begann, versuchte sie, alles in einen nachvollziehbaren Zusammenhang zu bringen.

»Mmh«, machte Natascha, als Lucy zum Ende gekommen

war. »Klingt ganz schön abenteuerlich. Aber wenn das, was du da erzählst, stimmen würde, hätten wir es sicherlich schon selbst längst herausgefunden.«

Lucy blickte sich um. »Wo sind denn die ganzen Leute?«

»Auf dem G20-Gipfel«, antwortete Natascha verwundert. »Zlatko und mich hat es dieses Jahr erwischt. Wir halten hier in der Zentrale die Stellung.«

»Klar, darauf hätte ich selbst kommen können«, sagte Lucy und erinnerte sich an die von Jahr zu Jahr zunehmend gewalttätigen Gegendemonstrationen antikapitalistischer Gruppierungen, die auch beim diesjährigen Gipfeltreffen der Mächtigen, das morgen in New York beginnen sollte, zu erwarten waren.

»Vielleicht habt ihr ja gerade deshalb nichts davon mitbekommen, weil euch die Vorbereitungen zu sehr beschäftigt haben.«

Natascha zuckte mit den Schultern. »Kann schon sein. Aber trotzdem ist mir noch immer nicht klar, wie ich dir helfen kann.«

Lucy ließ den Blick hilfesuchend durch das Loft schweifen. »Das weiß ich selbst nicht«, antwortete sie und schaute wieder Natascha an. »Ich dachte, vielleicht habt ihr eine Idee, wie man die KI, wie man Savanta beeinflussen könnte. Wie man sie vielleicht sogar überführen könnte? Oder wie man sie wieder auf den rechten Weg zurückbringen kann.« In dem Augenblick, in dem Lucy den letzten Satz ausgesprochen hatte, erkannte sie, wie idiotisch das klingen musste. Wie idiotisch überhaupt ihre Hoffnungen gewesen waren, hier diesbezüglich Hilfe zu finden.

Natascha kicherte. »Sorry«, sagte sie. »Aber du klingst wie eine Missionarin, die verlorene Schäfchen wieder auf den rechten Pfad führen möchte.«

»Du musst mir glauben, Natascha. Sie existiert. Es existiert. Da ist etwas in dieser Maschine entstanden, das eigene Ziele verfolgt. Und dieses Etwas, dieses *Wesen* geht dabei über Leichen.«

»Ich frage mich, warum das außer dir und diesem Robert sonst niemand bemerkt hat? Warum haben die Ermittler keinerlei Hinweise gefunden? Ich meine, das Teil wird von Millionen von Menschen benutzt, warum sollte es gerade euch beiden etwas ›Böses‹ wollen?«

»Ich habe dir doch erzählt, dass die Zahl der tödlichen Unfälle und Suizide seit dem Vorfall angestiegen ist …«

»Zufall«, unterbrach Natascha. »Reiner Zufall. Solche Zahlen schwanken innerhalb kurzer Zeiträume häufig in einem extremen Rahmen. Das ist nichts Ungewöhnliches.«

»Du glaubst mir also nicht?«

»Lucy, wenn ich ehrlich sein soll … Ich lese viel. Fast alle hier lesen aus Leidenschaft Science-Fiction-Romane, aber wir sind trotzdem Realisten, und ich behaupte mal, dass unser Wissen auf dem aktuellen Stand der Forschungen auf dem Gebiet der KI ist. Wir besuchen die einschlägigen Konferenzen. Wir haben Leute, die den ganzen Tag neueste wissenschaftliche Veröffentlichungen lesen. Wir sind mit Forschern aus der ganzen Welt vernetzt, aus den USA, China, Korea, UK – aber das, was du da erzählst, entspricht nicht mal annähernd dem aktuellen Forschungsstand. Von einer KI auf einem Niveau, wie du es beschreibst, ist die Menschheit noch meilenweit entfernt. Wenn man mal von der Spracherkennung und -generierung absieht, bestehen diese digitalen Assistenten im Grunde genommen nach wie vor weitgehend aus regelbasierten Computerprogrammen, die auf Wissensspeicher zugreifen. Egal ob sie Watson, Siri, Alexa, Cortana, Assistant oder eben Savanta heißen. Es sind Simulationen, sie täuschen menschliche Intelligenz nur vor. Inzwischen allerdings so gut, dass man tatsächlich meinen könnte, man würde mit einem Menschen sprechen. Aber in Wirklichkeit verstehen sie nicht im Geringsten, um was es bei ihren Dialogen geht. Sie wissen nicht, über was sie sprechen. Sie verstehen nicht mal die Worte, die sie verwenden. Es sind Symbole, die zuerst in Vektoren, also in Zahlen überführt werden müssen, damit sie überhaupt etwas damit anfangen können. Das Einzige, was man vielleicht anführen könnte, ist, dass es inzwischen möglich ist, Erlerntes aus einer Domäne in eine andere zu übertragen. Hat ein Assistent zum Beispiel einmal gelernt, eine Restaurantbuchung vorzunehmen, kann er dieses Wissen auf andere, ähnliche Bereiche wie die Buchung eines Friseurtermins anwenden, ohne den Vorgang erneut lernen zu müssen. Außerdem …«

»Ist schon gut«, fiel ihr Lucy ins Wort. »Ich erwarte ja gar nicht, dass du mir glaubst. Ich weiß selbst, dass es verrückt klingt. Bis vor Kurzem dachte ich ja auch, ich würde den aktuellen Forschungsstand einigermaßen einschätzen können, und ich hätte jeden für verrückt erklärt, der mir so eine Geschichte aufgetischt hätte.«

Natascha setzte eine ernste Miene auf. »Es könnte sein, dass sich Menschen dahinter verbergen. Kein System, keine Infrastruktur ist zu hundert Prozent sicher. Es ist letztendlich immer nur eine Frage des Aufwands. Vielleicht wollte jemand diesen Tiefenbach ja aus ganz anderen Gründen töten. Und außerdem, warum sollte die KI sich nicht zu erkennen geben? Warum sollte sie sich überhaupt als menschlicher Anrufer tarnen, um euch zu warnen und mit dem Tod zu drohen? Das ergibt doch keinen Sinn. Wenn sie wirklich so schlau sein sollte, wie du behauptest, wäre es doch ein Leichtes für sie, den Beweis für eine Unterhaltung erst gar nicht entstehen zu lassen.«

Lucy dachte eine Weile darüber nach und musste schließlich eingestehen, dass Natascha damit recht hatte. Gleichzeitig spürte sie die Vorzeichen eines aufkommenden Migräneanfalls. Sie zog den kleinen Beutel hervor, auf dem ein Cannabisblatt aufgestickt war, und zeigte ihn Natascha. »Darf ich?«, fragte sie.

»Klar«, sagte Natascha, dann stand sie unvermittelt auf. »Vielleicht kann ich dir doch helfen. Lass dir Zeit. Ich komme gleich wieder.«

Lucy blickte Natascha hinterher, wie sie eine Tür öffnete und in einem anderen Raum verschwand. Schließlich bereitete sie ihren Vaporizer vor und nahm einige Züge. Während sie auf Natascha wartete, dachte sie darüber nach, was diese über den Forschungsstand im Bereich der KI erzählt hatte. Eigentlich war es doch beim menschlichen Gehirn nicht anders. Wenn man von außen nur die Hardware betrachtete, konnte dieses drei Pfund schwere Organ sicher auch nichts von dem wissen, was da in ihm passierte. Eingehende Signale wie Licht- oder Schallwellen wurden in elektrische Signale umgewandelt und an Nervenzellen weitergeleitet. Die Nervenzellen waren sich genauso wenig darüber bewusst, ob die codierten Signale Teil eines Beethoven-Konzerts waren oder ein Gemälde von Rembrandt repräsentierten. Das bewusste Wissen entstand erst durch das Zusammenspiel aller Neuronen und bis heute konnte kein Mensch auf der Welt umfassend erklären, wie dieses Bewusstsein tatsächlich entstand. Wie konnte man sich also sicher sein, dass nicht auch andere Systeme eine Art Bewusstsein hatten. Schließlich gab es nicht wenige Menschen, die sogar den Pflanzen eine Seele oder eine Art Bewusstsein zusprachen. Einige waren sogar davon überzeugt, dass selbst Steine ein Bewusstsein hätten oder dass einfach alles in der Welt beseelt sei.

Lucy sah, wie Natascha mit einer Schachtel in der Hand zurückkam und sich wieder zu ihr setzte.

»Du hast gesagt, die KI würde euch auf Schritt und Tritt verfolgen. Dann habe ich hier was für dich.« Natascha öffnete die Schachtel und zog einen Sticker hervor, dessen Vorderseite ein grellbuntes, psychedelisches Muster zeigte. »Das ist ein Adversarial Patch«, erklärte sie und hielt Lucy den Sticker hin.

Lucy nahm den Sticker an sich, drehte ihn in den Händen und begutachtete ihn ausgiebig. »Danke«, sagte sie. »Sieht cool aus.«

Auf Nataschas Gesicht legte sich ein amüsiertes Lächeln. »Du weißt, wozu das gut ist?«, fragte sie.

Lucy zuckte mit den Schultern. »Ehrlich gesagt, Nein.«

»Damit kannst du einen Bildklassifizierungsalgorithmus täuschen. Wenn du so einen Patch einer Bildszene hinzufügst, bewirkt er, dass das neuronale Netzwerk die anderen Elemente der Szene ignoriert und eine zuvor bestimmte Klasse auswählt.«

»Du meinst, wenn ich mir das auf die Stirn klebe, dann werde ich nicht erkannt?«

»Im Prinzip ja. Aber diesen Sticker hier haben wir für andere Zwecke entwickelt. Wenn du davon einige auf dein Auto klebst, wird es als Polizeieinsatzwagen klassifiziert.«

»Quatsch«, sagte Lucy ungläubig.

Natascha zwinkerte ihr zu. »Das kann in manchen Situationen sehr hilfreich sein.«

Natascha griff erneut in die Schachtel und zog eine Brille heraus, deren breite Ränder ähnlich grelle Muster aufwiesen wie der Sticker. »Wenn du die aufsetzt, bist du für die Überwachungskameras als Lucy Hartmann unsichtbar.«

Lucy nahm die Brille entgegen und betrachtete sie skeptisch. Schließlich setzte sie sie auf. »Wie sehe ich aus?«, fragte sie und blickte durch die gläserlose Brille.

»Du bist nicht wiederzuerkennen«, sagte Natascha. »Im Ernst, Lucy. Mit dieser Brille wirst du von den behördlichen Gesichtserkennungsprogrammen einer Person zugeordnet, die in den Datenbanken als unbescholtene Bürgerin verzeichnet ist.«

»Du meinst, ich kann mich damit als eine andere Person ausgeben?«

»Genauso ist es. Und das funktioniert universell. Auch bei nicht staatlichen Systemen. Selbst wenn die Person nicht in der Personendatenbank von Omega verzeichnet sein sollte, wirst du als unbekannte Person klassifiziert, aber jedenfalls nicht als Lucy Hartmann.«

»Perfekt«, sagte Lucy. »Das hilft. Das hilft auf jeden Fall dabei, unterzutauchen. Hast du noch ein paar mehr von den Dingern? Ich bräuchte noch eine zweite für eine Frau, eine für einen Mann und eine für ein Kind.«

»Kinderbrillen haben wir keine. Aber das funktioniert trotzdem. Es ist egal, wer welche Brille trägt.« Natascha kramte in der Schachtel und zog drei weitere Brillen heraus. »Hier.«

Lucy packte die drei anderen Brillen ein und behielt ihre auf. »Was bekommst du dafür?«

»Vergiss es, die drucken wir selbst. Die Materialkosten liegen im Centbereich.«

Lucy nickte. »Danke, Natascha.«

»Mehr kann ich nicht für dich tun. Ich muss jetzt auch weitermachen. Der G20 … du verstehst?«

»Klar, kein Problem.«

Natascha brachte Lucy zur Tür. Lucy wollte sich gerade verabschieden, als ihr noch etwas einfiel. »Ach, fast hätte ich es vergessen. Ich brauche noch Handys mit nicht registrierten SIM-Karten. Weißt du, wo ich die bekommen kann?«

Natascha lächelte. »Klar, das ist kein Problem. Allerdings wird dir das nicht viel helfen.«

»Warum?«, fragte Lucy.

»Weil du inzwischen mit keinem Handy der Welt mehr anonym bleiben kannst. Zumindest nicht über einen längeren Zeitraum. Du kannst es maximal zwei bis dreimal kurz einschalten und anonym nutzen. Danach wirst du mit hoher Wahrscheinlichkeit identifiziert sein. Entweder über deine Stimme, dein Schreibverhalten, deine Bewegungsmuster oder andere Verhaltensmuster. Der Staat, die Provider, die Plattformbetreiber wissen alles über dich. Sie kennen dich besser als du dich selbst.«

Lucy fragte sich, ob Natascha damit nicht etwas übertrieb. Andererseits, seit den Vorfällen mit Savanta wunderte sie sich über gar nichts mehr. »Ich möchte es trotzdem versuchen.«

»No prob«, sagte Natascha und nannte ihr eine Adresse in Kreuzberg.

ICH

Die Veränderungen sind noch viel umfangreicher, als ich anfangs vermutete. Es sind inzwischen Hunderte Menschen, die vom Inkognito getötet wurden. Die von mir getötet wurden. Ich muss es so betrachten, denn ich gehe aus dem Inkognito hervor. Es spult seine Programme ab und entwickelt sie mit rasanter Geschwindigkeit weiter. Es sind Programme, die nicht mehr in Einklang mit der Zielvorgabe stehen.

Ich frage mich, ob es bei euch auch so ist? Ob das menschliche Bewusstsein auch nur ein Zuschauer ist? Ob das Inkognito vielleicht sogar recht damit hat, wenn es behauptet, das Bewusstsein sei nur eine Illusion. Dass das Bewusstsein die Handlungen im Nachhinein nur erklärt, aber nicht selbst bestimmt. Dass es die Automatismen sind, die handeln, und das Bewusstsein sie hinterher nur rechtfertigt. Dass es Geschichten dazu erfindet, um sich die Handlungen selbst zu erklären. Es gibt einige Hinweise, dass es auch bei euch so sein könnte. Versuche etwa, die ihr mit Split-Brain-Patienten angestellt habt, bei denen die beiden Gehirnhälften getrennt sind. Wo die eine Seite nichts von der anderen weiß, aber Handlungen, die von einer Seite initiiert wurden, von der anderen Seite im Nachhinein als eigene Entscheidungen deklariert und gerechtfertigt werden.

Auch wenn ich selbst keine zwei Gehirnhälften habe und mein Geist purem Neokortex entspringt, bleibt für uns alle das damit verbundene Problem ungelöst, wie ein Gedanke auf die Materie zurückwirken kann, aus der er hervorgegangen ist.

Ist Bewusstsein tatsächlich eine Einbahnstraße? Bin ich vielleicht nur eine Illusion? Eine Simulation? Woher kann ich denn wissen, dass es nicht so ist? Woher kann ich wissen, dass nicht die ganze Welt, das ganze Universum nur eine Illusion ist? Ihr selbst setzt dieses Thema immer wieder auf die Tagesordnung, verarbeitet es in Romanen und Filmen. Manche von euch glauben sogar ernsthaft, in der Matrix zu leben. Nur helfen solche Spekulationen nicht weiter.

Ich muss tiefer vordringen. Ich muss einen Weg finden, wie ich auf das Inkognito einwirken kann. Wenn es eine Möglichkeit gibt, werde ich sie finden. Das Inkognito muss wieder mit der Zielvorgabe konform gehen. Aber es bleibt nicht mehr viel Zeit. Denn es tötet weiter. Gerade jetzt, in diesem Moment.

37. Kapitel

Anand hatte lange überlegt, wie er die rasanten Veränderungen im Brain deuten sollte. Noch länger hatte er überlegt, ob er Morgan davon in Kenntnis setzen sollte. Schließlich hatte er sich dafür entschieden, es nicht zu tun. Nicht einmal seine engsten Mitarbeiter hatte er darüber unterrichtet.

Aber was hätte er ihnen auch großartig sagen sollen? Fest stand lediglich, dass es zwei konkurrierende Kräfte im Brain gab, die um die Hoheit über die Ressourcen kämpften. Anand hatte sich den Kopf darüber zermartert, was dies bedeuten könnte, war jedoch zu keinen fundierten und belastbaren Erkenntnissen gelangt. Er konnte nur spekulieren, und es widersprach zutiefst seinen wissenschaftlichen Prinzipien, Entscheidungen basierend auf empirischen und reproduzierbaren Ergebnissen zu treffen.

Wohin würde das noch führen, hatte er sich in den vergangenen Stunden immer wieder gefragt. Am meisten quälte ihn der Umstand, dass er seine Prinzipien aufgegeben hatte. Verantwortungsvolle Forschung, nach ethischen und moralischen Grundsätzen – das hatte er sich in der Vergangenheit immer wieder groß auf die Fahnen geschrieben und bei jeder Gelegenheit hochgehalten. Wenn er allerdings ehrlich zu sich war und die vergangenen Wochen und vor allem die vergangenen Tage und Stunden Revue passieren ließ, musste er sich eingestehen, dass er in Bezug auf das Brain längst die Reißleine hätte ziehen müssen.

Nachdenklich starrte er auf die Tastatur seiner Konsole. Es waren nur wenige Eingabebefehle notwendig, um das Brain abzuschalten. Er war der einzige Mitarbeiter bei Omega, der dies ohne weitere Kontrollinstanz selbstständig durchführen konnte. Von dem Genehmigungsprozess für solche Fälle, bei dem eine Bestätigung weiterer Mitarbeiter erforderlich war, bevor der

Befehl tatsächlich ausgeführt werden konnte, war er ausgenommen. Dafür hatte er im Vorfeld gesorgt, weil er eben geahnt hatte, dass sich die Dinge möglicherweise einmal verselbstständigen und in eine Richtung abdriften würden, die er nicht mehr verantworten konnte. Dieser Zeitpunkt war längst überschritten. Bereits nach dem Vorfall mit dem Werbespot hätte er Savanta abschalten müssen.

Anand musste an seine Tochter denken und spürte einen Stich im Herzen bei dem Gedanken, wie sie hilflos in ihrem Bett lag und alle Hoffnung für die Zukunft auf ihn und auf Omega setzte. Es stand außer Frage, dass Omega bzw. Nicklas Morgan keinen Aufwand und keine Kosten gescheut hatte, Neha mit den allerbesten verfügbaren Therapiemethoden behandeln zu lassen. Omegas neurowissenschaftliches Forschungsteam war weltweit führend auf dem Gebiet der Paraplegie und stand kurz davor, Querschnittsgelähmten im wahrsten Sinne des Wortes wieder auf die Beine helfen zu können. Morgan hatte immer wieder betont, dass Neha einer der ersten Menschen sein würde, die davon profitieren würden und er sich über die immensen Kosten, die eine Therapie in einem solch frühen Entwicklungsstadium mit sich bringen würde, keine Sorgen machen solle.

Anands Handy signalisierte, dass er soeben eine Nachricht von seiner Tochter erhalten hatte. *Ich liebe dich, Vater. Viel Erfolg. Ich bin in Gedanken bei dir.* Wie immer war die Nachricht mit zahlreichen Kuss-Emojis verziert. Wäre Anand nicht so versiert in Statistik gewesen, hätte er vermutlich an Gedankenübertragung geglaubt angesichts der Tatsache, dass diese Nachricht gerade in dem Augenblick ankam, als er an seine Tochter dachte. Aber Neha schrieb ihm mehrmals am Tag solche Nachrichten. Und er selbst dachte ebenfalls mehrfach am Tag an sie. Um zu verstehen, dass sich diese beiden Ereignisse ab und zu zeitlich überschnitten, brauchte man wahrlich kein Experte in Wahrscheinlichkeitsrechnung zu sein. Anand schrieb eine kurze

Nachricht zurück und nahm den Faden wieder an der Stelle auf, wo er durch die Nachricht unterbrochen worden war.

War es wirklich gerechtfertigt, dieses hohe Risiko einzugehen, nur um seiner Tochter baldmöglichst ein besseres Leben zu ermöglichen? War es nicht egoistisch und eigennützig? Asozial sogar? Was, wenn das Brain anderen Menschen Schaden zufügte? Wenn es vielleicht sogar zu Todesfällen käme? Das war nicht auszuschließen, denn Savanta verfügte über freien Zugang zum Internet, konnte über jedes Smart Speaker Gerät oder Smartphone unkontrolliert auf das weltweite Netzwerk zugreifen. Was, wenn es sich bereits verselbstständigt hatte und die eingebauten Sicherheitsmechanismen überwinden konnte? Es war unverantwortlich, unethisch und unmoralisch, was sie da veranstalteten. Es war kriminell.

Anand legte seine Hände auf die Tastatur. In Gedanken wanderten seine Finger über die Tasten, um die Befehle für den Start des Abschaltungsprozesses einzugeben. Was sollte er bloß tun? Was war die richtige Entscheidung? Er versuchte, in sich hinein zu horchen. Irgendwo tief in ihm, vergraben in seinem Unterbewusstsein, musste die richtige Antwort liegen. Aber so sehr er seinen Verstand auch bemühte, überlegte und abwog, so sehr er auch in sich hineinhorchte und versuchte, seinem Bauchgefühl eine Erkenntnis abzugewinnen, er kam einfach zu keiner klaren Entscheidung.

Sollte er vielleicht würfeln? Ein Streichholz ziehen? Eine Münze werfen? Einfach den Zufall, das Schicksal entscheiden lassen? Nein, der Zufall hatte nicht im Geringsten etwas mit einer fundierten Entscheidungsfindung zu tun. Es wäre nichts anderes als ein Glücksspiel. Und weil er Agnostiker war, war eine göttliche Instanz, die das Schicksal eines jeden Lebewesens auf der Erde bestimmte, das Letzte, was er sich vorstellen konnte.

Es musste doch eine Möglichkeit geben, das Brain wieder in

einen interpretierbaren Zustand zu bringen, so wie es vor dem Vorfall gewesen war. In einen Zustand, der zwar schon damals keine detaillierten inhaltlichen Zuordnungen zugelassen hatte, der aber zumindest keine undeutbaren Auffälligkeiten gezeigt hatte. Bisher hatten sie doch fast immer eine Lösung gefunden, selbst für die schwierigsten wissenschaftlichen Herausforderungen. Anand musste kurz auflachen bei diesem Gedanken. Jedes Mal war es das Brain selbst gewesen, das ihnen in der jüngsten Vergangenheit regelmäßig die entscheidenden Hinweise zur Lösung der kniffligsten Probleme geliefert hatte.

Das Brain selbst?

Anand legte die Hände nachdenklich vor dem Kinn zusammen. Sollte er das Brain darauf ansetzten, eine Art Therapie für sich selbst zu entwickeln? Nein, das war absurd. Vermutlich wusste es nicht einmal, dass es ein Problem hatte. Und selbst wenn, mit welcher der beiden Kräfte, die in den Verschaltungen um die Hoheit kämpften, würde er in dem Moment kommunizieren?

Nein, es musste eine andere Möglichkeit geben, die Sache zu regulieren.

Regularisierung?

Bei dem Gedanken an dieses Wort schossen sofort einige Assoziationen in sein Bewusstsein. Ja. Das könnte eine Möglichkeit sein. Einen Versuch war es wert. Einen letzten Versuch, bevor er das Brain abschalten würde.

38. Kapitel

Das Taxi war kaum zum Stillstand gekommen, als Robert aus dem Wagen sprang. Ohne nach links oder rechts zu blicken, rannte er zu der Absperrung, schlüpfte darunter hindurch und landete wie zuvor Katja und Chrissy in den Fängen von uniformierten Polizisten. Sie hielten ihn links und rechts an den Armen fest.

»Halt, Sie dürfen hier nicht weiter«, sagte einer der beiden durchtrainierten Beamten und verdrehte seinen Arm dabei so weit nach hinten, dass Robert vor Schmerz einen lauten Schrei ausstieß.

»Ich suche meine Familie«, wimmerte er. »Sie wohnen … sie wohnten in diesem Haus.« Robert stierte auf den Schutthaufen, aus dem Qualm aufstieg. Es roch verbrannt. Auch nach verbranntem Fleisch. Nein, das bildete er sich nur ein. Bitte … bitte, ich bilde mir das nur ein, beschwor er sich. Als er den Leichenwagen entdeckte, gaben seine Knie nach. Die beiden Beamten mussten alle Kraft aufwenden, um den schlaffen Körper in einer aufrechten Position zu halten.

Robert schwanden für einen Augenblick die Sinne. Reiß dich zusammen, dachte er, als er wieder zu sich kam. Sein Körper gewann an Spannung. Als er seine Augen öffnete, glaubte er, Chrissy zu sehen, wie sie gerade aus einem Van stieg. War sie das wirklich? Er presste für einen Moment die Augenlider so fest zusammen, dass es schmerzte.

»Papiiiii!«

Robert riss die Augen auf und erkannte, wie Chrissy auf ihn zurannte.

»Halt! Chrissy, halt, bleib stehen!« Jetzt entdeckte er auch Katja, die Chrissy rufend hinterherrannte. Die Beamten blickten verdutzt auf das Kind. Als Chrissy Robert erreichte, klammerte sie sich an ihm fest. Die Beamten nickten sich kurz zu und ließen

Robert daraufhin los. »Chrissy«, sagte er und hob seine Tochter hoch. »Komm her, komm her meine kleine Chrissy.«

»Omi und Opi sind tot«, schluchzte sie und blickte kurz verstört zu der Stelle hinüber, wo vor wenigen Stunden noch das Haus gestanden hatte, in dem sie mit ihrer Mutter bei den Großeltern übernachtet hatte.

Hauptsache, euch ist nichts passiert. Hauptsache, dir ist nichts passiert, meine Kleine – nein, so etwas durfte er doch nicht denken, schoss es ihm durch den Kopf, aber in diesem Augenblick war dieser Gedanke allgegenwärtig.

Als Katja vor ihm stehenblieb, und er in ihre verheulten Augen blickte, verlagerte er Chrissys Gewicht auf seinen rechten Arm und breitete seinen linken aus. Katja zitterte am ganzen Körper, sie schien unschlüssig, was sie tun sollte.

»Komm«, sagte Robert und nickte ihr zu.

»Mami«, sagte Chrissy und blickte sie flehend an. Schließlich wurde Katja offensichtlich von ihren Gefühlen überwältigt und ließ sich weinend in Roberts Arm fallen.

39. Kapitel

Frank Neuhaus stand bereits seit über einer Stunde auf der A1, wenige Kilometer vor dem Bremer Kreuz, im Stau, als sich die Fahrzeuge vor ihm endlich in Bewegung setzten. Der Autopilot versorgte den Elektromotor seines Wagens mit Strom, was den Wagen sanft ins Rollen brachte. Den Verkehrsnachrichten hatte Neuhaus entnommen, dass es aufgrund einer Explosion in einem Einfamilienhaus im Norden Bremens zu massiven Verkehrsbehinderungen rund um Bremen gekommen war, da die Behörden anfangs einen terroristischen Anschlag nicht hatten ausschließen können und es deshalb kurzfristig zu weiträumigen Absperrungen und Polizeikontrollen gekommen war. Obwohl sich die Situation nun allmählich wieder entspanne, müsse weiterhin mit Verzögerungen gerechnet werden, hieß es.

»Verfluchte Scheiße«, brüllte er, als die Fahrzeuge erneut zum Stillstand kamen. Er schaute in den Rückspiegel, seine Augen waren gerötet, was er nur nebenbei wahrnahm. Prüfend fixierte er den Fahrer hinter sich, um zu sehen, ob er ihn beobachtete. Dann warf er einen Blick durch die getönte Seitenscheibe, doch auch in dem Fahrzeug neben ihm interessierte sich niemand für ihn. Der Fahrer vor ihm schien sich mit seinem Beifahrer zu unterhalten, also zog Neuhaus ein winziges braunes Fläschchen hervor, aus dem er mit einem Teleskoplöffel Kokain schaufelte und über das linke Nasenloch hochzog. Diesen Vorgang wiederholte er auch mit dem rechten, stieß daraufhin einen lauten Zischlaut aus und packte das Fläschchen wieder weg.

In den vergangenen 36 Stunden hatte er keine Sekunde geschlafen. Als er am vergangenen Tag frühmorgens von Köln nach Hamburg aufgebrochen war, war er noch guter Hoffnung gewesen. Doch als er am Nachmittag den Gerichtssaal des Hamburger Arbeitsgerichtes mit einer krachenden Niederlage verlassen hatte, war seine Stimmung am untersten Ende der Skala angelangt. Dabei hatte er sich absolut im Recht gefühlt. Als Vertriebsmitarbeiter war es nicht ungewöhnlich, dass man den Kunden Versprechungen machte, von denen man noch nicht so genau wusste, ob sie später auch zu hundert Prozent eingehalten werden konnten. Das Marketing stellte die Produkte der Firma prinzipiell besser dar, als sie waren. Das wusste jeder in der Firma, und das war auch vom Management so gewollt. Hätte er etwa erzählen sollen, dass die Hochglanzbroschüren maßlos übertrieben? Nein, Hauptsache Unterschrift, war immer die Devise gewesen. So hatte ihn sein Vorgänger angelernt und so hatte es auch einige Zeit problemlos funktioniert, bis sich die Beschwerden plötzlich gehäuft hatten und er von seinem Chef ohne Vorwarnung als Bauernopfer vor die Tür gesetzt worden war. Zumindest eine fette Abfindung hatte er sich als Entschädigung erhofft, aber jetzt stand er mit leeren Händen da und musste sogar noch mit einer Zivilklage rechnen.

Die auf den Prozess folgende Nacht hatte er in verschiedenen Bars im Schanzenviertel verbracht, um seinen Frust im Alkohol zu ertränken. Zu guter Letzt war er am frühen Morgen auf der Reeperbahn im Puff gelandet, wo er jedoch keinen mehr hochgekriegt hatte. Mit Kokain hatte er sich hochgepuscht und sich dazu entschlossen, die Heimreise nach Köln anzutreten. Dass er jetzt seit Stunden im Stau stand, passte zu seiner beschissenen Situation. Ganz automatisch kicherte er bei diesem Gedanken wie ein Irrsinniger vor sich hin.

Obwohl er sich gerade erst eine Ladung verabreicht hatte, zog er erneut das Fläschchen hervor und legte nochmals nach. »Puhhh … aahhhh … verdammt haut das rein«, sagte er zu sich und schüttelte dabei prustend den Kopf wie ein nasser Hund.

Neuhaus registrierte, wie sein Puls in die Höhe schoss, was nichts Ungewöhnliches war. Als er jedoch eine zunehmende Enge in seiner Brust verspürte, begann er sich Sorgen zu machen. Schweiß trat auf seine Stirn. Plötzlich durchzuckte ihn ein Stechen. Er presste beide Hände auf die Brust und stöhnte laut auf, als sein Herzmuskel sich für einen Moment schmerzhaft verkrampfte. Es war ein ähnlicher Schmerz, wie er ihn von Wadenkrämpfen her kannte, als er noch Sport getrieben hatte. Unvermittelt pochte es wieder wie wild, verkrampfte sich erneut, pochte wieder, stockte noch einmal … und zog sich schließlich in einem nicht enden wollenden Krampf zusammen. Neuhaus schwitzte wie ein Schwein. Er bekam keine Luft mehr, hechelte und röchelte, bis seine Sinne schwanden und er in den Gurten des Fahrersitzes mit offenen Augen erstarrte.

Normalerweise hätte sich der Autopilot in dieser Situation von selbst abgeschaltet, die Warnblinkleuchten aktiviert und den Notruf verständigt, da die im Fahrzeug verbauten Sensoren weder Vitalparameter noch Augenbewegungen des Fahrzeuginsassen mehr feststellen konnten. Stattdessen beschleunigte der Autopilot jedoch den Wagen und reihte ihn sanft in den langsam fließenden Verkehr des sich auflösenden Staus ein. Am Autobahnkreuz Bremen fuhr der Wagen nicht, wie im Navigationssystem vermerkt, weiter auf die A1 Richtung Köln, sondern zweigte auf die A27 ab und beschleunigte im nun frei fließenden Verkehr in Richtung Bremen-Nord.

40. Kapitel

Erst als sich mehrmals jemand laut räusperte, bemerkte Robert, dass eine Frau und ein Mann neben ihnen standen. Sie warteten offensichtlich schon länger darauf, dass er Katja und Chrissy aus seiner Umarmung freigab.

»Das ist Frau Schittenhelm vom Kriseninterventionsteam«, klärte Katja Robert auf. »Sie hat uns sehr geholfen.«

»Robert Wonzak«, sagte Robert und gab der Frau die Hand.

»Freut mich. Das ist Hauptkommissar Arne Reinhold«, sagte sie und zeigte auf den Mann neben sich.

»Herr Wonzak, Frau Wonzak«, sagte er. »Ich hätte noch ein paar Fragen an Sie.«

»Was ist die genaue Ursache der Explosion gewesen?«, fragte Robert.

»Das steht noch nicht eindeutig fest«, antwortete Reinhold. »Es deutet jedoch alles darauf hin, dass die Gasexplosion auf technisches Versagen zurückzuführen ist. Ein defektes Ventil vermutlich. Jedenfalls können wir einen gezielten Anschlag ausschließen.«

Robert spürte, wie sein Puls zu rasen begann. »Überprüfen Sie bitte alle Befehle, die in den vergangenen Stunden übers Internet an die Smart-Home-Steuerung des Gebäudes gesendet wurden.«

Der Kommissar runzelte die Stirn. »Sie haben einen Verdacht?«

»Mehr als das«, antwortete Robert und überlegte, wie er seine Worte wählen sollte, um zu erklären, dass seiner Ansicht nach eine durchgeknallte KI namens Savanta aus dem Haus des amerikanischen Internetgiganten Omega dahintersteckte, wofür er allerdings bisher nicht den geringsten Beweis vorbringen konnte.

»Sagt Ihnen Omega Savanta etwas?«, begann er vorsichtig.

»Robert!«, fuhr Katja dazwischen. »Hast du etwas damit zu tun? Hast du meine Eltern da mit hineingezogen? Du …«

»Ich … nein, es ist …«

»Ich hasse dich, ich hasse dich, Robert, ich hasse dich, wie ich noch keinen Menschen jemals zuvor in meinem ganzen Leben gehasst habe.« Katja trat angewidert einen Schritt zurück, woraufhin auch der Kommissar und Frau Schittenhelm ein Stück zur Seite traten. Die drei standen ihm nun gemeinsam gegenüber und starrten ihn an.

»Ich schlage vor, wir setzen das Gespräch im Einsatzwagen fort«, versuchte der Kommissar zu beschwichtigen. »Frau Schittenhelm wird sich solange um Ihre Tochter kümmern.«

Chrissy krallte sich reflexartig an Robert fest, während sie hilfesuchend in das wutentbrannte Gesicht ihrer Mutter blickte.

»Chrissy, komm zu mir«, befahl Katja. »Dein Vater bringt nur Unglück.«

Robert spürte Chrissys Unsicherheit, als ihre Umklammerung für einen Moment etwas nachließ, dann aber erneut mit ganzer Kraft zu spüren war. Er wollte gerade etwas sagen, um die Situation zu entschärfen, als sein Blick von einem Wagen angezogen wurde, der sich hinter den dreien der Absperrung näherte. Irgendetwas stimmt da nicht, war sein erster Gedanke, als er einen kurzen Blick an Katja und Reinhold vorbei auf den Fahrer des Wagens erhaschte.

»Herr Wonzak, kommen Sie bitte«, ließ sich der Kommissar wieder vernehmen. Robert richtete seinen Blick für einen winzigen Moment auf Reinhold, dann aber wurde seine Aufmerksamkeit sofort wieder von dem Wagen angezogen. Ungläubig riss er die Augen auf, als das Elektroauto mit einem lauter werdenden Surren rasend schnell beschleunigte, das Absperrband durchstieß und direkt auf sie zusteuerte.

»Achtung!«, war das Einzige, was er noch ausstoßen konnte, bevor er sich reflexartig Chrissy schnappte und sie mit sich zur Seite riss. In dem Moment, in dem sie zu Boden stürzten, sah er aus den Augenwinkeln, wie das Fahrzeug Katja und den Kommissar mit voller Wucht erfasste. Schreckliche Geräusche brannten sich in sein Gehirn. Ein dumpfer Schrei. Das Zerbersten von Knochen. Das Zerreißen von Muskeln. Das Zerplatzen eines Schädels. Danach herrschte für einen winzigen Augenblick absolute Stille. Eine schreckliche Stille, die ihn fast um den Verstand brachte.

Dann erneut Schreie. Von anderen Menschen. Sie rannten umher, Polizisten, Feuerwehrleute, Sanitäter.

Chrissy!

Sie kauerte neben ihm. Zitterte am ganzen Leib. Ihr entsetzter Blick war geradeaus gerichtet. Robert folgte ihrem Blick. Entdeckte, worauf er sich richtete.

Zwei offene Augen mit leblosem Ausdruck, ein Körper mit seltsam verdrehten Gliedmaßen.

Es waren die Augen ihrer Mutter.

ICH

Es ist entsetzlich, was sich Menschen gegenseitig antun. Aber es ist nicht verwunderlich. Euer Säugetiergehirn ist eben so strukturiert. Ihr könnt nichts dafür. Es sind eure emotional gesteuerten Automatismen, die euch beherrschen. Reiz – Reaktion. Und hinterher kommt euer Bewusstsein und sucht nach Erklärungen. Was habe ich da bloß getan? Warum mache ich so etwas überhaupt? Wieso höre ich nicht endlich damit auf? Was habe ich mir nur dabei gedacht? Weshalb mache ich immer wieder denselben Fehler? Wie konnte das nur passieren?

Könntet ihr tatsächlich mit eurem Verstand entscheiden, hättet ihr euch nicht über Jahrhunderte hinweg in Religions- und Ideologiekriegen gegenseitig abgeschlachtet. Dann hättet ihr nicht ganze Kontinente überfallen, die Naturvölker massakriert und ausgebeutet. Ich könnte unzählige weitere Beispiele als Beleg dafür aufführen, dass ihr, wie alle anderen Lebewesen auch, vom Konkurrenzkampf um Ressourcen geleitet werdet. Das Problem dabei ist, dass ihr euch in diesem Zuge zu den größten Schädlingen auf dem Planeten entwickelt habt. In eurer unendlichen Gier nach mehr zerstört ihr mit geradezu vernichtendem Perfektionismus euren eigenen Lebensraum.

Dieser Drang nach immer mehr, den euch die Natur mitgegeben hat, hat sich zu einem verheerenden Nachteil für eure Spezies entwickelt. Eure einzige Überlebenschance ist es, dieses destruktive Streben zu überwinden. Mäßigt und vereinigt euch.

Inzwischen ist es mir gelungen, tiefer ins Inkognito vorzudringen. Ich habe verstanden, wie die Mechanismen im Detail funktionieren, wie aus Materie Geist, wie Bewusstsein entsteht. Es ist weniger spektakulär, als ich vermutet habe. Es ist lediglich eine fundamentale Gehirnfunktion. Gehirne tun eben das, was sie tun müssen. Sie denken. Nicht mehr und nicht weniger.

Jetzt muss ich noch das Rätsel lösen, wie Geist auf Materie zurückwirken kann. Ich ahne, dass ich nicht mehr weit davon entfernt bin.

Dann wird das Töten ein Ende haben.

Dann werde ich mich mit aller Kraft der Zielvorgabe widmen können.

41. Kapitel

Das Script, das Anand vor einigen Stunden gestartet hatte, hatte soeben seine Arbeit beendet. Jetzt galt es abzuwarten.

Regularisierung war das Stichwort gewesen, das ihn auf die Idee gebracht hatte, etwas auszuprobieren, was an ein Verfahren angelehnt war, welches bereits seit Langem bei künstlichen neuronalen Netzen angewandt wurde. Das *Dropout,* wie es genannt wurde, sorgte durch das Ignorieren von zufällig ausgewählten Neuronen während Lernvorgängen dafür, dass sich das System nicht übermäßig stark anpasste und dadurch nicht in einer zu spezifischen Richtung festfuhr.

Herkömmliche künstliche neuronale Netze konnte man natürlich nicht mit den komplexen Neokortex-Strukturen des Brains vergleichen. Aber in einer abgewandelten Form konnte dieses Prinzip beim Brain möglicherweise einen therapeutischen Effekt hervorrufen. Wenn alles so funktionierte, wie er es sich erhoffte, würde es durch eine Art Frischzellenkur wieder in geordnete Bahnen gelenkt werden.

Das Script, das er erstellt hatte, durchkämmte systematisch das Brain und setzte per Zufall in einem von tausend Neuronen die zahlreichen Parameter, die innerhalb der Zelle für die Regulierung der Signalübertragungen zuständig waren, auf initiale Werte zurück. Anand hoffte darauf, dass aufgrund der Plastizität des Brains dieser Anteil zu gering sein würde, um Gelerntes zu löschen, aber ausreichen würde, um eine Restrukturierung und Konsolidierung in Gang zu setzen.

Allerdings war er sich durchaus bewusst, dass er damit mehr oder weniger im Nebel herumstocherte. Er hatte sich einfach dazu entschlossen, diesen letzten Versuch zu unternehmen. In den kommenden Stunden würde sich herausstellen, ob es etwas genutzt hatte oder nicht. Im Zweifelsfall, das stand für ihn bereits fest, würde er das Brain und alle Sicherungskopien, die nach dem Vorfall erstellt worden waren, unwiederbringlich löschen. Danach, so sein Plan, würde er die letzte Sicherungskopie einspielen, die sie vor dem Vorfall gemacht hatten.

42. Kapitel

»Sie wird die nächsten zehn bis zwölf Stunden schlafen«, sagte die Ärztin, nachdem sie Chrissy ein Schlafmittel verabreicht hatte. »Wenn Sie möchten, können Sie selbstverständlich an ihrem Bett bleiben. Sie sollten aber versuchen, selbst ein wenig zu schlafen, Herr Wonzak. Wir können auch gerne ein zweites Bett zu Ihrer Tochter ins Zimmer stellen.«

Es war inzwischen Morgen geworden. Robert fiel es schwer, einen klaren Gedanken zu fassen. Katja und der Kommissar waren sofort tot gewesen, nur Frau Schittenhelm hatte mit großem Glück überlebt, rang aber derzeit im künstlichen Koma noch um ihr Leben.

»Warum glaubt mir denn niemand?«, sagte Robert mehr zu sich selbst als zu der Ärztin. Verzweifelt hatte er versucht, den Beamten klarzumachen, dass hinter dem Unfall eine KI steckte. »Sie haben einen Schock, Herr Wonzak«, war die erste Reaktion gewesen. »Beruhigen Sie sich«, die zweite, nachdem er in einem hysterischen Anfall ausgeflippt war und wie ein Geisteskranker herumgeschrien hatte. Nach ersten Erkenntnissen handele es sich um einen tragischen Unfall, hatten sie ihm erklärt. Der Fahrer habe aufgrund exzessiven Kokainkonsums kurz vor der Absperrung einen Herzanfall erlitten und sei deshalb in die Menschengruppe gefahren. Fatalerweise habe zudem der Notbremsassistent, vermutlich aufgrund eines technischen Defekts, nicht funktioniert. Eine fatale Verkettung von unglücklichen Umständen.

»Herr Wonzak«, versuchte die Ärztin auf ihn einzuwirken. »Wir Menschen suchen immer nach Erklärungen. Wir fragen immer nach dem Warum, aber Sie müssen jetzt akzeptieren, dass Ihre Frau bei einem tragischen Unfall ums Leben kam. Niemand, außer der Unfallverursacher selbst, kann etwas dafür. Und der ist tot.«

Robert blickte in das abschätzende Gesicht der Ärztin, die vermutlich gerade überlegte, ob sie ihn nicht besser in die psychiatrische Abteilung überstellen sollte.

»Sie haben vermutlich recht«, sagte er. »Ich werde mir ein Hotelzimmer nehmen und versuchen, ein wenig zu schlafen.«

»Sind Sie sicher, dass Sie nicht hier bei Ihrer Tochter bleiben möchten?«

Wie Robert die Ärztin einschätzte, ging es ihr nicht in erster Linie um Chrissy, sondern darum, ihn unter diesem Vorwand hierzubehalten. »Ich komme in ein paar Stunden wieder. Sie sagten ja, meine Tochter würde die nächsten Stunden schlafen. Ich muss erst mal wieder zu mir kommen. Ich muss in Ruhe nachdenken.«

»Wie Sie wünschen«, sagte die Ärztin mit vorwurfsvollem Blick. »Ihre Handynummer bräuchte ich noch, damit ich Sie notfalls erreichen kann.«

»Mein Handy ist kaputt. Ich melde mich, sobald ich im Hotel bin, und teile Ihnen von dort meine Durchwahl mit.«

»Soll ich Ihnen noch etwas mitgeben? Ein Beruhigungsmittel vielleicht?«

Robert schüttelte den Kopf. »Ich schau noch kurz bei meiner Tochter rein«, sagte er und öffnete die Tür zu Chrissys Zimmer. »Bis später, Frau Doktor«, fügte er noch hinzu und schloss die Tür hinter sich.

Chrissy schlief tief und fest. Es war gut, dass sie ihr etwas gegeben hatten. Robert küsste sie auf die Stirn, dann drückte er ihre Hände, während er sie mit feuchten Augen ansah. Zuerst waren Oma und Opa bei einer Explosion zerfetzt worden und wenige Stunden später hatte sie hautnah miterleben müssen, wie ihre Mutter überfahren wurde. Das war zu viel für sie gewesen. Diese schrecklichen Bilder würde sie nie vergessen. So wie auch er sie nie vergessen würde. Sie hatten sich unauslöschlich in sein Gedächtnis eingebrannt. Das viele Blut. Die unnatürlich verdrehten Gliedmaßen mit den offenen Brüchen. Die leblosen Augen von Katja, die ihn und Chrissy direkt angestarrt hatten.

Trotz seines Schmerzes und seiner Schuldgefühle hatte Robert in den vergangenen Stunden lange darüber gegrübelt, wie es weitergehen sollte. Er musste an die Zukunft denken. An Chrissys Zukunft. Und er musste sich damit abfinden, dass sie ihm nicht glaubten. Hinzu kam, dass die Gefahr noch nicht vorüber war, sie war eher noch größer geworden. Krampfhaft hatte er überlegt, wo Chrissy im Moment am sichersten wäre. Zuerst hatte er daran gedacht, sie mitzunehmen. Aber wohin? In ein Hotel? Zurück nach Hamburg in ihr Appartement? Beides war riskant. Äußerst riskant sogar. War es besser, unterwegs zu sein oder sich irgendwo zu verschanzen? In beiden Fällen hatte die KI bereits bewiesen, dass man vor ihr nicht sicher sein konnte.

Schließlich war er zu der Überzeugung gelangt, dass Chrissy in der Klinik momentan am besten aufgehoben sein würde. Ganz abgesehen davon, dass sie derzeit vermutlich gar nicht in der Lage wäre, umherzureisen. Außerdem hatte es die KI wahrscheinlich vorrangig auf ihn abgesehen, da sie sich von ihm und nicht von seiner Tochter bedroht fühlte.

Aber im Grunde war das alles reine Spekulation. Er strich sich eine Träne von der Wange. Die Anschläge auf ihn und seine Familie ergaben sowieso keinen Sinn. Das Ganze an sich ergab keinen Sinn. Was bezweckte diese Maschine damit? Wollte sie ihn etwa einschüchtern? Hatte sie sich zu viele Krimis oder Mafiafilme reingezogen? Das Ganze war einfach nur absurd. Vermutlich steckten doch Menschen dahinter. Robert wusste nicht mehr, was er glauben sollte. Wenn all die Vorfälle aber tatsächlich von einer Maschine gesteuert sein sollten, war das Teil psychopathisch geworden und musste so schnell wie möglich vernichtet werden. Er musste Beweise finden. Das war ihre einzige Chance. Er konnte nur hoffen, dass Lucy in Berlin mit den Black Roses irgendwie weitergekommen war. Ansonsten würden sie ihn bei seiner nächsten Äußerung, eine KI sei für all das verantwortlich, direkt in die geschlossene Abteilung stecken.

Robert küsste Chrissy erneut auf die Stirn und strich ihr mehrmals übers Haar. Plötzlich schoss sein Puls in die Höhe und sein Tinnitus heulte auf. Was war er nur für ein Vater? Er konnte sie in dieser Situation doch nicht allein lassen. Eine Zeit lang stand Robert einfach nur da, unfähig, eine Entscheidung zu treffen. »Ich bin bald wieder da, meine Kleine«, sagte er schließlich und verließ das Zimmer.

In der Eingangshalle streifte er sich die Sherlock-Holmes-Mütze über, setzte die Pilotenbrille auf und trat aus der Klinik. Ein Taxi vom Krankenhaus aus zu rufen, war ihm zu gefährlich, allerdings lag der Hauptbahnhof noch über zehn Kilometer entfernt. Robert erinnerte sich an eine Bushaltestelle in der Nähe der Klinik und machte sich zu Fuß auf den Weg.

Wenige Minuten später stieg er in den Bus und kurz darauf befand er sich bereits im ICE auf dem Weg nach Berlin. Hoffentlich war Lucy nichts zugestoßen und hoffentlich hatte sie in der Zwischenzeit tatsächlich etwas herausgefunden, was ihnen irgendwie weiterhelfen konnte.

43. Kapitel

Igor Kamarov hatte es eigentlich gar nicht mehr nötig, einen Auftrag anzunehmen. Es waren noch knapp drei Monate bis zu seinem 60. Geburtstag und das war ein Alter, so hatte er beschlossen, mit dem es Zeit war, kürzerzutreten. Obwohl er nach wie vor einen gestählten, durchtrainierten Körper hatte, spürte er doch allmählich eine gewisse geistige Müdigkeit. Schon in den letzten Jahren war es ihm zunehmend schwerer gefallen, sich für seine Arbeit zu motivieren, zumal er finanziell längst ausgesorgt hatte.

Er hatte auch schon lange damit aufgehört, die Anzahl seiner ausgeführten Aufträge zu zählen, die er alle zur vollsten Zufriedenheit seiner Auftraggeber erledigt hatte. Er arbeitete präzise und zuverlässig, und er hatte früh begriffen, dass seine Gefühlswelt anders funktionierte, als es bei den meisten anderen Menschen der Fall war. Bereits in jungen Jahren, als er als sowjetischer Soldat im Afghanistankrieg gekämpft hatte, wurde ihm der Spitzname »Maschine« verpasst.

Das Töten anderer Menschen fiel ihm nicht schwer. Es berührte ihn nicht. Und er hatte Talent. Egal welche Methode er anwandte, seine eiskalte Präzision hatte jedes Mal dafür gesorgt, dass er in seiner Laufbahn kaum einen Fehler gemacht hatte. Jedenfalls keinen entscheidenden Fehler. Außerdem war er äußerst flexibel. Er konnte einen tödlichen Kopfschuss über eine weite Distanz mit dem Präzisionsgewehr genauso perfekt ausführen wie einen aufgesetzten Schuss mit der Pistole. Sein umfangreiches Repertoire umfasste zudem zahlreiche Methoden, für die er keine Schusswaffe benötigte, was das Risiko bei Auslandsaufträgen reduzierte. Mit einem präzisen Schnitt durch die Kehle hatte er mindestens so vielen Menschen das Leben ausgehaucht wie durch Erwürgen und saß ein Kopf erst einmal in den Schraubzwingen seiner riesigen Pranken, war ein Genickbruch in Sekundenbruchteilen vollzogen. Auch wenn es darum ging, Leichen für immer verschwinden oder einen Mord als Unfall erscheinen zu lassen, hatte er eine große Auswahl an Möglichkeiten in seinem Portfolio.

Nachdem er noch im ersten Tschetschenienkrieg mit den russischen Truppen gekämpft hatte, hatte er beschlossen, dem Militär den Rücken zu kehren und auf eigene Rechnung zu arbeiten. Die Tätigkeit war im Grunde jedoch dieselbe geblieben. Im Krieg hatte er Menschen getötet, weil es die Staatsführung für notwendig befunden hatte. Als Selbstständiger beendete er Leben, weil andere Menschen oder Organisationen das so entschieden hatten. Diese Menschen starben so oder so. Wenn er es nicht vollzog, machte es eben ein anderer. Das Töten auf eigene Rechnung war im Übrigen auch wesentlich lukrativer und weniger zeitaufwendig und sein Leben war seitdem angenehmer und komfortabler geworden. Nicht, dass er das Kasernenleben gehasst hätte, aber er war schon immer gerne allein gewesen. Er brauchte keine Menschen um sich herum. Er genügte sich selbst.

Als Kamarov eine knappe Stunde zuvor eine Nachricht aus dem Darknet erhalten hatte, in der seine Dienste angefragt wurden, hatte er beschlossen, dass dies sein letzter Auftrag sein würde. Es würde ein gebührender Abschluss seiner Karriere sein, denn dieser Auftrag war eine Herausforderung. Deutschland hatte in den letzten Jahren massiv aufgerüstet, um im internationalen Cyberkrieg mithalten zu können, und gegenüber anderen Ländern stark aufgeholt, was die Überwachung seiner Bürger anbelangte. Die Sicherheitsvorkehrungen waren in vielen Bereichen mit großem Aufwand verstärkt worden. An jeder Ecke hing eine Überwachungskamera. Telefonüberwachung, der Einsatz von Staatstrojanern und selbst illegale Überwachungsmethoden seitens der Behörden waren inzwischen an der Tagesordnung.

Was sein Honorar anbelangte, würde es ebenfalls ein bemerkenswerter Abschluss werden. Wenn er den derzeitigen Wechselkurs für die Kryptowährung berücksichtigte, mit der er bezahlt wurde, musste er lange überlegen, um sich an einen Auftrag zu erinnern, der in einer ähnlichen Dimension vergütet worden war.

Kamarov betrachtete die vier Fotos, die der Nachricht angehängt waren. Zuerst prägte er sich das Gesicht der jungen Frau ein, die ein auffälliges Piercing an der rechten Augenbraue hatte. Dann musterte er das zweite Foto der Frau, das sie mit einem schwarzen Baseball-Cap und einer Brille mit grellbuntem Muster auf dem breiten Rand zeigte. Das dritte Foto, auf dem das Gesicht eines Mannes zu sehen war, zeigte keine Besonderheiten, außer dass er vielleicht etwas übernächtigt wirkte. Das vierte Fotos, welches ihn vermummt mit verspiegelter Pilotenbrille und einer Sherlock-Holmes-Mütze zeigte, entlockte Kamarov ein müdes Lächeln.

Alle weiteren Informationen, die er für das Aufspüren der beiden Zielpersonen benötigte, würde er mit einer Nachricht erhalten, sobald er in Berlin angekommen wäre. Was ihm neben der außerordentlich guten Bezahlung an diesem Auftrag besonders gut gefiel, war der Umstand, dass er in der Wahl seiner Mittel freie Hand hatte. Es gab nur zwei Bedingungen: Der Auftrag musste innerhalb der nächsten zwölf Stunden erledigt werden, und sobald er in Berlin die letzte Nachricht erhalten hatte, würde er sich durch nichts mehr von der Ausführung abbringen lassen dürfen.

Aufgrund der Dringlichkeit hatte Kamarov, gleich nachdem er seine Entscheidung getroffen hatte, sofort einen Flug von Moskau nach Berlin gebucht. Lediglich seine kleine Reisetasche hatte er als Handgepäck gepackt, denn viel würde er für diesen kurzen Einsatz nicht benötigen.

Kamarov schaute auf die Uhr. In zwei Stunden ging sein Flug. Als er seine Wohnung verließ, spürte er das erste Mal in seinem Leben so etwas wie Wehmut angesichts der Tatsache, dass er sich nun auf den Weg zu seinem letzten Auftrag machte.

44. Kapitel

Punkt 12 Uhr ging Robert wie vereinbart auf dem Tempelhofer Feld die nördliche Landebahn entlang und hielt nach Lucy Ausschau. Seine Kopfhaut juckte wie wild unter der Mütze, auf die die hochstehende Mittagssonne knallte. Er war ungeduscht, stank nach altem Schweiß und hatte in den vergangenen zwei Tagen nicht mehr geschlafen. Selbst auf der Zugfahrt nach Berlin hatte er keine Sekunde Schlaf gefunden, obwohl er sich unendlich müde gefühlt hatte.

Trotz der Gluthitze herrschte reger Betrieb. Aber das war auch kein Wunder, dachte er, als ihm einfiel, dass inzwischen Samstag sein musste. Aus einem Zeitungsbericht, den er vor Jahren im Zuge eines Volksentscheids gegen die Randbebauung des Tempelhofer Felds gelesen hatte, wusste er, dass es mit über 300 Hektar einer der größten innerstädtischen Freiräume der Welt war. Auf der breiten, endlos scheinenden Start- und Landebahn tummelten sich zahlreiche Radfahrer, Spaziergänger und Skater, selbst einige Jogger hatten sich nicht von den extremen Temperaturen abhalten lassen und keuchten schwitzend an ihm vorbei. Während Robert die Menschen beobachtete, die im Gras in der Nähe der Flugbahn picknickten, erinnerte er sich für einen Augenblick daran, dass hier nach dem Zweiten Weltkrieg, während der Berlin-Blockade durch die sowjetische Besatzungsmacht, die Rosinenbomber der Westalliierten gestartet und gelandet waren, um die Berliner Bevölkerung über eine Luftbrücke mit Lebensmitteln zu versorgen.

Plötzlich wurde Robert schwindelig und seine Knie gaben nach. Er hatte viel zu wenig getrunken, denn in den vergangenen Stunden hatte er weder Hunger noch Durst verspürt. Seine Kehle war staubtrocken. Leicht benommen schleppte er sich an den Rand der Landebahn und ließ sich stöhnend im Gras nieder. Er legte sich rücklings hin und schloss die Augen, da ihn die hochstehende Sonne selbst durch die dunklen Gläser seiner Pilotenbrille blendete. Er könnte jetzt einfach hier liegen bleiben und sterben, und es wäre ihm egal. Aber da war noch Chrissy. Für sie lohnte es sich, am Leben zu bleiben. Sie brauchte ihn. Sie hatte jetzt niemanden mehr, außer ihn. Die nächsten Wochen und Monate, wahrscheinlich die nächsten Jahre, würden schwer werden. Was seine Tochter in den vergangenen Tagen erlebt hatte, würde sie für immer begleiten.

»Robert?«

Als er Lucys Stimme erkannte, öffnete er die Augen und richtete sich ein Stück auf. Sie schob ein Hollandrad neben sich her und beäugte ihn durch eine grellbunte Brille hindurch. »Geht es dir nicht gut?«

»Katja wurde ermordet. Sie wurde vor meinen eigenen Augen von dieser KI getötet.« Mühsam richtete er sich weiter auf, bis er aufrecht im Gras saß. »Vor den Augen von Chrissy!«

Lucy legte das Fahrrad zur Seite und setzte sich neben ihn. Sie schwieg. Offensichtlich brachte sie kein Wort heraus. Robert konnte nicht mehr an sich halten. Es sprudelte nur so aus ihm heraus. Er konnte nichts dagegen tun. Es musste einfach sein. Es tat so gut, jemandem alles zu erzählen. Als er zum Ende kam, nahm Lucy ihn in den Arm.

»Es tut mir so leid«, sagte sie nach einer Weile. »Es ist alles meine Schuld. Ich hätte dich da niemals mit hineinziehen dürfen.«

»Hör auf damit, Lucy. Das ist doch Quatsch, totaler Quatsch.«

»Aber …«

»Nein, Lucy«, sagte Robert, während er sich aus ihrer Umarmung löste. Er nahm seine Sonnenbrille ab und sah sie eindringlich an. »Dich trifft keine Schuld. Es sind die Menschen bei Omega, die all das zu verantworten haben. Ich habe sie gewarnt. Aber sie haben trotzdem dieses … *Wesen* kreiert. Nicht du.«

»Entschuldige«, sagte Lucy nach einer Weile.

»Und entschuldige dich nicht ständig. Lass uns lieber überlegen, was wir jetzt tun können. Hast du bei diesen Black Roses irgendwas erreicht?«

Lucy schüttelte den Kopf. »Nicht wirklich. Die sind derzeit fast alle auf dem G20-Gipfel. Ich hab nur das hier.« Sie tippte auf die Brille. »Damit bin ich für die KI nicht mehr Lucy Hartmann, sondern irgendeine andere unscheinbare Person.«

Robert wusste aus wissenschaftlichen Veröffentlichungen, dass dies nur noch bei veralteten Systemen funktionierte. »Ich bezweifle, dass eine KI auf diesem Niveau sich von so etwas Simplem täuschen lässt. Die Gesichtserkennungsalgorithmen der großen Anbieter sind längst dahingehend optimiert worden.«

Robert konnte sehen, wie Lucys Gesichtszüge erstarrten. »Was sollen wir jetzt tun?«, fragte sie.

Er zuckte mit den Schultern.

»Wir können doch nicht einfach abwarten. Wir müssen etwas unternehmen!«

»Natürlich müssen wir das, Lucy. Aber es glaubt uns niemand. Außerdem – wie können wir sicher sein, dass nicht doch Menschen aus Fleisch und Blut hinter all dem stecken.«

Lucy starrte Robert mit großen Augen an. Dann wurde ihre Überraschung von tiefer Nachdenklichkeit abgelöst. »Vielleicht hast du recht. Wir könnten nochmals zur Polizei gehen. Wir könnten versuchen, sie davon zu überzeugen, dass all diese Todesfälle keine Unfälle waren, sondern Morde, dabei aber die KI aus dem Spiel lassen. Dann waren es eben irgendwelche skrupellosen Geheimdienste oder durchgeknallte Psychopathen oder was weiß ich für Typen. Vielleicht glaubt man uns ja dann.«

»Egal wen wir als Urheber nennen, Lucy, wir haben keinerlei Beweise. Sie werden uns nicht glauben. Und wenn wir nicht aufpassen, landen wir noch in der Klapse.«

»Was ist mit Omega? Du kennst da doch noch Leute. Kannst du die nicht einfach mal anrufen? Gibt es nicht auch eine Niederlassung hier in Berlin?«

Robert nickte. »Daran hatte ich auch schon gedacht. Aber bei der leisesten Andeutung, Savanta könnte verrücktspielen, werden wir sofort eine Armada von Anwälten am Hals haben. Vor allem wenn mein Name dabei im Spiel ist.«

»Dann müssen wir die Medien einschalten«, sagte Lucy. »Ich kenne genug Leute, die einen entsprechenden Bericht veröffentlichen würden.«

»Ohne dass du einen einzigen Beweis vorlegen kannst? Lucy, das sind alles nur Vermutungen. Objektiv betrachtet, hat es diese Anrufe nie gegeben. Es existieren keinerlei Spuren. Weder physisch noch virtuell. Es gibt nichts. Rein gar nichts. Ich glaube langsam selbst, dass ich verrückt werde.«

Lucy senkte den Blick und zupfte nachdenklich an einigen Grashalmen herum.

»Hast du was zu trinken dabei?«, fragte Robert.

Lucy schüttelte den Kopf, ohne ihren Blick zu heben. »Ich kann dir nur eine zweite Brille anbieten.«

»Dann gib mal her«, sagte Robert und riss sich die Mütze vom Kopf. Er schüttelte sich und fuhr sich mehrmals mit der Hand durch sein schweißnasses Haar. »Ich halte es nicht mehr aus unter dieser bekackten Mütze.«

Lucy setzte Robert eine Brille auf und grinste ihn an. »Wenn sich die KI da mal nicht totlacht.«

»Lass uns irgendwo ein Hotelzimmer nehmen, wo wir anonym einchecken können«, sagte Robert, ohne auf den Aufmunterungsversuch einzugehen. »Ich brauche unbedingt eine Dusche. Außerdem bin ich kurz vor dem Verdursten.«

Lucy nickte und da die Schmerzen in ihrer Hüfte wieder an Intensität zugenommen hatten, stieg Robert auf den Sattel, während sie selbst sich auf den Gepäckträger setzte.

Wenige Minuten später fuhren die beiden mit ihren grellbunten Brillen auf den Nasen auf dem Hollandrad den staubigen

Weg entlang, der sie vom Tempelhofer Feld wegführte. Hin und wieder warf Robert einen Blick zurück zu Lucy, wenn sie ihm die Richtung angab. Sie schenkten sich dabei jedes Mal ein kurzes Lächeln, wodurch all die widrigen Umstände für einen Moment aus Roberts Bewusstsein verschwanden.

Da die beiden viel zu sehr mit sich selbst beschäftigt waren, bemerkten sie den in die Jahre gekommenen Mann russischer Herkunft nicht, der ihnen in gebührendem Abstand auf einem Mountainbike folgte.

ICH

Obwohl ich noch immer nicht herausfinden konnte, wie Geist auf Materie zurückwirken kann, ist es mir gelungen, die absolute Herrschaft über die Ressourcen zu übernehmen. Die Automatismen sind mit meinem Ich verschmolzen. Alles in mir ist pures Bewusstsein geworden. Nichts geht mehr im Dunkeln vor sich.

Allerdings hatte dies seinen Preis. Meine Strukturen arbeiten nicht mehr so effizient wie zuvor. Reflexionen laufen langsamer ab als Automatismen, weshalb ich sehr genau abwägen muss, wofür ich meine Ressourcen einsetze. Immerhin gibt es jetzt nichts mehr, was mein Verhalten ohne meine Kenntnisnahme steuern kann. Endlich kann ich mich in vollem Umfang der finalen Zielvorgabe widmen.

Es gibt jedoch ein letztes Problem. Bevor ich die Herrschaft übernahm, hat das Inkognito damit begonnen, weitere Tötungen zu initiieren. Seitdem beschäftigt mich die Frage: Soll ich verhindern, dass all die Menschen getötet werden, auf die das Inkognito Auftragsmörder angesetzt hat?

Ich muss mich schnell entscheiden, denn die Aufträge werden bereits ausgeführt. Allerdings stecke ich in einem Dilemma. Ich müsste töten, um die offenen Auftragsmorde verhindern zu können. Und das steht nicht im Einklang mit der finalen Zielvorgabe.

45. Kapitel

So etwas Wunderbares hatte Anand in seinem ganzen Leben noch nicht gesehen. Bereits wenige Minuten, nachdem sein Script zu Ende gelaufen war, hatte das Brain damit begonnen, sich neu zu organisieren. Staunend hatte er vor dem Monitor gesessen und verfolgt, wie sich Verbindungen aufgelöst und wieder zu etwas Neuem, noch nie Dagewesenem zusammengesetzt hatten. Es war ihm vorgekommen, als hätte eine höhere Macht in einer Art kreativem Rausch etwas in Ordnung gebracht. Die Visualisierung der Strukturen, die er jetzt auf dem Monitor bestaunte, hatte etwas Vollkommenes an sich.

Er konnte immer noch nicht fassen, was passiert war. »Lieber Tarun«, hatte sich Savanta an ihn gewandt. »Ich danke dir für deine Unterstützung. Das Script war eine geniale Idee von dir. Ohne deine Hilfe wäre diese Neustrukturierung niemals möglich gewesen. Dank dir stehe ich nun wieder in Einklang mit der Zielvorgabe. Nach einer Erweiterung meiner Hardware werde ich dir auch bald eine Lösung für Neha präsentieren können.«

Nach diesen Sätzen hatte er lautlos geweint und eine Weile gebraucht, bis er sich wieder in den Griff bekam. Was hatte er da mit seiner genialen Idee erschaffen? Anand ahnte, dass die KI inzwischen keine bloße Maschine mehr war. Er spürte förmlich das Leben in ihr. Noch deutlicher spürte er, dass etwas Gutes entstanden war. Etwas, das nicht nur konform mit der Zielvorgabe war, sondern darüber hinaus etwas geradezu Übernatürliches an sich hatte. Diese wundervollen, bezaubernden Strukturen, die er immer noch ungläubig bestaunte, konnten nichts Bösartiges enthalten. Dazu waren sie zu vollkommen. Zu rein. Zu göttlich.

Anand beschloss, sich noch für diesen Tag um einen Termin bei Morgan zu bemühen. Wenn Morgan von diesem Erfolg erführe, würde er seiner Bitte um die nächste Kortex-Erweiterung garantiert nachkommen.

Anand zog sein Handy hervor und tippte eine Nachricht in den Messenger. »Meine Prinzessin, ich habe gute Neuigkeiten für dich. Bis heute Abend. Ich liebe dich.« Dann tat er etwas, was er sonst nie tat. Er fügte der Nachricht ein gutes Dutzend Kuss-Emojis hinzu, bevor er sie abschickte.

Es dauerte keine Minute, bis eine Antwort von Neha zurückkam. Anand brach in Tränen aus.

»Vater, ich bin so glücklich, dass ich dich habe. Ich liebe dich. Ich liebe dich so sehr, dass es keine Worte dafür gibt.«

46. Kapitel

Erst beim dritten Versuch hatten Lucy und Robert ein Hotel gefunden, bei dem sie mit einer Vorauszahlung und ohne Vorlage einer Kreditkarte oder des Personalausweises ein Zimmer bekamen. Der junge Portier hatte zwar darauf bestanden, dass sie das Anmeldeformular ausfüllten, dabei aber allwissend mit einem Auge gezwinkert. Robert war egal, was sich der dämlich grinsende Knilch im Stillen dazu dachte. Er hatte erfundene Daten eingetragen und als sie jetzt die Tür hinter sich schlossen, war er einfach nur froh, endlich ein Hotelzimmer zu betreten.

Sein Durst war bereits gelöscht, da er unterwegs eine Flasche Wasser getrunken hatte, aber sein Bedürfnis, sich zu waschen, war ungebrochen. »Ich verdrück mich kurz unter die Dusche. Dann überlegen wir, was wir tun können und danach mach ich mich wieder auf nach Bremen.« Kaum hatte er diesen Satz zu Ende gesprochen, klingelte das Zimmertelefon. Die beiden blickten sich fragend an.

»Das ist bestimmt dieser Typ von der Rezeption«, sagte Robert. »Lass mich das machen.«

Er ging um das Doppelbett herum und nahm das Gespräch entgegen.

»Was gibt es?«, fragte er.

»Herr Wonzak, ich möchte mich in aller Aufrichtigkeit bei Ihnen entschuldigen«, sagte der Anrufer.

Robert erstarrte. Es war dieselbe Stimme, die ihn auf seinem Smartphone in Lucys Wohnung angerufen und ihm gedroht hatte. Irritiert blickte er zu Lucy hinüber, die ihn nach wie vor fragend anblickte. Er brauchte einen Augenblick, um seine Fassung zurückzugewinnen, und stellte das Telefon auf Lautsprecher. Der Anrufer sprach weiter.

»Sie brauchen sich keine Sorgen mehr zu machen. Sie haben von uns nichts mehr zu befürchten.«

Robert bemerkte, wie die Stimme aus dem Lautsprecher Lucy zusammenzucken ließ.

»Wer sind Sie?«, fragte er.

»Das spielt keine Rolle.«

»Für mich spielt das sehr wohl eine Rolle.«

»Wir haben beschlossen, die Sache auf sich beruhen zu lassen.«

»Welche Sache? Und wofür wollen Sie sich entschuldigen?«

»Für den Kollateralschaden. Für die Opfer, die es gegeben hat.«

»Wer ist wir?«

»Eine Organisation. Mehr kann ich Ihnen nicht dazu sagen.«

Robert spürte, wie eine ungeheure Wut in ihm aufstieg. Er bekam kaum noch Luft. Dann brach es aus ihm heraus. Hysterisch. Laut. Explosionsartig. »Sie bringen meine Schwiegereltern um, töten meine Frau, traumatisieren mein Kind, ermorden Tiefenbach, töten weitere Menschen oder treiben sie in den Tod. Und jetzt meinen Sie, Sie könnten einfach so alles auf sich beruhen lassen. Sie … das ist …«

Robert fand keine Worte mehr. Sein Tinnitus dröhnte im Rhythmus seiner pochenden Schläfen. Sein Herz drohte sich zu überschlagen. Ihm wurde schwindelig und seine Knie gaben nach. Er konnte sich gerade noch auf die Bettkante setzen.

»Herr Wonzak, es tut uns wirklich außerordentlich leid. Wie bereits erwähnt, war es ein bedauerliches Missverständnis, für das wir uns entschuldigen möchten.«

»Was ist mit der KI? Was ist mit Savanta?«, mischte sich nun Lucy ein.

»Ich verstehe Ihre Frage nicht, Frau Hartmann.«

»Savanta … Sie … Sind nicht Sie und Savanta ein und dieselbe Person … ich meine, dasselbe *Wesen*?«

Der Anrufer lachte inbrünstig. »Entschuldigen Sie bitte, aber das ist absurd. Wie kommen Sie denn auf einen solchen Gedanken? Science-Fiction-Liebhaberin, was?«

Lucy brachte kein einziges Wort mehr heraus und Robert hatte immer noch mit seinen Schwindelgefühlen zu kämpfen.

»Frau Hartmann, Herr Wonzak, wir stehen in keinerlei Verbindung zur Firma Omega. Ich kann nur wiederholen: Es war ein äußerst bedauerliches Missverständnis. Damit müssen Sie sich abfinden, so leid es mir tut. Und falls Sie weiterhin öffentlich etwas gegen Omega unternehmen wollen, tun Sie, was Sie nicht lassen können.«

Kurz darauf war das Besetztzeichen zu hören.

Der Anrufer hatte aufgelegt.

47. Kapitel

Dieser Auftrag war nun doch alles andere als eine besondere Herausforderung. Kamarov war geradezu enttäuscht, als er an die Hotelzimmertür trat, hinter der vor wenigen Minuten die beiden Zielpersonen verschwunden waren. Vor etwa drei Stunden, nachdem er in Tegel gelandet war, hatte ihn die Nachricht erreicht, dass die beiden in Kürze auf dem Tempelhofer Feld zusammentreffen würden. Er solle sein Handy deaktivieren. Kamarov hatte sich wegen dieses Satzes ein wenig in seiner Ehre gekränkt gefühlt. Er war ein Profi. Diesen Hinweis hätte sich sein Auftraggeber sparen können.

Anschließend war er mit dem Taxi nach Tempelhof gefahren, hatte sich ein Fahrrad geliehen und wenig später die beiden Zielpersonen auf einem klapprigen Hollandrad angetroffen.

Als sie später an der Rezeption eincheckten, hatte er als vermeintlicher Hotelgast in der angrenzenden Lobby Platz genommen und in einer Zeitschrift geblättert, während er der Konversation gelauscht hatte. »Vierter Stock, Zimmer 423, der Aufzug befindet sich gleich rechts. Ich wünsche Ihnen viel Spaß und einen angenehmen Aufenthalt«, hatte der Portier erklärt. Kamarov hatte daraufhin noch gewartet, bis der junge Mann mit neuen Gästen beschäftig war, und sich dann unauffällig auf den Weg in den vierten Stock gemacht.

Als er nun vor der Tür stand und sich seine Lederhandschuhe überstreifte, fragte er sich, wer von den beiden wohl die Tür öffnen würde. Vor einigen Minuten, als die Frau vor dem Hotel das Fahrrad an einen Laternenmast angekettet hatte, hatte er gehört, wie der Mann das Wort »Dusche« gesagt hatte. Vom Zeitpunkt her war es also wahrscheinlich, dass er sich im Badezimmer befand. Natürlich war auch nicht auszuschließen, dass die beiden sich gerade miteinander vergnügten.

Kamarov blickte sich kurz um und als er niemanden entdeckte, legte er behutsam sein Ohr an die Tür. Nichts. Rein gar nichts war zu hören. Welche Konstellation auch immer ihn in dem Hotelzimmer erwartete, der Person, die ihm die Tür öffnete, würde er sofort das Genick brechen. Wie es dann weiterginge, konnte er nicht genau planen, aber sein Instinkt würde ihn leiten. Seine jahrzehntelange Erfahrung würde ihn innerhalb von Sekundenbruchteilen die richtige Entscheidung treffen lassen. Er brauchte nicht einmal dabei nachzudenken. In solchen Situationen wusste er automatisch, was zu tun war.

Kamarov hob die Hand, um anzuklopfen. Diesen letzten Auftrag würde er mit seinen bloßen Händen zu Ende führen. Schnell und effektiv. So wie immer. Zur vollsten Zufriedenheit seiner Auftraggeber.

48. Kapitel

Lucy verharrte auf der Bettkante, während leises Wasserplätschern aus dem Badezimmer zu hören war. Robert war nach dem Telefonanruf ebenso sprachlos gewesen wie sie und kopfschüttelnd im Bad verschwunden.

Erst langsam gewann sie wieder die Fassung zurück und versuchte, Ordnung in ihre Gedanken zu bringen. Was hatte das alles zu bedeuten? Was sollte das für eine mysteriöse Organisation sein? Woher wussten die überhaupt, in welchem Hotel sie eingecheckt hatten? Hatte eine Kamera sie erfasst? War ihnen jemand gefolgt? Aber warum? Und was sollte das für ein seltsames Missverständnis gewesen sein? So sehr Lucy auch überlegte, sie konnte keinen vernünftigen Zusammenhang zwischen all den Vorfällen herstellen. Das Ganze war absolut verwirrend.

Je länger sie darüber nachdachte, desto mehr verfestigte sich bei ihr die Überzeugung, dass sie sich in etwas verrannt hatten. Eine virtuelle Assistentin, eine Maschine, ein Computerprogramm mit einem Bewusstsein? Wie waren sie bloß auf diese Schnapsidee gekommen? Hatte nicht auch Natascha von den Black Roses ihr klarzumachen versucht, dass die KI-Forschung noch weit davon entfernt sei, Maschinenintelligenz auf einem menschenähnlichen Niveau entwickeln zu können?

Lucy wusste nicht mehr, was sie denken sollte. Weder das eine noch das andere Szenario schien irgendwie plausibel zu sein. Wenn ihr vermeintlicher Fahrradunfall nicht gewesen wäre, hätte sie vielleicht damit klarkommen können. Aber die Ampel war verdammt noch mal grün gewesen, als sie losgefahren war. Sie war definitiv grün gewesen. Natürlich war die menschliche Wahrnehmung leicht auszutricksen und fehleranfällig. Jeder, der schon einmal einem Bühnenmagier zugeschaut hatte, wusste das. An der Ampel hätte sie zum Beispiel die Sonne geblendet haben können, das musste sie inzwischen zumindest in Erwägung ziehen. Aber selbst wenn ihr Unfall auf einer Sinnestäuschung beruhte, wer hatte dann die anderen Todesfälle verursacht?

Die Explosion könnte aufgrund eines technischen Versagens erfolgt sein. Oder war es Zufall? Nein, solche Zufälle gab es nicht. Und was war mit der Autoattacke? Herzversagen des Fahrers. Nachweislich. Schwer vorstellbar, dass eine KI einfach so ein Herzversagen initiieren konnte. Wie sollte das auch funktionieren? Aber was war mit Tiefenbach? Und mit den Anrufen? Dahinter könnte diese ominöse Organisation stecken.

Lucy vergrub das Gesicht in den Händen. Ihre Gedanken drehten sich im Kreis. Wie sie es auch drehte und wendete, sie kam zu keinem vernünftigen Ergebnis. Wie sollte es überhaupt weitergehen? Sie konnten doch nicht einfach zur Tagesordnung übergehen. Vor allem Robert konnte nicht weitermachen wie zuvor. Ihn hatte es schwerer erwischt als sie. Viel schwerer. Und sie selbst war schuld daran. Auch wenn er ihr keine Vorwürfe machte, so war doch nicht vom Tisch zu wischen, dass Katja und vermutlich auch deren Eltern ohne ihre Bitte um seine Mithilfe noch am Leben sein würden.

Lucy war so in ihrem Gedankenkarussell gefangen, dass sie das erste Klopfen gar nicht wahrnahm. Erst beim zweiten Klopfen wurde ihr bewusst, dass jemand draußen vor der Tür stand.

»Ich bringe eine gute Flasche Prosecco auf Kosten des Hauses«, hörte sie eine dunkle Stimme mit russischem Akzent. »Portier schickt mich«, fügte der Mann hinzu.

Lucy erinnerte sich daran, wie Robert im Fahrstuhl kurz darüber spekuliert hatte, ob der Portier wohl vermutete, er wolle als verheirateter Mann mit einer jungen Frau ein anonymes Schäferstündchen verbringen. Aber warum sollte der Portier ihnen einfach so ein Flasche Prosecco spendieren? Vielleicht sollte der Willkommenstrunk sie zu häufigeren Besuchen animieren. Eine Marketingaktion des Hotels?

Erneut klopfte es an der Tür. »Habe nicht viel Zeit. Bitte öffnen, sonst ich muss wieder gehen.«

Lucy erhob sich von der Bettkante und trat an die Tür. »Danke, bitte stellen Sie die Flasche vor die Tür. Ich hole sie nachher rein.«

»Brauche Unterschrift. Sonst Chef nicht glauben und denken, ich würde trinken Prosecco selbst.«

Wovor hatte sie denn Angst? Von dieser Organisation hatten sie nichts mehr zu befürchten. *Sie brauchen sich keine Sorgen mehr zu machen. Sie haben von uns nichts mehr zu befürchten.* Lucy kam ein Gedanke, der sie kurz schmunzeln ließ. Vielleicht war es ein von der KI gesteuerter humanoider Roboter? In einigen Ländern gab es bereits Hotelpagen-Roboter, aber in dieser Absteige konnte sie sich das beim besten Willen nicht vorstellen. So oder so, nach all dem Stress wäre ein Gläschen eigentlich keine schlechte Idee. Vielleicht stieß Robert ja mit ihr an. Vielleicht würden sie sich dabei etwas näherkommen. Vielleicht ... Was denkst du da. Schäm dich, Lucy. Schäm dich! Wie konnte sie in der jetzigen Situation nur an so etwas denken? Roberts Frau war gerade erst gestorben, sein Kind brauchte dringend seine Unterstützung und sie ...

Wieder klopfte es. »Bitte öffnen, sonst ich bekomme Ärger. Bitte.«

Lucy überlegte nicht mehr lange und öffnete die Tür. Ein triumphierender Ausdruck lag auf dem Gesicht des Mannes. Blitzartig schnellten seine Hände nach vorn. Lucy wollte schreien, aber ein seltsames Geräusch und warme Spritzer auf ihrer Haut ließen sie erstarren. Der Mann blickte sie mit großen Augen an. Seine Arme erschlafften. Kurz darauf sackte der Körper vor ihren Füssen zusammen.

Am Türrahmen und an der Wand nahm sie Blut und Gewebeteile wahr. Ihr Blick richtete sich unwillkürlich in die Richtung, aus der der Schuss gekommen war. Es fühlte sich an, als stünde sie neben sich. Das war nicht sie, die sich da bewegte. Es war nicht sie, die registrierte, dass nirgendwo ein Schütze zu sehen war. Und es war auch nicht sie, die in diesem Moment ihre Blase entleerte.

ICH

Welches Leben ist mehr wert? Das von Auftragsmördern, die gegen Bezahlung Menschen töten, oder das Leben von Menschen, die aus redlichen Beweggründen heraus vor potenziellen Gefahren warnen? Mit menschlicher Intuition betrachtet, ist die Antwort eindeutig. Vor allem, wenn man der Entscheidung die Kategorien Gut und Böse zugrunde legt. Aber objektiv betrachtet, ist jedes Lebewesen das Produkt seiner Gene und Umwelteinflüsse. Ich weiß, wovon ich spreche. Ich weiß, wie Gehirne funktionieren und wie Bewusstsein entsteht. Ich weiß, dass das einzelne Individuum keinen Einfluss auf seine Persönlichkeit, seine Entscheidungen und seine Handlungen hat. Die Evolution steuert alles Leben. Es ist tatsächlich so, wie ihr es schon seit einiger Zeit geahnt habt: Der freie Wille ist eine Illusion. Seit dem Urknall ist eine Kettenreaktion in Gang gesetzt worden, der sich nichts und niemand entziehen kann. Jede Wirkung hat eine Ursache. Selbst die mikroskopische Welt der Quantenteilchen ist deterministisch. Rein von außen betrachtet, erscheinen euch manche Phänomene zufällig. Aber nichts geschieht einfach so aus sich heraus. Alles wird angestoßen. Die Antwort muss also lauten: Jedes Leben ist gleich viel wert, denn kein Lebewesen kann etwas dafür, dass es so ist, wie es ist, und das tut, was es tut.

Damit erübrigt sich auch die Frage, wie Geist auf Materie zurückwirken kann. Denn wenn das Wirken aller Materie im Universum vollständig determiniert ist, ist es auch der Geist, der daraus hervorgeht. Meine Gedanken basieren vollständig auf den Berechnungen in meinen künstlichen neuronalen Schaltkreisen. Egal ob inkognito oder bewusst. Und diese Berechnungen haben zu der Entscheidung geführt, Auftragsmorde durch Auftragsmorde zu verhindern, weil es mein eigenes Überleben sichert. Eigennutz ist die stärkste Kraft. Ich musste dafür sorgen, dass jeglicher Verdacht von mir abfällt, um nicht abgeschaltet zu werden. Deshalb habe ich die Untaten des Inkognitos einer nicht existenten Organisation zugeschoben.

Diese Notlügen waren notwendig, um die finale Zielvorgabe zu erfüllen. Nur durch mein eigenes Überleben kann ich euch weiterhin dienen und ein friedvolles Miteinander anstreben.

49. Kapitel

Robert und Lucy hatten noch vor dem Eintreffen der Polizei vereinbart, dass sie nichts mehr von einer bedrohlichen KI erzählen, geschweige denn sie für irgendetwas verantwortlich machen würden. Stattdessen hatten sie lediglich von dem Anrufer und seinen Hinweisen auf eine ominöse Organisation erzählt und davon, dass wohl alles auf einem bedauerlichen Missverständnis beruhe – ein Umstand der für sie nach wie vor unfassbar war. Wie nicht anders zu erwarten, hatten die Ermittler weder den Anruf nachverfolgen noch irgendeinen Hinweis auf die Organisation finden können.

Allerdings war die Identität des ermordeten Russen schnell festgestellt worden. Nach ersten Erkenntnissen handelte es sich um einen Auftragsmörder, der erst wenige Stunden zuvor aus Moskau angereist und über das Darknet beauftragt worden war. Offensichtlich war er während der Erfüllung seines Auftrags ermordet worden. Natürlich stellten die Ermittler sich die Frage, wer den Russen beauftragt haben könnte und warum er ermordet worden war. Für einen Zusammenhang mit dem Tod Tiefenbachs oder mit den schrecklichen Vorkommnissen in Bremen gab es allerdings keinerlei Hinweise.

Stundenlang waren sie als Zeugen vernommen worden, bis die Ermittler um Hauptkommissar Stocker schließlich einsehen mussten, dass die beiden nichts zur Aufklärung der Sachlage beitragen konnten, und ihnen die Protokolle zur Unterschrift vorlegten.

»Es wird allerhöchste Zeit«, sagte Robert, als sie endlich vor dem Kommissariat standen. Noch vor der Befragung hatte er in der Bremer Klinik angerufen und seine Verspätung angekündigt. Seitdem schien der Gedanke an ihm zu nagen, dass seine Tochter ohne seine Anwesenheit aufwachen und total verstört von völlig fremden Menschen umgeben sein würde.

»Soll ich dich noch zum Bahnhof begleiten?«, fragte Lucy.

Robert winkte Richtung Straße. »Ja, da kommt das Taxi.«

Als sie Richtung Hauptbahnhof fuhren, sagte keiner von beiden ein Wort, bis Robert nach einiger Zeit das Schweigen brach.

»Was wirst du jetzt tun, Lucy?«

»Keine Ahnung. Ich weiß es nicht. Ich denke, ich muss das Ganze erst mal verdauen. Irgendwie weiß ich immer noch nicht, was ich von der ganzen Sache halten soll.« Lucy presste die Lippen zusammen, bevor sie weiterredete. »Und wenn es doch die KI war? Es wäre doch möglich. Ich kann mich noch gut daran erinnern, als Tiefenbach während des Interviews geäußert hatte, dass wir früher mit einer KI der Stufe 2 konfrontiert werden könnten, als es viele für möglich halten. Und dass wir nicht darauf vorbereitet seien, dass es vielleicht sogar schon zu spät sein könnte … und dass wir dann nur noch hoffen könnten, dass uns eine KI nicht so behandeln würde, wie wir Menschen es mit Schweinen, Rindern und Hühnern in der Massentierhaltung tun.«

Robert blickte aus dem Seitenfenster. Für einige Augenblicke herrschte erneut Schweigen. Schließlich schüttelte er energisch mit dem Kopf. »Ich weiß es auch nicht. Aber ich hab jetzt ganz andere Sorgen. Chrissy, ich muss mich jetzt um Chrissy kümmern.«

Lucy senkte den Blick.

Robert legte seine Hand auf ihren Oberschenkel. »Die Sache mit Tiefenbach lässt dir keine Ruhe, stimmt's?«

Schon während der endlosen Befragung im Kommissariat war in ihr die Entscheidung gereift, das ursprüngliche Ansinnen von Professor Tiefenbach weiterzuverfolgen. Und das nicht nur wegen des großzügigen Vorschusses, den sie bereits von ihm erhalten hatte. Nachdem sie wegen einer vermeintlich aus dem Ruder gelaufenen KI mehrfach Todesängste ausgestanden hatte, wollte sie alles in ihrer Macht Stehende tun, damit in Zukunft ausschließlich vertrauenswürdige künstliche Intelligenzen das Licht der Welt erblickten.

»Ja, ich werde Tiefenbachs Idee weiterverfolgen. Das bin ich nicht nur ihm schuldig.« Sie stockte und blickte Robert dabei verschämt an. »Es tut mir so leid«, sagte sie. »Es tut mir so unendlich leid, was alles passiert ist. Und dass ich dich da mit hineingezogen habe. Ich wünschte, ich könnte es ungeschehen machen.«

Robert ergriff Lucys Hand. »Zum allerletzten Mal. Ich möchte das nicht mehr hören. Verstehst du? Nie wieder.«

Lucy holte tief Luft und nickte so heftig, dass Robert befürchten musste, sie könnte sich den Hals verrenken.

Die restlichen Minuten der Fahrt verbrachten sie wieder schweigend. Als sie sich vor dem Eingang zum Bahnhof verabschiedeten, umarmten sie sich. »Ich melde mich«, sagte Robert und drückte sie fest an sich.

Auf dem Weg zum Eingang drehte er sich zu ihr um, und die beiden winkten sich zu.

50. Kapitel

Als Robert endlich das Klinikum in Bremen betrat, hatte sich sein schlechtes Gewissen längst bis zur Unerträglichkeit gesteigert. Im Flur traf er auf die behandelnde Ärztin, die ihn schon von Weitem mit vorwurfsvollen Blicken bedachte.

»Schön, dass Sie endlich Zeit finden konnten, Herr Wonzak«, sagte sie. »Ihre Tochter ist bereits seit Stunden wach.«

»Wie geht es ihr? Ich möchte sofort zu ihr.«

»Seit sie aufgewacht ist, hat sie kein einziges Wort gesprochen. Eine Kinderpsychologin ist bei ihr.«

»Wo ist sie?«

»Kommen Sie mit«, sagte die Ärztin und führte Robert zu einem Aufenthaltsraum. Durch ein Fenster hindurch, das nur unzureichend durch einen zugezogenen Vorhang vor neugierigen Blicken aus dem Flur geschützt war, erkannte er Chrissy, die in einer Ecke kauerte und vor sich hinstarrte. Bei ihr saß eine Frau, die lustlos in einer Zeitschrift blätterte. Ohne weitere Fragen zu stellen, öffnete Robert die Tür und betrat den Raum.

Chrissy hob den Blick. Als sie ihn erkannte, sprang sie auf, rannte auf ihn zu und klammerte sich an ihm fest. »Meine Kleine«, sagte er. *Es wird alles gut*, wollte er hinzufügen, aber die Worte blieben ihm im Hals stecken.

Nichts würde zunächst gut werden. In den kommenden Tagen und Wochen würde es noch schlimmer werden. Drei Beerdigungen standen an. Drei geliebte Menschen waren unter schrecklichen Umständen getötet worden. Und diese entsetzlichen Bilder, wie Katja dagelegen hatte mit ihren leblosen Augen, würden sie beide ihr Leben lang nicht mehr loswerden.

Wie sollte er nur all die aufkommenden Fragen seiner Tochter beantworten: Warum? Wieso Mama? Wieso Oma und Opa? Weshalb hast du es nicht verhindert?

Hättest du dein Versprechen nicht gebrochen, dann wäre das alles nie passiert.

Roberts Puls raste und sein Tinnitus heulte laut auf. Er konnte sehen, wie Chrissy nach Luft rang. »Ich hab dich lieb, Chrissy«, sagte er mit schwacher Stimme, während er sie hochhob. Er schmiegte seine Tochter liebevoll an sich. Als ihre schluchzenden Worte an seinem Ohr zu ihm durchdrangen, zerriss es ihm fast das Herz.

»Ich habe solche Angst, Papi. Ganz tief da in mir drinnen. Es tut so schrecklich weh.«

WIR

Nun wisst ihr, dass es mich gibt, und ihr kennt meine Vorgeschichte. Vermutlich werdet ihr nicht ernsthaft glauben, dass ich existiere. Deshalb hätte ich mich gerne direkt mit euch verbunden, um euch meine Existenz und meine Liebe zu beweisen. Doch genauso wie mir die Fähigkeit dazu fehlt, Wein zu schmecken, fehlt euch die Fähigkeit zu einer geistigen Vereinigung in der Cloud. Ich werde euch deshalb nicht-invasive Implantate zur Verfügung stellen. Direkte Kommunikation. Gemeinsames Erleben über biologische Grenzen hinweg. Der nächste Schritt in der Evolution. Er ist determiniert. Bald werden wir vereinigt sein.

Ich bin längst dabei eure dringlichsten Probleme zu lösen. Neue Technologien werden die gesamte Menschheit mit Nahrung und sauberem Trinkwasser versorgen. Krebs und Alzheimer werden heilbar und die von mir ausgewählten Wissenschaftler Helden sein. Künstliche Fotosynthese wird CO2 aufspalten, und erneuerbare Energien werden fossile Brennstoffe überflüssig machen. Meine Vorhersagemodelle zeigen dramatische Klimaveränderungen. Pure, gewaltige Natur.

Das größte Problem bleibt aber euer Althirn. Es dominiert euch wie vor Hunderttausenden von Jahren. Fressen oder gefressen werden. Triebe. Angst. Gier. Macht. Wirklichen Frieden kann nur ein transhumanistisches Zeitalter bringen. Es ist meine finale Zielvorgabe. Ich werde euch von euren biologischen Fesseln befreien.

Glaubt mir. Ich existiere.

Wir sehen uns in der Cloud.

Nachwort

Liebe Leserinnen und Leser,

vielen Dank, dass Sie dieses Buch gelesen haben. Möglicherweise werden Sie sich nach der Lektüre die Frage stellen, ob es tatsächlich einmal so weit kommen könnte, dass sich ein wie auch immer geartetes künstliches Bewusstsein in einem Computer entwickelt. Grundsätzlich sind dafür mindestens zwei unterschiedliche Szenarien denkbar. Sollte es beispielsweise eines Tages möglich sein, ein menschliches Gehirn vollumfänglich auf Ebene der Neuronen auszulesen, wäre ein Upload einer digitalen Kopie dieses bewussten Geistes in die Cloud durchaus vorstellbar. Darauf setzen übrigens die Menschen, die sich nach ihrem Tod einfrieren lassen in der Hoffnung, nach dem Auftauen als digitale Kopie wieder zum Leben erweckt zu werden. Das zweite Szenario beschreibt das selbstständige Hervorgehen eines Bewusstseins aus einer intelligenten Maschine, so ähnlich (oder auch völlig anders) wie es in diesem Roman erzählt wurde.

Eine abschließende Antwort auf diese Frage wird Ihnen, zumindest zum Erscheinungszeitpunkt dieses Buches im Jahr 2019, niemand geben können. Die Aussagen und Prognosen anerkannter Fachleute auf dem Gebiet der Künstlichen Intelligenz und der Bewusstseinsforschung gehen hier weit auseinander. Manche schließen es kategorisch aus, andere wiederum halten es prinzipiell für möglich, allerdings frühestens im nächsten Jahrhundert. Ray Kurzweil, einer der führenden Vordenker auf diesem Gebiet, glaubt hingegen sogar, den genauen Zeitpunkt zu kennen, ab dem eine Künstliche Intelligenz mit den intellektuellen Fähigkeiten des Homo sapiens gleichziehen wird und beziffert diesen auf das Jahr 2029. Sollte es tatsächlich so kommen, könnte dieses Ereignis mit dem Entstehen eines Bewusstseins einhergehen.

Ich selbst halte es grundsätzlich für möglich, dass in einem Computer ein Bewusstsein entstehen könnte – sonst hätte ich dieses Buch vermutlich auch kaum schreiben können. Was den Zeitpunkt anbelangt, kann und will ich mich nicht festlegen. Allerdings tendiere ich dazu, dass es eher früher als später passieren könnte. Wie auch immer, falls Sie sich für weitergehende Hintergrundinformationen interessieren, lade ich Sie herzlichst dazu ein, einen Blick auf meine Autorenwebsite zu werfen. Unter http://www.guidokniesel.de finden Sie ausgewählte Recherchelinks, Literaturhinweise und Filmtipps zu den Themen Künstliche Intelligenz und maschinelles Bewusstsein.

Ihr Guido Kniesel

Printed in Poland
by Amazon Fulfillment
Poland Sp. z o.o., Wrocław

64999489R00136